L'Avenir

CATHERINE LEROUX

L’Avenir

ASPHALTE

Asphalte éditions
Cour Alsace-Lorraine
67 rue de Reuilly
75012 Paris
www.asphalte-editions.com

ISBN : 978-2-36533-110-4

Couverture : Karina Vegas / Arcangel Images

À mes enfants

« … comme les mots dans la langue maternelle, comme les souvenirs dans la mémoire, comme les enfants dans l'enfance ; on ne peut rien rattraper. »

Evelyne DE LA CHENELIÈRE

I

« I’ve seen the future, brother
It is murder »

Leonard COHEN

Dix jours après l'arrivée de Gloria, le voisin est tué en pleine rue.

C'est le bruit qui la saisit en premier, un choc sec comme une vieille toux, une poutre qui cède sous le poids de l'usure. Un son à la fois bref et assourdissant. C'est dans ce contraste qu'elle comprend que c'est grave.

Quand Gloria sort, la voisine rejoint déjà la forme disloquée au milieu de la rue. Gloria se demande comment il se peut qu'elle soit arrivée si vite. Trente secondes plus tôt, elle l'entendait marmotter dans sa cour arrière en étendant d'énormes t-shirts sur sa corde à linge, une structure constituée de carrés concentriques, des dimensions dans des dimensions. Elle est sans doute de ces êtres capables de vitesses inimaginables lorsqu'un proche est en danger.

Ce n'est plus qu'un tas de vêtements, comme si l'impact avait dissous celui qui les portait. La femme se penche dessus, ses mains empoignent les étoffes. Depuis son arrivée en ville, Gloria a assisté à d'innombrables scènes entre elle et son père. Il s'est caché derrière la haie pour engloutir un gâteau d'anniversaire entier. Il est sorti de la maison avec un torchon en flammes. Il s'est assis, nu comme un ver, au volant de la vieille Pontiac garée dans l'allée. Chaque fois, sa fille est accourue, elle a attrapé le vieillard par le bras et l'a ramené à l'intérieur en le tançant. Il n'était pas censé sortir seul, lui rappelait-elle, c'était dangereux. Le sort lui a donné raison.

Au milieu de la rue, la voisine crie : « Papa ! Papa ! » Gloria sent qu'il faudrait que quelqu'un s'approche d'elle, pose une main sur son épaule, murmure des paroles apaisantes. Il n'y a personne en vue sur l'avenue Clyde. Elle baisse les yeux vers le petit escalier à moitié pourri, vers ses pieds striés de veines. Puis, un homme à la barbe poivre et sel arrive en courant. Il se penche vers le vieux, plonge ses mains dans le désordre qu'est devenu son corps. À ses gestes efficaces, Gloria suppose qu'il est médecin. Elle le voit baisser la tête, ne rien dire, puis entreprendre un massage cardiaque alors qu'il sait, que la voisine sait, que Gloria sait que c'est inutile. La voisine pleure sans émettre le moindre son, la bouche béante comme si elle essayait d'avaler l'horreur. Elle est dans cet instant où les choses paraissent encore réversibles, où la mort est encore si proche qu'on croit pouvoir l'annuler. L'ombre d'un oiseau passe sur la rue, et Gloria devine que c'est l'âme du vieil homme. Elle se retourne. Ses jambes la portent à l'intérieur. Son corps entier est dans une sorte d'éther. La mort a envahi le ciel.

Par les fenêtres ouvertes, elle entend le reste, les sanglots, les coups de fil, quelques proches qui arrivent, leurs conversations à mi-voix. Les bruits de cuisine, de paperasse, d'objets déplacés et replacés en fonction du nouvel ordre des choses. Mais elle n'entend pas d'ambulance, pas de voiture de police ; elle n'entend personne évoquer le chauffard qui a pris la fuite ni parler de justice. C'était donc vrai. Fort Détroit est devenu un lieu sans foi ni loi.

Le lendemain matin, des îles de brume flottent au-dessus du vaste terrain en friche qui s'étend comme une prairie derrière la maison. Des silhouettes de jeunes cerfs marchent sur l'horizon comme des funambules. Gloria sort sur le balcon arrière, une tasse de chicorée à la main. Elle se représente ce qui se dressait là, jadis. Elle n'est venue ici qu'une fois, quinze ans auparavant. L'année de son premier cheveu blanc. À l'époque, le balcon donnait sur une rangée de demeures décrépites mais encore verticales. Abandonnées, brûlées, elles se sont effondrées depuis. Le sol s'occupe de mâcher les restes.

Un grincement retentit de l'autre côté de la palissade édentée. La voisine est dehors, elle aussi, échappée d'une maison trop silencieuse. Gloria s'approche.

– Je suis désolée, murmure-t-elle. Pour l'accident. Je... Toutes mes sympathies.

La voisine accueille ses mots d'un signe de tête. Son corps robuste demeure à demi détourné.

– Ç'a pas de bon sens, ajoute Gloria. Faudrait qu'y mettent des dos d'âne.

La voisine renifle, cette espèce de faux rire qu'ont les gens quand ils ne croient plus en quelque chose.

– Qui ça, ils ? rétorque-t-elle. La Ville ? Les cols bleus ? Le croque-mort même vient plus à demeure. On a fallu payer quelqu'un pour qu'il l'emporte en pick-up parce que le parloir funéraire a plus de fourgon. Motor City mon cul.

La voisine détourne les yeux et sa rage retombe, épuisée. Sur la pointe des pieds, Gloria regagne la maison jaune.

Par un jeu de lumière à travers le ventilateur, les ombres driblent sur la table, sur les doigts de Gloria. Elle n'a pas bougé depuis une heure. Elle fixe ses mains, que fouettent mollement les fragments de nuit qui pleuvent du plafond. Elle pourrait faire ça pendant des jours. C'est ce qu'elle voudrait. Rester ici, à la table où Judith ne s'assoit plus, et contempler cette lapidation indolore.

Elle finit néanmoins par avancer la main vers le téléphone. La ligne fonctionne, cette fois. Elle compose le numéro qu'elle sait par cœur, qui lui brûle le bout des doigts. *Vous avez bien joint le service de police de Fort Détroit. Nous sommes dans l'impossibilité...* Gloria raccroche. Ce message aussi, elle le connaît par cœur, jusqu'à la voix mal assurée qui le livre, comme si elle ne savait plus quelle excuse donner aux citoyens.

Gloria est d'un monde lent, où les événements se présentent un à la fois. Il lui faudrait plus d'une vie pour assimiler ce qui s'est passé dans cette maison. Là d'où elle vient, les choses changent si imperceptiblement qu'il est difficile de marquer le passage des jours et des années. Sans signe de transformation, le temps stagne. Ici, c'est le contraire, il court au galop. Gloria a le sentiment d'avoir pris dix ans depuis son arrivée. Il n'y a rien comme la mort d'un enfant pour vous projeter dans un autre âge.

Soudain, une ombre minuscule apparaît sous la porte du garde-manger. D'un élan fugace, la silhouette s'avance, renifle, détecte la présence humaine et se fige comme si cela la rendait invisible. Tête pointue, pelage gris comme un mouton de poussière, le rongeur flotte sur les motifs fanés du carrelage puis détale. Son trot n'émet pas le moindre bruit. Gloria ouvre la porte du garde-manger qu'elle n'a pas encore vraiment exploré. C'est un long placard bien organisé. Les petites tablettes pour les épices, les moyennes pour les conserves, les grandes pour la farine et le sucre, les sacs de pois. Un lieu pensé pour gérer l'abondance, conçu pour la générosité. Gloria s'immerge dans l'odeur de cassonade et de moutarde qui s'accroche à la peinture écaillée par pure nostalgie. Car, hormis les taches calcifiées et les ailes d'insectes collées dans les angles, les étagères sont désertes depuis des décennies. Cette cuisine est un ventre vide. Qu'est-ce qu'un mulot peut bien y trouver ? Sur la table, les ombres du ventilateur soudain frappé par un rayon de soleil se muent en reflets étourdissants. L'un d'eux s'échappe, grimpe au mur et s'attaque au papier peint comme la flamme d'un briquet. Avant même d'avoir pu saisir ce qui se passe, Gloria se retrouve en train d'éteindre l'étincelle qui embrase la tapisserie gondolée.

En sortant faire les courses, elle entend des bruits vifs éclater dans la maison verte d'à côté. Le fracas mou d'objets jetés pêle-mêle. Un grommellement sourd, une sorte de litanie exaspérée. La rage a refait surface. Lorsqu'elle s'engage dans l'avenue, elle voit la voisine sortir avec une boîte remplie de vêtements et d'accessoires de toilette. Sans un regard pour Gloria, elle la laisse tomber sur le trottoir. Certains ont besoin de faire disparaître les traces, tout de suite. D'autres veulent habiter les vestiges, quitte à porter une maison sur leur dos.

Il pleut des pétales dans les rues, de petites ailes imprécises qui tardent à se poser. Le luxe des fleurs de mai. Leur futur de fruits acides. Gloria s'attarde, elle veut que cette averse s'accroche à ses cheveux. Elle veut entrer au magasin et que quelqu'un lui parle de cette neige de printemps, elle veut, de tout son cœur, que quelqu'un lui dise quelque chose de beau.

En chemin, elle pense aux villes qu'elle a connues. Aucune ne ressemble à celle-ci. Aucune, réalise-t-elle, n'est aussi honnête. Constamment surveillées, restaurées, rajeunies, les autres villes entretiennent la fable de l'immuabilité : les constructions humaines sont éternelles. À Fort Détroit, ce mythe n'existe plus. L'impermanence des objets, leur fragilité face aux éléments crève les yeux. La chaussée disparaît par morceaux, les trottoirs se désagrègent. Les troncs dénudés qui soutiennent les fils électriques se couvrent d'une vie nouvelle qui grimpe et se greffe au bois poreux. Les maisons sont éventrées, écartelées par le feu et l'abandon. La nature revient les posséder ; elles se laissent dévorer.

Gloria marche pendant plus d'une demi-heure, rêvant de pots Mason remplis de riz, de farine et de haricots, classés par couleur. Dans tout l'ouest de la ville, un seul dépanneur vend encore, à l'occasion, des fruits et légumes ramollis. À son arrivée, elle aperçoit dans le stationnement une structure semblable à un squelette de ferraille. C'est un immense bonhomme allumette construit à l'aide de matériaux disparates. Son bras gauche est levé, comme s'il voulait saluer les passants. À ses pieds, deux jeunes enfants en uniforme scolaire bleu lui renvoient son salut sous le regard amusé de leur père. Sur le mur derrière eux, des affiches déchirées laissent entrevoir des moitiés de mots : *RECH   HÉ, AV   VOUS VU ?* Les visages des disparus manquent sur chacune d'elles, comme des dents tombées.

Gloria entre dans le magasin, espérant y dénicher du pain, mais n'y trouve que du mélange à pancakes. Pas d'œufs. Du lait tiède. Des bananes noircies. Elle se rabat sur des fèves au lard en conserve, un bocal de betteraves marinées, des raisins secs. De toute façon, depuis des semaines, l'alimentation est une obligation pour Gloria. La nourriture roule dans sa bouche comme du gravier.

Elle rentre sans se presser, admirant les maisons qui tiennent encore debout. Elles sont humbles, même les plus cossues, et pour la plupart abandonnées. Mais toutes paraissent reconnaissantes d'être encore là. Elles respirent, elles ferment les yeux. Elles demandent grâce.

Le lendemain matin, elle s'installe devant ses fèves au lard ternes qu'elle picore en feuilletant *Le Citoyen libre*. Son repas lui rappelle sa grand-mère, le journal lui rappelle les ancêtres de la ville. On y dénonce la possible démolition de la tour du Lys. L'instable monument, relate-t-on, avait été commandé par Cadillac lui-même, bien que sa construction se soit achevée plus d'une décennie après la mort du fondateur de Fort Détroit. C'est la tour de Pise de l'Amérique française, soutient-on. Songerait-on à détruire la tour de Pise ?

Elle arrive à la page des horoscopes lorsque Francelin frappe à la porte. Gloria n'a pas besoin de regarder par l'œil-de-bœuf pour savoir que c'est lui. Il est le seul à lui rendre visite. Elle se cache dans la dépense et attend que les pas du visiteur s'évanouissent. Puis elle ouvre la porte. Une petite pyramide de citrons s'élève sur le seuil.

C'est Francelin qui est venu lui ouvrir, le jour de son arrivée. En pénétrant dans la maison, Gloria s'est demandé pourquoi il avait pris la peine de fermer à clé. De toute évidence, ça n'avait arrêté personne. Les fenêtres étaient fracassées, comme à peu près tout ce qui se trouvait au rez-de-chaussée, soit peu de choses. Le désordre provenait surtout de ce qu'on avait apporté dans la maison après l'avoir défoncée. Des emballages de nourriture, des mégots de cigarettes, des bouteilles vides, une odeur abjecte.

– C'est Fort Détroit tout craché, ça. Tu laisses un logis vide trente secondes de temps pis tu peux être sûr que quelqu'un va venir chier dedans, a déclaré Francelin en désignant un tas d'excréments dans un coin du salon.

Devant l'air interdit de Gloria, il s'est empressé d'enlever la merde avec une pelle. Une soixantenaire en deuil – il la prenait en pitié.

Jeune et robuste, affecté d'un vitiligo qui rendait son visage insaisissable, Francelin s'était autoproclamé gardien des maisons abandonnées du quartier. C'est donc avec une certaine autorité qu'il a voulu offrir un tour du propriétaire à Gloria. Comme si elle n'avait rien à voir avec cet endroit. Elle a refusé net qu'il lui fasse visiter le premier étage et lui a assuré qu'elle préférait finir le ménage seule.

Ça ne l'a pas empêché de revenir le lendemain avec de nouvelles fenêtres qu'il a installées avec une facilité inouïe. Elle a voulu le payer ; il a protesté.

– Je les ai ôtées d'une morte.

– Une morte ?

– Une maison morte. Une place ambandonnée où est-ce que plus personne va. L'opposé d'une vivante.

– Ah.

– C'est un modèle standard, facile à trouver, a poursuivi Francelin en essuyant ses marques de doigts sur les vitres. Juste comme les portes, les éviers, les luminaires... Tous pareils, presque.

– Et les bains ?

– Les bains aussi, a répondu Francelin en baissant les yeux.

Il lui a laissé une brosse, du savon, un balai et des sacs à ordures. Il la prenait en pitié.

Gloria extrait le jus des citrons à l'aide d'une fourchette tordue. Elle le dilue, ajoute un peu de sucre, une pincée de sel, se verse un verre, sort sur le balcon arrière. Instantanément, la condensation y forme des perles, même si la chaleur ne se fait pas tellement sentir. C'est l'humidité, se dit Gloria, toute cette eau qui monte des eaux. Elle s'assoit et pense au lac Sainte-Claire, au lac Érié, au lac Huron. Aux rivières Détroit et Sainte-Claire, passages étroits comme des naissances. Elle songe aux forces qui s'en échappent, qui redéfinissent le climat et les frontières.

Une présence interrompt ses rêveries. Devant elle, la voisine se dandine sur un pied puis sur l'autre, une boîte rose à la main. Gloria l'accueille d'un signe de la main.

– Je sais pas pourquoi ce que les gens tiennent autant de m'apporter du dessert. Tiens. Des petits gâteaux.

Gloria accepte la boîte et sert un verre de limonade à son invitée. Celle-ci s'installe sur une marche en laissant son regard traîner sur le balcon ébréché, les éclats de verre dans les platebandes.

– Ils l'ont cassée bien comme il faut ! Remarque, c'est déjà un miracle qu'elle ait pas flambé. Les caracros ont été cléments.

– Les caracros ?

– Les drogués, les junkies. Il y en a toute une bunch par ici.

Gloria offre une pâtisserie à son invitée, qui secoue la tête.

– Je fais du diabète de sucre. Ces affaires-là, c'est ma mort. Ta limonade est bonne, par exemple. Pas trop sucrée.

Elle a la quarantaine avancée, les épaules larges, les yeux durs et une bouche faite pour sourire. Bonne, butée, honnête. Ses doigts tambourinent sur son verre.

– So, reprend-elle d'un ton brusque. Tu l'as eue pour combien ? Huit mille ? Neuf mille ? Fais-moi rire avec le bon deal que t'as eu.

– Je l'ai pas achetée. C'est la maison à ma fille.

La voisine dépose son verre. Les courants d'air ralentissent.

– Désolée, murmure-t-elle.

Elle l'est vraiment. Son corps change d'aspect, passant du dur au souple. Elle a reconnu quelque chose de familier là où elle ne l'avait pas anticipé. Elle appuie ses mains sur ses cuisses. Le soir se dépose par miettes bleues sur la ville.

– Tu vas voir, y reste plus grand-chose par ici. Beaucoup de malfrats, une couple de bons jacks. Théo, celui qui a essayé que de ranimer mon père, c'en est un. C'est un infirmier, y aide les gens avec leurs bobos. Tu connais Francelin déjà, y est serviable, même si y est un peu creux, par bouttes. Mais beaucoup de malfrats. Tu devrais te trouver une arme.

Gloria hausse les épaules. Elle n'a jamais tenu un fusil de sa vie.

– Mon nom, c'est Eunice. Si t'as de besoin de quelque chose, je suis juste tout près.

À la lueur de l'ampoule, Gloria étudie les caractères froissés. On dirait qu'ils se dérobent à la lecture. *Balance,* parvient-elle à déchiffrer. *Votre sommeil est violenté. Ne laissez pas la culpabilité vous ensevelir ; le pardon commence par soi-même. Attention aux coups de froid.* Son regard descend la colonne pour atterrir sur le Lion. *Cessez de courir. Un ami inattendu vient à votre rencontre. Il est temps de desserrer les poings. Nombres chanceux : le quatre, le treize, le vingt-deux.* Interloquée, elle secoue la tête, mais se rend tout de même au Verseau, son signe, le seul auquel elle ne demande pas de miracles. *Vous êtes en équilibre sur un monde nouveau. N'ayez pas peur ; les fantômes existent mais ils vous veulent du bien. Faites votre place. Vos couleurs sont le vert et le bleu.* Elle cherche des yeux le nom de l'astrologue à la fois sibyllin et si juste. *Le Père Pontchartrain,* lit-elle au haut de la rubrique. La lumière de l'ampoule vacille, puis s'évanouit. L'électricité a encore flanché.

Dans le salon, elle se lève de son lit de fortune. Il existe encore certainement un matelas plus convenable que ce canapé souillé et défoncé, à l'étage. Mais Gloria n'arrive pas à se résoudre à y monter. Dans la rue, les lampadaires sont tous morts ; l'obscurité est lourde comme l'eau d'un puits. Bien qu'elle ne distingue pas grand-chose, elle est certaine qu'il y a du mouvement, dehors. Une sorte de froissement de l'espace, un soubresaut dans le temps lisse de la nuit. Les chiens errants aboient. Elle pense au conseil qu'Eunice lui a donné, au sujet de l'arme à feu. Elle pense à toutes les histoires qu'elle a entendues sur Fort Détroit et à celles qu'elle n'a pas entendues. Ces récits, quand on commence à y prêter attention, se suivent comme des foulards sortis de la manche d'un magicien. La ville des révoltes, des faillites, des injustices et des balles perdues, la ville des mauvais sorts, des pyromanes, des esprits frappeurs. Gloria appuie les mains très fort contre la vitre, comme pour leur bloquer le passage.

De l'autre côté de la rue, une maison délabrée semble tousser dans le noir. Un couinement fuse, qu'elle prend d'abord pour un rire aigrelet, mais qui pourrait bien être un grincement. Puis le silence revient napper la nuit. Ce n'était sans doute rien d'autre qu'une poutre qui s'affaisse, des vestiges qui lâchent prise. Là d'où elle vient, on donne des noms aux maisons, et une fois baptisées, elles ne s'écroulent pas, ne se vident pas. *Comment elle s'appelle, celle-ci?* se demande-t-elle en écoutant les craquements qui dégringolent de l'étage. Mais elle se bouche vite les oreilles. Elle ne veut pas entendre la réponse des fantômes.

Le matin est cru, comme si l'air du congélateur avait conquis les lieux pendant la nuit. Gloria a profité de la panne pour faire dégeler ce qui était devenu une impénétrable grotte glaciaire. Une fois débarrassé de sa croûte de frimas, le congélateur perd son air caverneux et tout son mystère. Il pue le fréon et absorbe les sons. Gloria y enfonce la tête et lance un : « Ho ! » Sa voix est happée en plein vol. Elle murmure : « Cassandra, Mathilda. » Les mots disparaissent, aspirés dans le vide. Comme ses deux petites-filles.

Une fois ce projet terminé, elle se tourne vers les contenants de peinture que lui a apportés Francelin la veille. Elle ouvre les pots qui révèlent leur couleur turquoise. On dirait deux gros yeux d'aigue-marine qui la dévisagent. Ou peut-être fixent-ils le mur jadis blanc, maintenant couvert de crasse et de coulisses.

Il n'a suffi que de quelques coups de pinceau pour qu'elle en ait assez. Les poils ont instantanément revêtu une saleté écœurante, et les taches sont encore plus visibles qu'avant. Comme les villes et les visages, certaines pièces révèlent davantage leur usure lorsqu'on tente de les rajeunir. Gloria examine ses bras, ses pieds nus. Il y a plus de peinture sur son corps que sur le mur.

Depuis son arrivée dans la maison de Judith, elle se lave à la main, grelottant devant le petit lavabo de la salle d'eau du rez-de-chaussée. L'idée de se glisser dans la baignoire du premier lui est insupportable. Mais aujourd'hui, la débarbouillette ne suffira pas. Après sept minutes à peser les pour et les contre et deux autres à consulter son horoscope, elle se décide à aller frapper à la porte de la maison verte.

– Je peux pas utiliser ma salle de bain. Et j'ai vraiment besoin d'une douche.

La voisine fronce les sourcils quelques secondes, puis le nœud au centre de son front se défait d'un coup. Elle a compris. Gloria, serviette au bras et tatanes aux pieds, entre chez Eunice.

C'est une de ces maisons qui sentent perpétuellement le bouilli de légumes. Les meubles, les tapis, la couleur des murs, tout tient inexplicablement du bouilli de légumes, de *l'esprit* du bouilli. Le confort, l'habitude, une certaine fadeur doublée d'un sentiment de sécurité. Gloria est instantanément projetée dans son village, chez ses amies d'enfance, leurs mères aux coiffures bouffies, les comptoirs à l'odeur de vinaigre. Eunice la mène à une salle de bain beige, agencée au brun qui règne partout ailleurs. En traversant la maison, Gloria aperçoit une table croulant sous les pièces électroniques et les outils.

– Mon gagne-pain, explique Eunice. J'accommode des vieilles radios.

La pression de la douche est forte, et Gloria se sent fondre sous le jet fumant. Son corps est perclus de douleurs et de pièges qu'elle n'a pas sentis s'installer. La douche déloge une partie de ses tensions. En se rhabillant, elle retrouve momentanément l'état de flottement qui était le sien, avant. Mais aussitôt, la masse qui pesait sur son dos revient.

Eunice l'invite à partager une salade. Gloria considère avec stupéfaction les tomates rutilantes, le velours des pousses de roquette, les minuscules rondelles de fleur d'ail, le basilic haché. Elle lève un œil incrédule vers Eunice.

– J'ai des contacts, déclare celle-ci d'un air fiérot.

Gloria ferme les yeux en croquant sa première tomate. Un goût de vie explose sur sa langue. Pour la première fois depuis des semaines, un début d'appétit palpite en elle.

– So, penses-tu de rester ici pour de bon ?

Gloria dévisage son hôtesse.

– Tu peintures, t'as des nouveaux châssis... Ça regarde comme si tu t'installais pour une secousse.

– Pour un bout de temps, oui, fait Gloria en s'essuyant les lèvres.

Eunice baisse les yeux, et sa bouche se fait toute petite, comme pour amoindrir la question qu'elle s'apprête à poser.

– Les deux filles, Cassandra et Mathilda... on les voit plus depuis... depuis que leur mère... Où est c'est qu'elles sont rendues ?

Gloria prend une grande gorgée de soda. Les bulles s'affolent dans sa gorge, un nid de mots brûlants.

– Je sais pas. Elles ont disparu le même jour que Judith... C'est pour ça que je veux rester ici.

Eunice hoche la tête gravement, ressert sa voisine. Les graines de tomates brillent dans l'assiette comme des pépites d'or. Ni l'une ni l'autre n'évoque les possibilités. Le fait que Mathilda et Cassandra ont peut-être été enlevées par la même personne qui a tué leur mère. Le fait qu'elles sont peut-être mortes, elles aussi. Que ce qui a pu se passer avant est sans doute pire que tout le reste.

En retournant chez elle, Gloria aperçoit une forme qui s'agite dans l'opacité d'un bosquet de cèdres. On dirait le ventre d'une hermine, ou un renard polaire, une créature d'un blanc aveuglant. Qui s'enfuit dans un cliquetis métallique.

Depuis la première marche de l'escalier extérieur, Gloria lance des graines de tournesol. Dans l'ombre d'un hêtre, elle a cru voir la petite silhouette grise de son mulot. Les graines tombent d'abord près des marches, puis elle les lance de plus en plus loin, espérant attirer l'animal hors de son repaire. Mais le rongeur s'entête, refusant de sortir des feuilles mortes où il remue imperceptiblement. Au bout d'un moment, Gloria n'est même plus certaine qu'elle l'a véritablement aperçu, que cette respiration infinitésimale dans la végétation est bien celle d'un être vivant et non simplement le vent, la saison qui tourne, la terre qui bâille.

Au pied des marches, les fourmis ont formé un palais de sable dont seule la pyramide externe est visible. Gloria imagine les embryons pour lesquels cette place forte a été conçue, les secrets que ces microscopiques créatures contiennent. Leurs rêves guerriers, leur incalculable armée de verre et de brindilles. La lourdeur d'un milliard d'insectes qui marchent d'un même pas, parlent d'une même voix. Grignotent le même long poème chargé de codes. Un code que Gloria arrive presque à déchiffrer, aux portes de l'illumination. Elle se réveille en sursaut. Elle s'est assoupie dans l'escalier en observant la fourmilière. En s'y penchant à nouveau, elle remarque que le mouvement qui striait sa surface s'est éteint. Les ouvrières ont disparu. Le sable est humide, comme si quelqu'un y avait versé de l'eau. Qui aurait bien pu venir noyer un nid d'insectes ?

Le jour des funérailles, Gloria se rend à l'église du quartier. Ses cloches corrodées font tinter une pluie de rouille. À l'avant, Eunice pleure avec les épaules, sans bruit. Gloria n'a pas tenté de démêler la parenté de sa voisine, fruit de ruptures, de veuvages et de remariages successifs. Elle serre les mains, présente ses hommages et prend congé sans suivre le cortège au cimetière. En rentrant, elle pense aux cendres de Judith, à l'urne enfouie dans une armoire de la cuisine en attente d'un lieu plus permanent, que Gloria n'arrive pas à déterminer. Rien n'est certain, ici, rien n'est défini, même les absents.

Une fois à la maison, elle tente un nouvel appel au poste de police. Une femme lui répond, cette fois, et accepte de la mettre en communication avec le détective chargé de l'affaire. Mais dès qu'elle transfère l'appel, la ligne est coupée. Découragée, Gloria se laisse choir sur le balcon arrière. Une unique tulipe a fleuri au fond de la cour. Elle tremblote comme l'ombre d'un animal affolé. Gloria éprouve spontanément de l'affection pour ses pétales veloutés, sa tige souple. Puis, ça lui revient : c'est elle qui l'a plantée, il y a quinze ans. Elle avait prélevé des bulbes dans son propre jardin, dans son village. Elle se prend la tête entre les mains. Le parfum tiède du jardin devient trop acharné. Elle a mal au cœur, mal aux seins, mal au bout des orteils. Elle voudrait se coucher au sol, s'y enterrer.

Elle lève la tête. Quelque chose a bougé dans son champ de vision, un objet qui tranche l'air au milieu du terrain en friche. Chassant une mouche, elle s'avance lentement, la main en visière au-dessus des sourcils. Un fouet ? On dirait plutôt l'aiguille d'un métronome géant qui bat la mesure au ralenti.

Elle se juche sur un monticule noirci comme si on y avait brûlé des mauvais souvenirs. De ce promontoire, elle constate que le bout de l'aiguille est recourbé. Elle plisse les yeux. Une main. Une main brune et noueuse serre l'objet crochu qui se balance au milieu du champ. Le métronome est un homme, et l'aiguille, une binette. Quelqu'un est en train de sarcler la terre.

Pendant plusieurs minutes, elle fixe le va-et-vient de l'outil. Imperceptiblement, il se déplace vers l'est, comme s'il suivait le mouvement des nuages. Un papillon jaune voltige vers l'homme. Un bon présage, conclut Gloria. Elle décide de suivre l'insecte dans l'enchevêtrement de jeunes arbres, de chiendent, de graminées et d'arbustes épineux. Toute cette végétation est habitée par une foule d'insectes et de reptiles que Gloria sent sans les voir, à la vibration minérale qui émane du champ.

C'est un homme aux longs cheveux grisonnants qui tombent en dreadlocks jusqu'au bas de son dos. Malgré la fraîcheur, il est vêtu d'un short léger et d'une camisole détrempée. L'effort l'a placé dans un microclimat. Il ne semble pas surpris de la voir arriver. Sa binette s'immobilise, comme si elle avait oublié de remonter après avoir touché le sol. Stupéfaite, Gloria constate qu'il a retourné la terre d'une zone d'environ quatre mètres sur dix, et désherbé une superficie encore plus vaste. Il se tourne vers elle, l'œil pétillant, le sourire immense.

– Vous avez pourtant pas une face à me dire que j'ai pas le droit d'être ici.

– Je suis juste venue voir.

– Je suis pas un malfrat, je suis pas un fou. Je m'en vas faire pousser des vivres dans votre cour arrière.

– C'est pas vraiment ma cour.

– Encore mieux. C'est à personne. C'est à moi, c'est à vous. Aimez-vous ça la rhubarbe ?

– Pas tellement.

– Parfait, moi non plus.

Elle échappe un rire qui la surprend elle-même. L'homme sourit, reprend sa tâche. Après un instant de flottement, Gloria revient sur ses pas. Déjà, un petit chemin se forme dans le chuchotis des plantes.

Deux heures plus tard, installée sur le balcon arrière, elle mord dans une patte d'ours qui goûte le sucre et la poussière. En déposant le biscuit, elle aperçoit le cultivateur qui arrive par le même sentier qu'elle a tracé plus tôt. Il la salue avec une familiarité qui s'est invitée d'elle-même entre eux, comme une troisième personne qui les tiendrait tous les deux par la main. Il s'assoit à côté d'elle. Il s'appelle Salomon. Sa famille est détroitfortine depuis sept générations. Il habite une morte ressuscitée, dont il a converti l'ancien solarium en serre. Des milliers de plants attendent d'étendre leurs racines dans les champs qu'il a défrichés ici et là dans la ville.

– Je connais bien ta voisine, Eunice. C'est elle qui m'a parlé du terrain ici. Elle aime les tomates. Drès que j'achève de casser la terre, je vous plante ça, pis des cocombres, pis du melon. Va falloir arroser, par exemple. Elle le sait, Eunice, je l'ai avertie. Si tu lui donnes une main, je pourrais vous rajouter des semences. Des carottes, des pois grimpants, de la romaine... Ça fait ton affaire ?

– Je pense, oui.

– Parfait, parfait... En attendant, goûte-moi ça.

Il lui tend un sac en papier qui contient un gros concombre et une poignée de fruits violets. Elle en croque un ; sa bouche se remplit d'un goût de ciel nocturne.

– Qu'est-ce que c'est ?

– Des merises. Sont sorties de bonne heure, cette année. Y a un arbre à un bloc d'ici, personne cueille, ils pensent que c'est pas comestible. C'est ça le problème à Fort Détroit. Le monde croit qu'y a rien de bon, ça fait que le bon se perd. Va me couper ce cocombre-là, si tu veux bien. Mets du sel. Pis un verre d'eau, je te prie. Je suis à sec.

En sortant le couteau, Gloria cille. Il ne lui reste plus la moindre cuiller. Elle vérifie l'évier, puis les tiroirs. Rien. Le chant d'un cardinal la ramène dehors. Elle jette un œil soucieux au bosquet de cèdres d'où lui étaient parvenus, elle en est maintenant sûre, des cliquetis d'ustensiles.

– Ça va ? s'enquiert Salomon.

– C'est fou mais je sais plus où j'ai mis mes cuillers.

– Ah, ça, c'est une autre spécialité de Fort Détroit. Les objets perdus.

Il lui lance un regard entendu puis vide son verre d'un trait. Lorsqu'il prend congé, Gloria le suit des yeux jusqu'à ce qu'il disparaisse dans le champ, puis elle scrute les herbes qui bougent sur son passage, qui continuent à remuer longtemps après son départ, parfois à plus d'un endroit en même temps, comme deux parties d'un même geste. Le silence est immense, on dirait que le ciel entier se tait. Il manque des voix d'enfants, réalise-t-elle. Il y en a si peu.

Au milieu de la nuit, elle est réveillée par des cris terrifiants. Un croisement entre un loup qui hurle, un bébé affamé et une femme qu'on torture. Dans la mince cuirasse de son sac de couchage, elle se glisse sur la galerie avant. Le son est distant mais atroce. Gloria voudrait faire quelque chose. Se boucher les oreilles. Crier encore plus fort. Cesser d'entendre ces appels. La frayeur la cloue sur place. Elle ne sait plus quand ni comment elle s'endort, la tête à l'intérieur, les pieds dehors.

À l'aube, des fouissements ont pris la place des hurlements. Une famille d'écureuils est entrée pendant son sommeil. Ils festoient autour d'un sac de noix éventré. Dès que Gloria se lève, ils détalent par la porte ouverte. Elle considère le plancher, se remémorant la première chose que lui a dite Francelin. Le linoléum est couvert de crottes.

Une tasse de chicorée à la main, elle réexamine son horoscope de la veille. *La vie se déploie autour de vous, sous vos pieds, au-dessus de votre tête. Acceptez-la, sous toutes ses formes. Les talons et les orteils sont des points vulnérables.* Gloria dépose le journal. Peut-on qualifier l'orgie de violence et de détresse qu'elle a entendue cette nuit de « déploiement de vie » ? On aurait dit un massacre. Elle médite sur la sagesse astrologique en nettoyant les crottes d'écureuils. Entendant le camion à ordures approcher, elle s'élance dehors nu-pieds, sans égard pour ses talons et ses orteils. Dans le clair-obscur, le camion ralentit avec un grondement poussif. L'éboueur, qui semble avoir cent cinquante ans, décharge la poubelle de Gloria dans la benne puis émet une stridulation joyeuse pour indiquer au chauffeur de repartir. Mais un autre sifflement, plus sec celui-là, l'interrompt. Eunice apparaît sur son balcon et, avec une puissance et une précision inouïes, lance son sac directement dans la benne, sous le regard approbateur de l'éboueur.

– Dans le mille, Nini !

– Bonne journée !

Avec le sourire de quelqu'un qui vient de frapper un coup de circuit, Eunice se retourne et aperçoit Gloria.

– Ah, s'exclame-t-elle, tu te lèves de bonne heure, tant mieux ! J'ai des plans pour toi, aujourd'hui.

Gloria l'invite à entrer. Elle lui sert une chicorée qu'Eunice accepte en grimaçant, et une crème de blé qu'elle considère avec incompréhension.

– Tu lis les horoscopes, toi ? On va voir quoi ce qu'y disent... *Bélier : C'est la saison des mystères. Vos questions trouveront leurs réponses là où elles ont émergé. Nombres chanceux : le deux, le dix-huit et le trente-trois.* Sornettes !

– Il m'intrigue, cet astrologue. Le Père Pontchartrain...

– C'est des accroires, ces affaires-là. Y a seulement qu'une façon de faire parler le destin. Pis c'est exactement ça qu'on s'en va faire. Greye-toi, voisine, on part investiguer. On va les retrouver, nous, tes filloles.

L'air est encore pétri par la nuit lorsqu'elles ressortent. Les oiseaux piaillent avec acharnement, comme si c'était à eux que revenait la tâche de hisser le soleil sur la ville. Eunice marche d'un pas vif, remarquant à peine les deux lièvres qui flottent comme des spectres sur l'avenue Clyde.

– T'as l'air d'avoir les côtes sur le long, commente-t-elle au bout d'un moment.

– J'ai pas bien dormi. As-tu entendu, cette nuit ?

– Quoi ?

– Les cris... comme des hurlements.

– Ah, les coyotes ? Frette pas, ils dorment à l'heure qu'il est.

– C'était des coyotes ? À Fort Détroit ?

– Pour sûr ! Tu les avais jamais entendus ? Sont assez bâdrants ! Au moins, y font taire les damnés chiens.

– Mais on aurait dit une… une femme qui…

– Oui, je sais, fait Eunice en ralentissant pour regarder Gloria. Mais c'était pas ça. Viens, on va aller chez Marina pis chez Alain tout de suite. C'est les seuls qui ont des jobs, faut les catcher avant qu'y partent.

Le plan d'Eunice est de faire du porte-à-porte. Elle était là quand les policiers sont venus prendre acte de ce qui s'était passé dans la maison de Judith. Selon elle, ils se sont contentés de quelques notes et de photos.

– Y ont eu beau questionner les voisins, y ont pas dû avoir grand-chose. Pas grand monde aime parler à la police, par ici. Mon père pis moi, on a ben voulu mais on a pas pu leur dire grand-chose. On était à l'hôpital quand c'est arrivé. Mon père avait les bronches, on a passé le jour là-bas. Y était tout le temps malade, ajoute-t-elle comme pour s'excuser, ou peut-être souligner l'inéluctabilité de sa disparition.

Gloria remarque un alignement de pissenlits qui, dans la chaussée craquelée, forment une sorte de flèche, pointée vers le nord.

– Est-ce que tu les connaissais bien ? Ma fille, mes petites-filles ?

– Comme ça. J'entendais souvent Judith chanter. Outre ça, 'était guère jasante, tu t'en doutes. Mais les petites un peu plus. La grande ben à son affaire, toujours après torcher, c'est elle qui gardait ça propre. La petite était plus sur le côté wild.

– Le côté wild ?

– Elle faisait à sa tête. Marchait au beat de son propre tambour, comme on dit. Y avait juste sa sœur pour la faire avancer drette, mais je te dis qu'elle l'écoutait… Comme deux fesses dans une même culotte, ces deux-là.

Gloria n'a pas le temps de demander plus de détails. Elles arrivent à une maison légèrement plus coquette que les autres. La rectitude des lattes, la netteté du blanc, la poignée de porte qui brille comme un objet qu'on touche souvent. Une grande femme brune leur ouvre. Elle porte un tailleur gris souris, des talons hauts fatigués. Derrière elle, une fillette boutonne son uniforme scolaire.

– Salut Marina, salut Lili. Ça c'est Gloria, la mère à Judith.

Aussitôt, le visage de Marina se plie, comme une carte à la géographie soudainement réduite. Son cœur, lui aussi, est un objet qu'on touche souvent.

– Ses deux filloles sont manquantes depuis le jour de... ben le jour du meurtre, explique Eunice. On va autour du voisinage pour savoir si y ont vu de quoi. C'était le 25 d'avril, si tu te souviens. Un jeudi.

Marina secoue la tête, regardant Gloria.

– Je suis tellement désolée. C'est effrayant ce qui est arrivé. Je les voyais souvent, tes filloles. Leur école était proche à mon travail. 'Étaient toujours dehors, à croire qu'y avait pas de profs là-dedans.

– Y en avait pas, non plus, intervient Eunice.

– Ça m'est arrivé de leur donner une couple de piasses pour leur dîner. Tu sais comment ce qu'étaient maigres, à croire qu'elles mangeaient jamais.

À côté d'elle, Gloria entend presque Eunice ravaler un : « Elles mangeaient jamais, non plus. »

– Fines comme des cœurs, par exemple. La plus jeune, Mathilda, elle avait tout un caractère. Je l'ai vue venir feisty en pas pour rire quand elle se chicanait. Mais un bon fond, ça se voyait, s'empresse-t-elle d'ajouter.

– Pis le 25 d'avril... lui rappelle Eunice.

– J'ai vu Judith sur sa galerie en partant travailler. Je m'en rappelle, parce que c'est toujours ça qu'on se dit par après, « Je l'ai vue y a pas six heures de temps, ça se peut pas... » Elle m'a envoyé la main, elle avait l'air... ben... fatiguée, tsé. Les filles, je les ai pas vues pantoute, ni ici, ni à l'école. J'ai figuré qu'elles avaient été placées, je savais pas qu'elles avaient disparu. Ça me casse le cœur.

– Pis rien de bizarre, rien de louche dans les jours d'avant ?

– Ben...

Marina regarde Gloria, puis Eunice, puis ses souliers affaissés.

– Pas besoin de battre autour de la bush, Marina. Gloria le sait que sa fille consommait.

Gloria se raidit, Marina se rapproche et ferme un peu la porte, comme pour soustraire la conversation aux oreilles de sa fille.

– Bon, ben, poursuit Marina, tu sais comment ce que c'est. 'Était maganée, y avait du monde weird qui rentrait là comme dans un moulin, les petites en pâtissaient. Tu sais comment ce que c'est.

– Si tu penses à de quoi d'autre, viens nous trouver. Gloria est ici pour une secousse.

En redescendant l'allée, Eunice jette un œil à Gloria.

– Tu le savais pas. Pour ta fille.

– Je m'en doutais, dit-elle doucement. Y avait trop de seringues pour que ça soit arrivé juste en une semaine.

– Mais avant ? Tu savais pas ?

– On avait plus tellement de contacts.

Au bout d'une dizaine de pas, Gloria s'arrête.

– Attends ! Pourquoi on a pas posé de questions à sa fille ? Elle doit bien aller à la même école que Cassandra et Mathilda ?

– Nan. La petite à Marina va dans une école privée de banlieue, comme les trois quarts des enfants de la ville. Elle passe guère de temps dans le quartier.

Elles avancent le long de lots où règnent des pelouses échevelées. Plus personne ne tond son gazon, ici. Tondre son gazon est un geste qui relève d'un autre univers, où les frontières entre la domestication et le monde sauvage sont bien définies. Chez sa fille, il n'y a même plus de gazon.

Eunice lui indique une autre demeure. Sa peinture est si craquelée qu'elle semble presque iridescente. Dès qu'elles s'approchent, un énorme chien surgit en jappant de la cour arrière. Aussitôt, une voix de baryton le fait taire.

– Hugo ! Silence !

Alain sort sur le perron. À le regarder, on ne lui prêterait pas un organe si grave et sonore. Il est fluet, le visage jeune, malgré des rides qu'on oublie dès qu'il s'anime.

– Fiou, on t'attrape avant que tu partes à l'ouvrage.

Alain rit. Il ne travaille plus, il a été mis à pied il y a deux semaines.

– La shop est pour fermer, ça d'l'air. Y gardent encore une vingtaine d'employés pour les apparences.

Alain n'a rien vu d'inhabituel chez Judith, ni dans les jours précédant sa mort, ni durant les suivants.

– Y a eu un gros party de caracros, à l'entour d'une semaine après, mais je figure que c'était juste la patente habituelle. Le kick d'un logis vide.

Son chien ressemble à un croisement entre un boxer et un dragon. Il tourne autour de Gloria en gémissant. Alain le renvoie dans la cour.

– Vous devriez aller demander à la Raquel. La dernière fois que je l'ai vue, elle m'a conté une histoire sur les filles à Judith, me semble.

Elles trouvent la vieille dame dans sa cour arrière, penchée sur des flèches vertes qui sortent du sol. Une à une, Raquel les empoigne et, d'un geste sec, les casse au ras du sol. Lorsqu'elle aperçoit les visiteuses, son corps se déplie comme un canif rouillé. L'œil droit fermé contre le soleil, elle porte une des tiges à sa bouche et croque dedans.

– Déjà les asperges ? s'enquiert Eunice.

– Oui. Fin mai, c'est les asperges.

Raquel roule ses *r* comme s'ils avaient une saveur particulièrement délicieuse. Elle tend deux pousses à Eunice.

– Donnes-en une à ton amie, commande-t-elle.

Gloria prend l'asperge comme on reçoit une fleur, du bout des doigts.

– Allez, goûte ! C'est bon pour le pipi ! l'encourage Raquel.

Bien qu'elle n'ait pas tellement envie de manger un légume éclaboussé de terre si tôt le matin, Gloria s'exécute avec la docilité d'une fillette de trois ans. Eunice mâchonne elle aussi ses tiges croquantes, puis explique la raison de leur visite. Tout de suite, les yeux de Raquel s'allument.

– Oui, oui. J'ai vu les deux petites, une journée d'avril. À peu près une semaine après que j'ai aperçu le Nain rouge.

– Le Nain rouge ?

Raquel se tourne vers Gloria, l'œil perçant.

– Il annonce les catastrophes.

Eunice pousse un soupir agacé.

– Folklore local, précise-t-elle. Donc, les petites ?

– Elles marchaient dans les friches avec des gros sacs à dos. Elles s'enfuyaient.

Eunice réfléchit, le front élargi par le soleil.

– Ça veut pas dire... Elles allaient peut-être à la lavanderie.

Raquel la dévisage d'un air sévère.

– Fille, je suis sur terre depuis assez long pour faire la différence entre un voyage de laundrie et une fugue.

– OK. Merci, madame Raquel.

– Elles cheminaient vers l'ouest.

– D'accord.

– Marchaient beaucoup vite.

– Parfait, merci.

– Pas de quoi, pas de quoi. C'était des braves petites, un peu farouches mais braves. Et toi, poursuit-elle en se tournant vers Eunice, ça va, sans ton père ? Tu peux finalement te reposer ?

Eunice la regarde d'un air outré.

– Voyons, c'est pas un crime de le dire ! Les vieux, c'est du trouble ! Je suis bien placée pour le savoir. Allez, tu viendras me voir, je vais te défaire tes nœuds, ajoute-t-elle en agitant ses doigts crochus.

– Vous… vous êtes masseuse ? s'enquiert Gloria.

– Mais non, voyons. Regarde-moi, je pourrais même pas masser un ver de terre. J'ai le don des mains, c'est tout.

Puis, fixant ses yeux comme un étau sur Gloria, elle ajoute :

– Tu viendras, toi aussi. T'as avalé trop de deuils tout rond.

Troublée, Gloria rejoint Eunice sur le trottoir.

– Vieille folasse, marmonne cette dernière.

Gloria la regarde, les sourcils en l'air.

– Manger des asperges crues, franchement !

– Elle a pas l'air si folle que ça, je trouve, fait Gloria.

Eunice s'arrête, le regard abrupt.

– La Raquel, elle est du genre à exagérer. Elle a gagné sa vie en utilisant son « don des mains » sur tous les bougres de Fort Détroit. C'était pas des patients qu'elle avait, c'était des johns. J'ai des gros doutes sur ses pouvoirs de guérisseuse. J'en prendrais pis j'en laisserais sur ce qu'elle t'a conté, aussi. Si ça se trouve, elle a vu tes filloles sortir les vidanges pis elle a transformé ça en fugue.

Elles trouvent ensuite Théophile, l'infirmier, occupé à soigner la plaie d'un quinquagénaire. Un air de violon traversé de grésillements s'échappe de la pièce du fond, rythmant les gestes du soignant. Avant l'arrivée de son prochain patient, Théo confirme le dépérissement de Judith et de sa famille durant les derniers mois, et conseille à Gloria de se rendre au poste de police en personne.

– Par téléphone, t'arriveras à rien. Y fournissent pas, là-dedans.

– Sont trop occupés à taper sur nos jeunes ! crachote le patient.

Le reste de leur tournée ne leur apprend pas grand-chose. Deux femmes dans la mi-trentaine refusent de répondre à leurs questions. La plus costaude des deux, qu'Eunice désigne comme « Bûche », lance à Gloria un regard mauvais en déclarant qu'elle ne sait rien. La dernière maison, celle d'un certain Jonas, est déserte. Eunice recommande à Gloria de retourner le voir plus tard.

– Un ancien prof de primaire. Je pense qu'y se piquait avec Judith. Y connaissait bien la maisonnée. Ça pourrait t'aider.

Gloria entre chez elle comme dans un lieu étranger. Les trous dans les murs la dévisagent, les coulisses pleurent ocre, le plafond grêlé a l'air d'une peau malade. Même les odeurs contredisent tout ce dont elle a voulu se persuader depuis son arrivée. Les effluves de merde, d'urine, de moisi ont été effacés, mais en dessous s'accroche autre chose, une odeur aigre et violente. Gloria éclate en sanglots qui l'ensevelissent comme un glissement de terrain. Le monde devient flou et boueux. Le poids des Grands Lacs, des détroits chargés de métaux lourds, le poids de cinq semaines de paralysie et de toute une vie de passivité lui tombe dessus. Elle se retrouve à genoux, la bouche béante comme si elle essayait d'avaler l'horreur.

Elle reste ainsi longtemps, jusqu'à ce que l'angle du jour se modifie. Quand elle se relève, la morphologie de son corps a changé, ses membres ne s'emboîtent plus comme avant. Une luxation, ou une réduction ; un léger déplacement des axes fondamentaux. Petit à petit, les sons remontent du sol où ils étaient maintenus par la douleur. Des craquements, du vent, son souffle. Les paroles des fantômes, à l'étage. Lentement, elle se relève et, pour la première fois depuis qu'elle s'est installée chez Judith, elle gravit les marches.

Une fois sur le palier, elle aperçoit du mouvement à la fenêtre, un corps blanc et ailé, presque un ange, si ce n'était de la saleté aberrante qui recouvre sa pâleur. Stupéfaite, Gloria se frotte les yeux mais lorsqu'elle les rouvre, elle ne voit plus qu'un ciel cotonneux et des papillons qui se pourchassent.

Les trois chambres sont presque vides. Les miroirs, bibelots, vanité, tapis qu'elle avait connus lors de son séjour chez Judith il y a quinze ans ne sont plus là. La chambre rose ne contient plus le moindre meuble, et elle n'est plus tellement rose. Dans les autres pièces, il reste deux matelas posés à même le sol. Celui de sa fille est taché, les draps en bataille, encerclé de mégots. L'autre est propre, bien fait, sa douillette bleue sans le moindre pli. Deux oreillers se côtoient à la tête. Les filles y dormaient ensemble. Cette image forme une bulle dans son esprit. S'efforçant de dominer son angoisse, elle s'avance vers le garde-robe. Des cintres nus, une paire de sandales en caoutchouc à la sangle brisée, une vieille casquette. Elle se dirige ensuite vers la commode à moitié défoncée. Les tiroirs s'avancent comme des soldats au garde-à-vous. À l'instar du placard, ils ont été vidés.

Prise d'une frénésie soudaine, Gloria redescend les marches à toute vitesse. Elle s'empare du sac de voyage où elle range encore ses effets personnels. De retour à l'étage, elle jette ses vêtements dans la commode et claque les tiroirs déjà amochés. Elle envoie son sac au fond du garde-robe, sort, puis revient avec un balai et une serpillière. Pendant trois heures, elle lave furieusement les parquets. Elle roule en boule les draps de sa fille, les fourre dans un sac à ordures et lance le tout dans l'escalier. Elle ouvre grand la large fenêtre et, sans hésitation, fait basculer le matelas dehors. Lorsque tout est propre, elle s'attaque au rez-de-chaussée. Elle arrache les contenants de nourriture avariée du réfrigérateur puis le récure. Le four, les armoires et les comptoirs subissent le même sort. Une fois que la crasse a disparu, que les planchers ont changé de couleur, que les secrets qui hantaient tous les coins ont fondu, il ne reste qu'une pièce.

Gloria demeure plantée sur le seuil de la salle de bain pendant plusieurs minutes. Le sol est couvert de traces de pas qui se barrent la route les unes les autres. Toutes les mêmes semelles, de tailles différentes. Les policiers semblent avoir passé un certain temps ici. Avec les mêmes efforts que quelqu'un qui marche à contrevent, Gloria force son regard à se poser sur la baignoire. Ni sale ni propre, ternie par l'âge. On dirait un immense coquillage, une paume blanche et vide. L'image qui la hante depuis des semaines s'y allonge. Le corps nu et inerte de sa fille. Plutôt que de laisser l'apparition se dissoudre, cette fois, Gloria consent à la regarder, longtemps, dans tous ses détails. Ses côtes saillantes, son ventre évasé par le souvenir des grossesses, ses cuisses beiges et nerveuses. Lentement, ces traits se superposent aux contours d'une enfant rose et rebondie. Comme si elle ouvrait un livre oublié depuis des décennies, Gloria retrouve le sentiment qui la foudroyait quand sa fille était petite, qui foudroie toutes les mères à un moment ou l'autre. Cette conviction, en regardant son enfant, d'assister à une forme de vie plus vivante que tout le reste. Un excès d'existence concentrée, contre toute logique, en un être plus petit. Un constat qui s'accompagne de son opposé : la crainte de le voir mourir. L'idée que cette vie exponentielle puisse s'arrêter. Gloria cligne des yeux, des larmes lui attaquent les joues et Judith disparaît. Au-dessus du lavabo, le miroir lui renvoie le reflet de son visage en forme de pleine lune, ses boucles épaisses. Des étoiles au coin des yeux, un bleu abyssal en dessous.

Elle pleure doucement en actionnant les robinets, l'eau chaude, puis l'eau froide. Ses vêtements tombent, flasques, sa peau ne frémit pas. Lorsque le bain est rempli aux trois quarts, elle glisse dans l'eau tiède avec révérence et appréhension. L'eau lui caresse le menton. Elle dit :

« Judith. Parle-moi. »

Puis elle enfonce la tête sous l'eau, et elle écoute.

Quelques heures plus tard, les grillons stridulent et crépitent, on dirait des flûtes croisées avec des guitares. Les cheveux de Gloria dégouttent sur le linoléum tandis qu'elle considère la dernière étape de son remaniement ménager. Un objet de métal brossé, pas plus haut qu'un bouquet de fleurs, lourd comme une fracture. Dans la pénombre, il ne reflète rien ; une présence mate, impossible à interpréter. Elle aurait aimé trouver un emplacement pour l'urne de sa fille. La tablette du salon, au fond d'un placard, six pieds sous terre... Finir cette journée avec une conclusion, un verdict. Mais tout reste en suspens.

Un bruit provenant de la cour arrière vient disperser ses pensées. Face à l'obscurité, la vitre lui rend une copie plus sombre de l'intérieur de sa cuisine. Elle ouvre la porte. Très distinctement, elle aperçoit le matelas de Judith qui flotte au milieu des friches, s'éloignant par le sentier avant de disparaître dans la nuit.

La nef de Fort Détroit, c'est le parc de la Rouge. Gloria ignore comment elle s'y est rendue ; il se trouve à plus d'une demi-heure de marche de la maison. L'immense parc est rempli de petits souffles. Des becs qui claquent, des dents qui croquent le vide, des esprits de femmes qui ont tout laissé derrière. La vibration d'une rivière qu'on ne voit jamais. En haut, le ciel passe près de la terre, comme un oiseau de proie qui va cueillir une vie. Gloria regarde l'orage qui arrive et bat le paysage. Les herbes et les feuilles se retournent et bondissent. Les trombes d'eau semblent enterrer des cris aigus, semblables à ceux d'enfants qui sautent à l'eau. Une légion d'escargots coule des bosquets. Lentement, Gloria se rend compte qu'elle n'est pas mouillée ; elle se trouve sous une tonnelle. Encore une fois, elle n'a aucun souvenir de s'y être abritée. Une image lui vient, une gloriette aux longues pattes arachnéennes qui court se poser au-dessus de sa tête.

Elle sourit. Une fois l'averse terminée, elle rentre par les rues qui embaument la chaussée mouillée et le pollen de bouleau. Puis, de plus en plus, le feu. Au fur et à mesure qu'elle se rapproche de l'avenue Clyde, l'air s'épaissit, chargé de fumée. Les incendies sont quasi quotidiens à Fort Détroit, mais jamais l'un d'eux n'a éclaté si proche de la maison jaune, pas depuis son arrivée du moins.

Elle accélère le pas, coupable comme si elle avait fait l'école buissonnière. Lorsqu'elle arrive sur Clyde, son regard plonge aussitôt au bout de la rue, aspiré par le brasier. Il jette tant de lumière que tout le reste est oblitéré, les arbres, le pavé, les demeures. La maison jaune est invisible elle aussi, engloutie par le rouge et l'orangé. Une voiture de police à l'aile enfoncée est stationnée en travers de la chaussée. Au pas de course, Gloria rejoint un petit attroupement qui, de loin, pourrait être confondu avec une masse de voisins inquiets. De près, il ressemble plutôt à un groupe de vacanciers assistant à un concert en plein air. Des chaises de jardin ont été tirées au milieu de la rue. On fait circuler des chips, de la bière. Des enfants courent dans tous les sens, réglisses à la main. On discute intensité, matière inflammable, durée. Les policiers sont adossés à leur véhicule, observant la scène avec flegme.

– Pas de pompiers ? demande Gloria en rejoignant le groupe.

– On les a callés y a une heure, répond Alain. Y reste une demi-douzaine de trucks pour couvrir la ville au complet. Avec les orages, ça flambe tout partout.

– La police fait acte de présence, ajoute Théo, mais à moins de pisser plus loin que le commun des mortels, y pourront pas faire grand-chose.

– Au moins y sont pas en train de tabasser des innocents, émet Alain en sourdine.

Gloria regarde l'attroupement calme et bigarré qui maintient une distance de plusieurs mètres avec les agents. Le souvenir des émeutes et des perpétuels abus policiers n'est jamais loin. Sur l'horizon, des volutes de fumée jaunâtre pointent ici et là. Ça flambe tout partout.

– T'as de la chance, crachote Raquel en grignotant un bout de réglisse, ta maison est en retrait. Quinze pieds plus proche du trottoir et ta façade aurait roussi.

En plissant les yeux, Gloria distingue la forme des pignons, les fenêtres qui renvoient l'éclat sauvage de l'incendie. Sa maison est épargnée. La morte délabrée qui lui faisait face est en train de s'évaporer dans un hurlement bouillant. Songeant à son horoscope matinal qui lui prédisait de la chaleur, elle se laisse tomber dans la chaise que lui tend Théo et, comme les autres, elle s'abandonne au spectacle.

Les fleurs qui poussent le long des voies ferrées sont d'une beauté presque douloureuse. Dans la chaleur minérale des trains et l'odeur du goudron, elles s'élèvent, échevelées, ardentes, s'étirant au passage des convois, inondant les remblais. Elles transforment le silence en murmure.

Gloria voudrait bien s'attarder pour cueillir un bouquet, mais, pressée d'arriver à destination, Eunice se montre peu émue par le surgissement des cœurs jaunes et des corolles blanches. Elle peste contre les autorités.

– On leur a demandé pour des passages au travers la voie ferrée. Vingt ans après, on est encore forcés de traîner des cutters dans nos sacoches pour passer les clôtures.

Gloria regarde d'un côté puis de l'autre. À en juger par la quantité de brèches ouvertes dans les grillages, l'outil d'Eunice risque de ne pas être nécessaire. La moindre ruelle possède son accès particulier.

– Ça aurait pas été plus simple de l'appeler, Salomon? s'enquiert Gloria en enjambant une pile de vieux journaux.

– Oui, mais j'ai pas d'électricité depuis hier, so plus de batterie, répond Eunice en brandissant un cellulaire couvert d'égratignures.

Sur un poteau électrique, un mot en majuscules rouges accroche soudain le regard de Gloria. *DISPARUES*. Elle ouvre de grands yeux. Sur le papier rêche, Mathilda et Cassandra la dévisagent comme à travers un écran sale.

– Francelin, déclare Eunice, répondant à la question que Gloria n'a pas encore formulée. Y en a posé une septantaine dans la cité.

– C'est gentil.

– Mais peut-être pas beaucoup utile, ajoute Eunice en désignant une demi-douzaine d'autres affiches plus anciennes, appelant le retour d'autres êtres aux visages déchirés, aux noms barbouillés. Toujours pas de nouveau sur tes filloles, je figure ?

– Non. En fait, oui. Pas grand-chose. Après notre ronde des voisins, je suis montée dans leur chambre.

Eunice esquisse un signe approbateur de la tête. Au-dessus, un écureuil fait grelotter un jeune tilleul.

– Leurs tiroirs étaient vides. Le garde-robe aussi. Je pense pas qu'elles auraient pris le temps d'emporter leur linge si elles avaient été kidnappées. Ou si...

– Oui.

– Raquel avait peut-être pas tort. Elles pourraient s'être enfuies.

Eunice hoche énergiquement la tête, comme pour aider les informations à s'y réorganiser.

– Si c'est ça, ça change tout, dit-elle.

– Elles pourraient être parties n'importe où. Elles auraient pu prendre un bus pour Toronto, Montréal. Ou les États-Unis.

– Je te garantis que ces petites-là avaient pas de passeport. Même un billet d'autobus... je sais pas où elles auraient pris la tôle. Si elles ont fugué, elles sont pas loin.

Un vent chaud les rattrape par-derrière, gonflant l'ample jupe violette de Gloria comme un parachute. Les deux femmes s'arrêtent au niveau d'une rue cossue et Eunice semble presque déçue de constater que ses pinces ne seront pas nécessaires. Une large brèche est déjà ouverte dans la clôture. Quelqu'un a même accroché un écriteau annonçant : *Perlemère*. Elles sont arrivées dans le quartier de Salomon.

Si la demeure du cultivateur était une personne, ce serait une reine schizophrène. Malgré son usure, la résidence victorienne reste majestueuse, mais Salomon y a construit toutes sortes d'annexes avec des retailles disparates : planches recyclées, toiles de plastique, carton et bouts de ficelle. Le toit d'un pignon apparemment détruit par le feu a été remplacé par des panneaux de plexiglas. Par toutes les fenêtres, on aperçoit des tiges dont certaines s'échappent par les carreaux ébréchés, ainsi qu'une lumière aveuglante vraisemblablement alimentée par une petite éolienne fixée à la cheminée. La maison entière est une serre à paliers multiples.

– À l'automne, on se ramasse ici pour faire des cannages. Tu vas voir, c'est le fun faire ça en gang. Des tomates, des pickles, des fruits dans le sirop...

Gloria suit Eunice le long du flanc sud, vers un appentis vitré. Sans frapper, elle s'y introduit. Aussitôt, l'odeur de la terre noire les enveloppe. L'air est humide et astringent, presque vert de chlorophylle. Des centaines de pousses à diverses étapes de développement les entourent. Des petites fées de sève.

– Salomon ! lance Eunice, si fort que les fées se replient.

La maison est déserte. Avec un soupir exaspéré, Eunice annonce qu'elles devront faire le tour des autres serres pour trouver le fermier et les plants de tomates qu'il lui a promis. Avant de quitter le manoir biscornu, elle s'empare d'une brouette profonde qu'elle fait rouler avec la même impatience que si elle promenait un chien paresseux.

– Tu sais, avance Gloria, si tu veux, on pourrait enquêter au sujet de ton père aussi. Essayer de trouver celui qui l'a frappé.

Eunice hausse les épaules.

– On pourrait refaire le tour des voisins, insiste Gloria.

– Théo s'est déjà renseigné. Personne a rien vu.

– On pourrait appeler les garages, d'abord. L'auto qui a renversé ton père doit être maganée, y a peut-être un mécanicien qui se souvient de l'avoir réparée…

– C'est pas fou. Peut-être. Mais pas maintenant. Je suis pas capable, là. Pis mon père, y est mort. C'est sur les vivantes qu'il faut se concentrer.

Devant le pragmatisme de sa compagne, Gloria se refuse à formuler, à même penser au fait que ses petites-filles ne sont peut-être pas vivantes, elles non plus. Au bord de la route, des matricaires, qu'enfant elle appelait camomilles, ouvrent leurs fines mains vertes. Elle en cueille une, fait rouler sa fleur ronde entre ses doigts. Le parfum de pelure de pomme se déploie.

Le sentier qu'elles suivent débouche sur un vaste terrain vague. Au centre se dresse une longue bicoque, construite sur le même modèle que les annexes du manoir de Salomon : hétéroclite. À travers le plexiglas embué, elles distinguent des formes qui se meuvent comme des poissons vifs dans un aquarium.

– Hmm. C'est pas Salomon, ça.

En entrant, elles ont à peine le temps de voir trois petites têtes. Une noire, une rousse et une blanche. Des enfants. Ils prennent leurs jambes à leur cou, leurs vêtements amples et troués flottant derrière eux, leurs bras maigrichons chargés de plants de fraises.

– Hé ! appelle Eunice.

Gloria ne bouge pas. Dans la chaleur abrutissante de la serre, son cœur s'emballe devant les enfants qui disparaissent. Eunice fait claquer sa langue, puis s'empare elle aussi de plants de fraises qu'elle balance dans les bras de Gloria, avant d'en reprendre la même quantité.

Elles repartent à travers les friches foulées par le soleil de midi. Au bout d'une demi-heure de marche, elles atteignent enfin leur but. Gloria est brûlante et assoiffée, et Eunice, d'une humeur massacrante. Un modeste bungalow se dresse devant elles, dont une moitié semble avoir été coupée net pour faire place à une serre semi-circulaire d'environ quinze mètres de diamètre. La seconde structure s'imbrique si bien dans la première qu'on croirait que la serre a poussé de la maison, une excroissance prodigieuse.

Salomon est là, assis avec deux vieux vêtus de vestons rapiécés maculés de terre. Ils sirotent une boisson effervescente en devisant tranquillement. L'un d'eux gratte une mandoline. Les plants fraîchement arrosés embaument la serre.

– T'es là ! Ça fait deux heures de temps qu'on te cherche ! On est à moitié mortes !

Salomon, qui ne semble pas le moins du monde affecté par la mauvaise humeur d'Eunice, ouvre les bras.

– Eunice ! Viens donc goûter à notre kombucha maison ! C'est l'œuvre d'Ulysse, dit-il en désignant un des vieux. Il en a fait des gallons avec la récolte de merises.

Après quelques gorgées, Eunice s'adoucit, et Gloria sent la vie recommencer à pétiller jusqu'au bout de ses doigts. L'endroit est un fouillis paisible. Des bocaux divers bordent les rangées de plants. Des livres, des journaux, un tourne-disque et une trompette ternie occupent le reste de l'espace. Les vieux fument et rigolent doucement. Salomon fait les présentations.

– Mes associés, Ulysse et César. On a fondé l'OAI ensemble.

Eunice roule les yeux, l'air de trouver l'acronyme mortellement pompeux.

– L'OAI ? fait Gloria.

– L'Organisation agricole interlope. On a pas de permission officielle. On fait tout clandestinement. Quatre serres à travers la cité, sans compter celles qu'on a chez nous !

Les hommes font goûter à leurs hôtes toutes sortes de verdures : moutarde, oseille, cresson... Les yeux fermés, Gloria écoute le froissement de chaque bouchée dans sa tête.

– On t'a emprunté une barouette, annonce Eunice. Et une couple de plants de fraises. En attendant nos tomates...

Salomon éclate de rire.

– Ben oui, Nini, tu vas les avoir, tes pommes d'amour. On va passer demain.

– On a vu d'autre monde se servir dans ta serre, sur Cécile-Tousignant, ajoute Eunice. Trois enfants. Y ont pris l'épouvante en nous voyant.

– Oui. Ils viennent, ils prennent. C'est des glaneurs...

– Pourquoi y font ça ? s'enquiert Gloria.

– Parce qu'ils ont faim ! Y a beaucoup d'enfants laissés à eux-mêmes en ville. Depuis qu'ils ont coupé dans les services de protection de l'enfance...

Gloria brûle d'envie de poser d'autres questions à Salomon, mais Eunice est déjà en train d'organiser la journée du lendemain. Sur la table, le coin du journal papillonne dans un courant d'air. Machinalement, elle trouve la page des horoscopes. *Vous êtes un esquif sans voile ni dérive sur une rivière véloce. Laissez-vous transporter. Les failles du paysage sont fécondes. Le nombre cinquante vous soutient.* Levant les yeux, elle sursaute en apercevant Salomon qui s'est rapproché.

– C'est des sornettes, l'astrologie, déclare-t-il. Si tu veux connaître l'avenir, essaie le tarot. Je passerai avec mes cartes. T'as pas mal de questions, j'imagine.

Gloria dévisage Salomon, qui lui adresse un clin d'œil bienveillant avant de charger la brouette de plants de tomates.

– Tiens, chère Eunice. Puisque t'es si pressée d'avoir tes tomates, pars avec ça. On va embarquer le reste dans le pick-up, demain.

Gloria rentre chez elle fourbue, la peau tendue par la brûlure du soleil. Elle engloutit deux grands verres d'eau et remplit la baignoire. Dans les remous du jet d'eau, elle fait tomber deux gouttes d'une huile de lavande que lui a donnée Ulysse. L'odeur pénétrante envahit les lieux. Par la fenêtre ouverte, Gloria voit filer des lames vaporeuses. La pièce se purge de ses démons.

Elle se laisse couler dans l'eau fraîche. Ses coups de soleil se hérissent d'abord, puis s'apaisent. « Judith », chuchote-t-elle, et l'eau s'engouffre dans sa bouche lorsqu'elle parle. Elle a le menton immergé, le haut de la bouche exondé. À cheval entre les deux éléments. « As-tu eu mal ? » Une minuscule vague roule depuis ses lèvres, comme si sa voix prenait une forme liquide. « Je sais pas si c'est douloureux de mourir noyé. » Elle tousse, se redresse, crache un filet d'eau dans le bain. « As-tu eu peur ? » Ses pieds glissent contre la paroi de fonte, produisant un crissement grave, subaquatique. « As-tu regardé dans les yeux de celui qui te tuait ? T'es-tu battue ? » Ses larmes tombent, leur sel se perd immédiatement dans l'eau douce. Gloria laisse son visage s'enfoncer en entier. Ses cheveux s'ouvrent autour d'elle comme un panache. Dans l'opacité de l'eau, elle émet une plainte qui se transforme en bulle, une forme si étrange pour l'affliction. À bout de souffle, elle ressort, le visage écarlate. « J'aurais dû être là. Pardonne-moi. »

Le mulot est revenu. C'est le minuscule craquement d'une noix qui a d'abord alerté Gloria. En ouvrant la porte du garde-manger, elle l'aperçoit, recroquevillé comme une créature qui appréhende un coup, protégeant de tout son corps une amande poussiéreuse. Au ralenti, Gloria recule, attrape une merise sur la table et la dépose devant l'animal. Le mulot considère la baie avec stupeur, comme si on venait de lui lancer une grenade dégoupillée. Gloria le regarde s'avancer à pas saccadés, renifler la merise, puis s'en emparer à toute vitesse et battre en retraite dans le coin le plus sombre du garde-manger. Elle referme la porte en souriant. La journée se termine bien.

À deux heures du matin, toutefois, elle ne dort toujours pas. Dans un crescendo de craquements, elle descend l'escalier et se blottit dans un fauteuil, une tasse de chicorée à la main. Cette nuit, les coyotes et les chiens sont silencieux. Sur les murs, les coulisses esquissent une étrange cartographie, ni topographie, ni routes. Couplées aux lézardes, on dirait des indications pour retrouver les morts, comme dans le ventre d'une pyramide. Une marche à suivre pour remonter le temps. Hébétée, Gloria se lève, déniche à la hâte un papier et un crayon, et recopie soigneusement le dessin qui insiste, se détachant presque de la surface du mur. Sitôt cette tâche accomplie, elle s'effondre dans le fauteuil et s'endort. À son réveil, sa première pensée est une question. Pourquoi y a-t-il une reproduction du tracé du parc de la Rouge à ses pieds ?

– Y faut jamais oublier qu'on est passés à deux poils de devenir Américains. Et si ç'a pas arrivé, c'est pas grâce aux Français. C'est pas grâce aux Anglais non plus. C'est grâce aux Premiers Peuples.

Cette dernière déclaration, prononcée par Salomon sur un ton sentencieux, ne provoque pas chez son auditoire l'épiphanie qu'il semblait escompter. Lui jetant à peine un regard distrait, ses deux comparses venus l'aider à planter les tomates poursuivent leur besogne. Salomon n'en perd pas sa verve.

– Si Pontiac avait pas eu le leadership qu'il avait. S'il avait pas été le fin stratège militaire qu'il était. S'il était pas parvenu à convaincre Pierre-Joseph Neyon de Villiers du Fort de Chartres en Haute-Louisiane. Ben le siège de Fort Détroit aurait raté, et les Britanniques seraient restés à leur aise.

– C'est toujours de même, chuchote Ulysse à l'oreille de Gloria. Dès qu'y se met à l'ouvrage, y part sur une balloune d'histoire. Oh, pis Eunice arrive, ajoute-t-il en jetant un œil derrière lui. On va s'amuser.

Gloria sourit. De la main, elle salue Eunice qui s'avance avec une brouette pleine d'outils de jardin rouillés.

– V'là toute ce que j'avais dans le cabanon. J'en fais don à *l'OAI*, annonce-t-elle d'un ton railleur.

Puis, se tournant vers Gloria, elle s'exclame :

– Tu te salis pas les mains, toi ?

Gloria brandit deux bouteilles de limonade et une boîte de biscuits secs.

– Je m'occupe du ravitaillement.

– Dans ce cas-là, poursuit Salomon un peu plus fort, le traité de Paris de 1783 aurait été très différent. Les Américains se seraient obstinés en pas pour rire pour avoir Fort Détroit. Un lieu fortifié sur une rivière entre deux Grands Lacs ! Mais rendu là, la place s'était taillé une réputation. Les Britanniques s'étaient tellement fait varloper en essayant de la garder, plus personne voulait y toucher.

Sous les pelles, la terre est chaude et cendrée ; elle s'ouvre comme une bouche pour happer les minuscules racines des plants.

– On croyait que Fort Détroit était un lieu protégé par une alliance de démons. Le Satan des catholiques, le Wendigo des Outaouais, le Nain rouge du détroit. Les Américains ont rien voulu savoir.

Eunice, qui écoutait sans mot dire, lève soudainement la tête.

– Voyons donc ! Voir si les Américains se seraient privés de Fort Détroit pour une affaire de superstition ! Pis si je me rappelle bien de mes cours d'histoire, c'est pas le traité de Paris qui a décidé de son sort, c'est le traité de Londres. Toute s'est décidé sur des affaires commerciales. Mon père disait toujours : « Y ont joué la ville comme un paquet de pitounes de poker ! »

– Mais pourquoi Fort Détroit et pas un autre, hein ? Y en avait une couple, des forts intéressants le long des lacs à l'époque. Moi je te dis qu'y a un sort sur la cité, un envoûtement...

– C'est à cause de là où ce que la ville est placée ! Fort Détroit est au *nord* du comté d'Essex, pour l'amour ! Difficile de pas le voir comme une ville canadienne...

– Pis comment ce que t'expliques qu'on ait laissé les francophones en paix pendant cent ans après ça ?

– Personne avait catché qu'y avait de la tôle à faire ici ! Mais drès que l'industrie a commencé de se développer, y ont vu que c'était beaucoup pratique, d'être sur le bord des lacs.

– En tout cas, moi je continue de penser que c'est la résilience des nations autochtones qui a permis que Fort Détroit devienne une ville française...

– Britannique.

– ... un lieu de résistance et de liberté !

– Tu me niaises ? La ville est direct sur un territoire volé aux Premiers Peuples. Pis tu trouves pas ça un peu gros de mettre les Outaouais, les Français pis les Anglais dans la même team ?

– Ils l'étaient ! Dès le départ, Cadillac s'était associé avec une demi-douzaine de nations...

– Qu'y a fait mouver d'autres territoires. Y a traficoté une alliance pour servir ses plans à lui, y a fait ça tout croche. Pis quand ça s'est mis à chirer, y a brûlé les campements de ses alliés.

– Ça c'était pas lui, c'était Dubuisson.

– Même différence. C'était de sa faute en partant.

– Je dis pas le contraire. Mais faut rendre à César ce qui revient à César !

– Mêle-moi pas à ça, lance César du bout du champ.

– L'implication des Premiers Peuples a changé la donne pour notre cité.

– Implication, exploitation… marmonne Eunice. Y me semble qu'à la base, quand une ville est bâtie sur un crime…

– Détroit est bâtie sur du rêve autant que sur du crime.

Eunice renifle bruyamment. Derrière, les deux vieux hochent la tête, approuvant en alternance les envolées de Salomon et les ripostes d'Eunice. Ulysse adresse un clin d'œil à Gloria, puis lui pointe le ciel, où deux faucons tournoient très haut, dessinant le symbole de l'infini. Bientôt, ils retourneront vers leurs nichoirs, sur les flancs des gratte-ciel abandonnés qu'ils prennent pour des falaises. Au sol, Eunice et Salomon continuent de débattre tandis que César, lent et efficace, termine une rangée de tomates et en commence une de pois sucrés. Tout à coup, comme d'un accord muet, les deux férus d'histoire se taisent. Salomon regarde autour de lui.

– Ça serait le fun, des framboises.

Eunice tourne les yeux dans la même direction, vers cette haie de baies imaginaires. Comme Salomon, elle semble avoir atteint une sorte de limite abstraite, le terme de sa plongée en apnée dans le passé. Au-delà de la prairie urbaine, la tour du Lys, croche et éternelle, semble se balancer dans le vent.

– Oui. J'aimerais ça.

Gloria leur verse de la limonade. Les bulles dans les verres cherchent à épeler la suite de l'histoire.

Leurs sacs sont étrangement lourds en regard de leurs maigres trouvailles. Celui de Gloria pèse sur ses épaules comme s'il voulait l'attirer vers le sol, dans les terriers des marmottes qui se croient invisibles. Eunice, elle, peste contre une boîte dont le coin s'enfonce dans son dos. Ça fait trois fois que Gloria réorganise ses provisions pour rectifier la situation, en vain. Quelque chose s'obstine à tarauder son amie.

– Au moins, on a trouvé des bananes. J'ai pas mangé ça depuis le soixante-dix-huitième à papa. Je me souviens, cette fois-là, j'avais voulu faire des banana splits pour tout le monde avec de la crème à glace maison. Le courant a lâché dans la nuit. Au matin, j'avais de la crème qui avait coulé partout dans mon congélateur. J'ai fini par faire des milk-shakes à' place. J'en avais même donné à tes filloles, les pauvres pitounes, elles nous regardaient en bavant à travers la palissade.

Comme chaque fois qu'elle parle de la famille de Gloria, Eunice s'interrompt, hésitante, ne sachant pas si ses anecdotes aident ou blessent Gloria. Comme si la ville voulait se mêler à la conversation, une palissade révèle soudain une des affiches *DISPARUES* de Francelin. Gondolés par la pluie, les visages des deux petites filles sont devenus embrouillés, illisibles. Gloria prend une profonde inspiration. L'odeur des bananes mûres lui serre le cœur.

Leur tournée des magasins d'alimentation, plus ambitieuse que d'habitude, les a conduites chez un épicier qui leur a vendu ses derniers fruits importés, en plus de farine, de sucre et d'autres denrées simples. Les deux femmes rentrent dans le coucher du soleil, les jambes moulues par leur journée de marche. Au-dessus de leurs têtes, un pont ferroviaire recouvert d'un tricot multicolore vibre, indiquant l'approche ou l'éloignement d'un train, à quelques kilomètres de là. Ou alors, il raconte une fable, des porteurs stoïques, des hobos ivres d'espace. La laine rend sentimental.

Une fois arrivées sur l'avenue Clyde, Eunice extirpe de sa poche ce que Gloria prend d'abord pour une balle. D'un air triomphant, elle la rapproche des yeux de son amie. L'orange est charnue, grêlée, lumineuse. Quand la pelure se déchire, elle vaporise un brouillard vif, un parfum presque piquant.

– Ch'avais pas vu d'oranches, là-bas, articule Gloria, la bouche pleine de pulpe.

– 'Était cachée. Derrière le comptoir.

Gloria s'étrangle en avalant sa bouchée.

– Tu l'as volée à l'épicier ?

Eunice chasse de la main les scrupules de sa voisine.

– Au prix qu'y charge pour ses grosseries, c'est lui le voleur !

Gloria s'apprête à protester mais un cri l'interrompt. Il provient de la cour arrière d'Eunice. Gloria suit son amie entre les deux maisons.

– Bon, une autre batture de caracros, s'exclame Eunice.

Sous son support à linge, deux silhouettes rachitiques se disputent un objet blanc et mou comme le corps d'un fantôme.

– Sont après me piquer les hardes de ma corde à linge, sainte marde !

Elle s'élance en criant et en lançant des pelures d'orange, et les deux intrus détalent dans les friches, où les lambeaux de leurs corps se dissolvent. Comme pour s'assurer de leur évaporation complète, Eunice continue de les pourchasser. Gloria les suit des yeux un instant. Puis, graduellement, une autre présence se fait sentir, chaude et musclée. Un regard appuyé sur elle. Elle fouille les environs des yeux et le repère. Un chien, un pitbull massif à l'oreille droite arrachée. Le cœur de Gloria se rétracte. La puissante gueule de l'animal bée, ses muscles saillent. Mais il ne bouge pas, se contentant de la fixer d'un air omniscient. Gloria soulève un bras, esquisse un pas dans sa direction. Aussitôt, le chien se glisse dans les hautes herbes. Comme celui des deux voleurs, son corps s'évanouit ; les tiges ne remuent pas, aucun froissement ne se fait entendre. Le terrain vague l'a englouti.

L'air du soir est parcouru de frissons. Gloria dépose sur les marches du balcon arrière les cinq pommes vertes qu'elle a dénichées à l'épicerie. Leur peau tendue reluit, on dirait cinq feux verts qui tintent dans la pénombre. Quand le noir s'installe, Gloria se cache derrière la porte. La lune éclaire la cour, la tulipe fanée, le monticule de cendres. Les tessons brillent comme des perles au fond de la mer.

La nuit s'allonge sur Fort Détroit et, sur sa petite chaise droite, Gloria glisse de l'éveil au sommeil, du sommeil à l'éveil sans rupture, comme si la transition d'un état à l'autre était une large respiration. Vers vingt-deux heures, elle découvre qu'il ne reste que trois pommes. L'atmosphère vibre d'une humidité argentée. Les chauves-souris foncent dans le vide. Une heure plus tard, il reste deux pommes. Un hurlement féroce se fait entendre. Un chien qui invective un coyote, ou l'inverse, puis un vacarme métallique, comme des animaux de fer qui perdraient leurs morceaux. À cinq heures, il n'y a plus qu'un trognon hachuré de coups de becs cunéiformes. Les oiseaux éclaboussent l'aube de jus de pomme et de piaillements. Gloria s'étire dans la tiédeur de l'aube. Les enfants entrevus chez Salomon ont mangé ses fruits, ils ont recraché les pépins au clair de lune – elle en est sûre. La lumière pond un œuf au milieu des friches. Dans la touffeur précoce de juin, les fleurs s'ouvrent à l'été.

En constante tension dans les champs, les grandes mains de Salomon se transforment quand il les pose sur le paquet de cartes. Les nœuds disparaissent. Loin des pousses et des fruits, sa peau déploie ses propres fragrances, feuilles de menthe et eau de pluie.

– Les cartes, explique-t-il, vont écouter ta question, que tu la dises tout fort ou pas.

Le dos du jeu est rouge sang de bœuf avec des enluminures dorées. Il a l'air d'avoir mille ans.

– C'était les cartes à ma grand-grand-mère, raconte Salomon. Elle avait prédit le destin de la ville. La révolte, les épidémies, les avaries, l'austérité. Le dépeuplement, les orphelins de la drogue. Même le retour des animaux sauvages. Une grande tireuse de fortune, mon aïeule.

De la main droite, Salomon coupe le paquet en trois.

– As-tu ta question ?

Gloria ferme les yeux. Elle pense à Judith, à son assassin qui court. Son front brûle lorsqu'elle imagine Cassandra et Mathilda. C'est elles qu'il faut d'abord retrouver. Elle esquisse un signe de la tête. D'un geste coulant, Salomon étale le jeu en éventail. Dehors, le cardinal illumine le ciel gris, comme si son chant pouvait relever l'horizon.

Avec soin, Salomon choisit une carte qu'il retourne et pose sur la table. Une jeune personne apparaît, tenant dans ses mains deux disques. La seconde carte révèle une autre figure juvénile, celle-ci armée d'une épée.

– Eh ben, ç'a pas bretté ! Tes petites-filles sont là.

Le visage grand ouvert, Gloria scrute les deux personnages. L'index de Salomon tombe sur une troisième carte. Cinq hommes tiennent des bâtons avec lesquels ils semblent s'affronter. La quatrième carte représente une lune surplombant des chiens et la dernière, un groupe de personnages autour desquels planent des cercles.

Même si Salomon n'a encore rien dit, Gloria a envie de pleurer, comme si le seul fait de chercher la réponse changeait le cours des choses.

– Le Valet de Deniers et le Valet d'Épées. Sont aussi appelés « princesses » ou « filles » dans la tradition Waite-Smith. Ça, pas de doute que c'est Mathilda et Cassandra. Pis elles se présentent à l'envers. Pour le Valet de Deniers, ça montre une insécurité matérielle, physique, une incertitude par rapport au futur... Pour l'autre, le Valet d'Épées, y a de l'impatience, de la précipitation. Un trop-plein d'énergie mal canalisé. Ça fitte, penses-tu ?

– Je sais pas. Je les connais pas beaucoup.

Salomon reporte son attention sur les cartes restantes. Sa poitrine se déploie à chacune de ses respirations, on dirait des volets qui s'ouvrent, se referment.

– Je pense que le tarot a voulu nous montrer les personnes en premier, et la situation en deuxième. Le Cinq de Bâtons, ça serait le passé. Y aurait eu une manière de lutte, pour une cause juste. Y a l'idée d'un problème à résoudre, un nœud difficile à défaire. De la culpabilité, aussi.

La main de Salomon s'arrête ensuite vis-à-vis de la carte de la Lune.

– La Lune, c'est un arcane majeur. Ça veut dire une carte puissante qui définit toute une période. Dans ce cas ici, elle parle du présent. D'instabilité, d'isolement. Les émotions prennent toute la place. Ce qu'on voit est une illusion, et ce qu'on voit pas est immense. La Lune dit de suivre notre instinct pour se retrouver.

Gloria a l'impression qu'une anguille tournoie dans son esprit. Devant elle, la masse solide et patiente de Salomon reste penchée sur le tarot.

– Le Dix de Coupes, c'est une belle carte pour finir. Ça montre une force positive dans le futur, une force collective. Le sentiment d'être chez soi parmi les autres, et en nous-même. C'est beau, ça. C'est très beau.

Il lève les yeux vers Gloria, qui triture anxieusement sa tasse.

– C'est difficile de savoir si les cartes veulent parler de toi ou de tes filloles, ajoute Salomon. Ça vous concerne probablement toutes les trois. Et peut-être Judith aussi.

Le cartomancien pose sa grande main sur celle de Gloria.

– Y a une affaire qui m'a l'air claire, par exemple. C'est qu'elles sont en vie. Tant qu'à moi, ces petites-là avaient la vie dure, mais c'était des débrouillardes. T'as toutes les raisons d'espérer. Continue de les chercher, Gloria.

Gloria boit une gorgée de chicorée sans parvenir à défaire les nœuds au fond de sa gorge. Une lame s'est logée là où sa voix palpite. Sans se presser, Salomon ramasse les cartes. L'une d'elles s'échappe ; pendant un instant, elle flotte au-dessus de la table, en lévitation. Puis elle retombe avec une sorte de tintement.

– Ah, le tarot voulait ajouter un dernier mot. Quoi c'est qu'on a là ?

Du bout des doigts, il révèle l'image d'un homme s'éloignant sur la pointe des pieds, les bras chargés de cinq épées, tournant la tête pour regarder deux autres épées restées fichées dans le sol.

– Hmm. Le Sept d'Épées. La carte des voleurs.

À deux ans, Judith s'est mise à manger de la terre.

C'était bien après cette phase où les bébés appréhendent le monde par la bouche, couvrant amoureusement tout ce qu'ils touchent d'un film de salive. À cet âge, Judith savait marcher et prononçait à peu près distinctement quelques dizaines de mots. L'un d'eux était « tê ».

Dès qu'on la mettait dehors, elle trottinait vers les plate-bandes en chantonnant. Ses boucles châtaines bondissaient à chacun de ses pas, sa robe cousue à la main valsait autour de ses mollets dodus. Puis elle plongeait sa main dans le sol et enfournait une copieuse poignée d'humus. Lorsqu'on accourait pour intervenir, il était trop tard.

Gloria la surveillait de près. Leurs sorties dans la cour ressemblaient à un drôle de jeu d'ombre. Dès que la petite se penchait, la grande, également bouclée, également vêtue d'une robe longue, se penchait aussi. Si l'une posait la main sur la terre, l'autre étendait le bras de la même façon pour prévenir le geste de la première.

Mais Judith était inventive, et elle a tôt fait de découvrir les plantes en pot de la maison. Dès que sa mère avait le dos tourné, elle se régalait de la terre sèche des cactus et de celle, veinée de racines, des plantes araignées. Elle allait jusqu'à dérober des cuillers à la cuisine pour mieux s'empiffrer. Gloria la retrouvait tapie derrière les fauteuils, le visage barbouillé de boue, ni joyeuse ni coupable, simplement rassasiée dans son étrange faim. Gloria ne savait plus s'il fallait rire ou la gronder. Elle avait choisi de l'ignorer. Que se serait-il passé si elle avait sévi pour empêcher sa fille de manger de la terre ? Judith aurait-elle su éprouver plus clairement les limites de ses envies ? C'est ce à quoi réfléchit Gloria sous les néons brutaux du poste 38.

Au bout d'une attente interminable, un sergent aux traits tirés la reçoit. D'emblée, il lui annonce qu'il n'y a pas de nouvelle piste dans l'enquête sur le meurtre de sa fille. Il prononce le mot *enquête* avec hésitation, comme si le terme ne s'appliquait pas exactement à ce que les policiers avaient accompli après la mort de Judith.

– C'est pour mes petites-filles que je suis là, répond Gloria. Je voudrais savoir où est rendue l'enquête sur leur disparition.

Le sergent la regarde un instant, l'air indécis. Puis il sort de la pièce et revient avec deux dossiers faméliques qu'il dépose sans bruit.

– Pas de nouvelle piste là non plus.

– Est-ce que je peux voir les dossiers ?

– C'est confidentiel.

Gloria mettrait sa main au feu que le sergent a pris deux dossiers vides pour se donner une contenance, et qu'aucune enquête n'a été ouverte sur les deux petites. Qu'elles ont été oubliées, comme les petits glaneurs de Salomon, ou simplement ignorées.

– Elles manquent à l'appel depuis le jour de la mort de leur mère, insiste-t-elle quand même. Personne les a vues. Vous pouvez rien me dire ?

Le policier reprend le dossier, plus épais, de la fille de Gloria, l'étudie plus attentivement. Puis, son index tombe sur l'encre bleue d'une phrase.

– Une chose. C'est elles qui ont appelé les secours. Ça veut dire qu'elles ont été les premières sur les lieux du crime.

Gloria ouvre la bouche. Elle doit se rappeler de respirer.

– À l'arrivée des agents, la maison était vide. Sauf, comme de fait, pour la victime.

Les larmes strient les joues de Gloria. L'évocation de ses petites-filles, vivantes et dévastées, la chavire.

– Si vous voulez, vous pourriez essayer de trouver l'enregistrement de l'appel. La centrale est à cette adresse.

Gloria prend la carte qu'il lui tend, à la fois émue et incrédule devant tant de négligence. Comme s'il lisait dans ses pensées, le sergent reprend :

– Écoutez, envoyez-moi une photo, je vais la faire circuler parmi les patrouilleurs.

Gloria esquisse un signe sec de la tête et se lève. Elle sait d'ores et déjà qu'elle n'enverra pas de photo à cet homme, qu'elle n'attendra plus rien de cet endroit. En sortant, elle se retrouve face à face avec un énorme corbeau qui tient un objet dans son bec, une sorte de caillou lisse. En la voyant, il lève le bec, engloutit le galet et s'envole. Gloria jurerait qu'il vient d'avaler la pierre philosophale. Elle s'imagine le retrouver, le tuer. Elle ouvrirait son ventre, et serrerait la pierre chaude dans sa main. Alors, le temps se replierait et la pierre ramènerait les disparus à la vie.

Plantée sur le trottoir, Gloria attend que son ombre s'évapore sous ses pieds. Puis elle traverse la rue pour aller cogner chez Jonas, le voisin qui, au dire d'Eunice, fréquentait la maison de Judith. Les stores sont fermés, la sonnette ne produit aucun tintement. Gloria frappe doucement, du plat de la main. Le bas de la porte est couvert de marques de griffes. La supplication sans fin d'un animal. Les secondes tombent, goutte à goutte. Gloria insiste. Elle est de la même race que la bête qui a laissé ces égratignures. Impuissante mais patiente. À l'intérieur, des formes bougent comme de l'encre qui coule dans l'eau. Il y a peut-être quelqu'un qui fume, allongé par terre. Des esprits qui dansent. Elle finit par rebrousser chemin. Dans la cour, une pile de vieux pneus avale la lumière.

En mettant les pieds sur la chaussée, Gloria capte une sorte de grondement, l'écho de l'averse du matin. Ses pieds fourmillent. L'onde souterraine lui fait penser à Mathilda et Cassandra. Elle n'est même pas certaine qu'elle les reconnaîtrait, en personne. Elle n'a vu la plus jeune qu'une seule fois, il y a plus de sept ans. Mais elle est sûre qu'elle percevrait une vibration similaire, intensément familière.

Au bout de la rue, elle aperçoit Raquel qui traîne un chariot à provisions, ses bagues scintillant à ses doigts comme des braises. Gloria baisse les yeux. Quelque chose à l'intérieur de sa tête brille à son tour.

Le lac Sainte-Claire est une faune en soi, un monde où le synthétique et l'organique se mêlent. Aux premières heures, on dirait une nappe de vif-argent secouée par des mains invisibles. Puis, avec la chaleur et la lumière du matin, on distingue des objets de plastique, des structures d'acier immergées, un film d'huile à la surface. De grands bateaux avancent dans un silence caverneux, les oiseaux aquatiques fusent de l'horizon.

Fidèle à ce qu'on lui a appris enfant, Gloria ne souffle mot. Elle ne regarde pas Eunice et Francelin qui tiennent leurs cannes à pêche en sondant le lac des yeux. Les sons montent de ses profondeurs, des notes d'orgue englouti, de gigantesques tambours roulant dans les courants de fond.

Gloria se souvient à peine comment ils ont abouti là. Francelin est arrivé à l'aube au volant d'une vieille Cadillac et, un instant plus tard, ils étaient tous les trois dans cette chaloupe. Eunice bâille et se racle la gorge en alternance, naviguant entre la fatigue et l'affût. Francelin fume un cigarillo en regardant autour de lui comme si tout lui appartenait. Son bras, où le vitiligo dessine une carte méandreuse, traîne dans l'eau fraîche. Gloria n'a pas voulu pêcher mais, comme eux, elle attend les poissons. Elle attend les sirènes et les corps des noyées, elle attend que tout remonte à la surface pour raconter.

Soudain, ça tire sur la ligne de Francelin. Les deux pêcheurs s'activent autour de la canne, se lancent des mots brefs et tranchés, Eunice s'empare de l'épuisette. Un gros poisson au ventre mou émerge, l'air furieux et vaincu. Il se débat dans le filet, ses spasmes de plus en plus lents. À travers les mailles grises, Gloria contemple l'animal, dernier d'une longue lignée d'habitants de ce lac, dont les ancêtres ont nourri les premiers habitants de la région et se sont nourris de leurs naufragés, deux familles anciennes qui se donnent l'une à l'autre, échangeant des vies depuis des siècles. Gloria cligne des yeux, éblouie par le rebond du soleil sur l'eau, par la mort du poisson. Les deux autres se mettent à ramer, ramènent l'embarcation vers la rive dont les contours vibrent dans l'air humide. Une averse approche.

Sur le chemin du retour, Francelin rapporte les dernières nouvelles. Il paraît que le vent a arraché trois arbres sur le boulevard Michel dont l'un a assommé le facteur. Il paraît que Dan Dupuits est en train de ressusciter le système de son du Shling pour les concerts. Il paraît que le chien d'Alain a attrapé un petit serpent à sonnette. Il paraît qu'on a vu des ouvriers au pied de la tour du Lys. Gloria se laisse bercer par le flot des rumeurs. Son regard se pose sur le doré qui gît dans un seau de glace. Comme tous les morts, il semble respirer, encore si proche de la vie. Sur la fenêtre battue par la pluie, les gouttes se fraient des chemins tortueux. L'une d'elles, accrochée au coin de la vitre, change doucement de couleur. Elle brille rouge, comme une coupure.

« Je comprends pas ce que t'étais devenue, Judith. Je comprendrai jamais. C'est pas grave. »

Gloria plonge la tête sous l'eau. Des courants chauds et froids s'y mêlent, déplaçant des îles, des bancs de sable. L'air est abrasif lorsqu'elle émerge. « Je sais que j'arrive trop tard. Mais je suis là. Pour la suite. Pour les filles. » L'eau tourbillonne comme si un monstre rôdait sous la surface. Gloria sent son corps caler, aspiré vers le bas. « Je pense qu'elles ont peur de revenir parce que la maison est hantée. Mais c'est pas par des mauvais esprits. C'est toi. Je sais que t'es là, Judith. Je sais que tu m'entends. Il faut que tu m'aides. Si tu me guides vers tes filles, je te jure que je vais m'occuper d'elles toute ma vie. Même quand elles vont être grandes, même si elles partent et qu'elles veulent plus rien savoir de moi. Je vais veiller pareil. Je les lâcherai jamais. Je te le promets. Je vais les aider à trouver tout ce qu'il faut pour vivre. Fort Détroit est pas une ville morte, c'est pas vrai qu'elle est en ruine. Elle est pleine de vie. Je t'en supplie, Judith, laisse-moi me rattraper. Donne-moi un signe. »

Gloria se tait. Petit à petit, l'eau du bain se stabilise jusqu'à devenir une feuille de verre. Puis, du robinet jusqu'alors coi s'écoulent trois gouttes successives. Trois points de suspension.

Eunice se penche sur les fraises. Elles ont mal supporté la transplantation dans le champ. Gloria la rejoint, considère les feuilles avachies, les fleurs exsangues.

– C'est de ma faute. Je les ai trop arrosées, je pense, dit-elle.

– Pas plus que la frisée, pis regarde si elle est belle.

Comme si elles les avaient entendues, les laitues balancent orgueilleusement leur feuillage. Des reines de beauté. Depuis le rang qu'il est en train de ratisser, Salomon leur lance un regard approbateur.

– C'est les bonnes sœurs que ça nous prendrait, continue Eunice. T'aurais dû voir les fraises de leur potager. On en bavait d'envie dans la cour de la petite école. Le thrill, c'était d'aller en voler quand les cornettes avaient le dos tourné.

– T'as été à l'école chez les sœurs, toi ?

– Comme à peu près tout le monde ici, en tout cas ceux de ma génération.

– Les générations d'avant itou ! renchérit Salomon du bout du champ.

– C'est drôle, j'avais jamais vu Fort Détroit comme une ville catholique, commente distraitement Gloria tandis qu'Eunice lui fait des grands signes pour la faire taire.

Mais il est trop tard, Salomon s'est déjà redressé et contemple le potager comme un orateur devant une salle comble, tenant son râteau comme un bâton de parole.

– Voyons ! T'as pas vu les églises ! Y en a presque autant que des arrêts stop ! C'est une des affaires qui ont attiré tellement d'immigrants ici. Y en avait d'autres, des gros centres industriels à l'époque. Mais ce qui a donné le goût aux Polonais, aux Irlandais, aux Italiens (peut-être tes ancêtres, Gloria) de chercher de la job ici, c'est qu'à Fort Détroit y pouvaient continuer à pratiquer leur religion.

– Ma famille est pas d'ici, rappelle timidement Gloria.

– Pis c'est les églises, poursuit Salomon sans relever son commentaire, les écoles et les hôpitaux catholiques qui les ont poussés à apprendre le français et pas l'anglais. C'est par la religion que le français a survécu. On a beau dire ce qu'on veut contre les curés pis les bonnes sœurs, y ont toujours ben servi à ça.

Eunice se mord les lèvres. Gloria l'entraîne vers les tomates. Les plants de *Mortgage Lifters*, de *Better Boys* et de *Golden Jubilee* ont bien pris racine. Fidèles à leur nom, les *Early Girls* commencent déjà à présenter des fruits prometteurs, alors que les autres variétés n'offrent pas encore de fleurs, seulement le parfum assoiffant de leur feuillage. Gloria arrache quelques mauvaises herbes. Eunice se penche tendrement sur chaque plant pour en retirer les gourmands. Salomon poursuit sur sa lancée.

– En premier, ç'a été le séminaire Saint-Ours, que l'évêque de La Fresnière a fondé en 1838, déclare-t-il en étendant le bras vers l'est, comme si l'établissement était visible de leur position. Ç'a permis à des générations de petits catholiques de s'instruire, en français pis en latin, madame ! Le collège a été brûlé en 1887, rebâti quelques années plus tard pis fermé de force quand ils ont interdit l'enseignement en français en 1912. À ce moment-là, c'est encore les curés qui se sont battus pour faire renverser la décision du fédéral. Mais ç'a pas réglé le problème des anti-francos. Dans les années vingt, le Ku Klux Klan a attaqué le séminaire à la dynamite ! Après des années à terroriser les Noirs, les bozos à capuche s'étaient excités en voyant leurs petits amis de l'Ouest faire flamber l'université de Saint-Boniface. Mais y sont pas arrivés à détruire le séminaire Saint-Ours ! Y est resté debout pour accueillir les fils...

– Certainement pas les filles, siffle Eunice.

– ... des familles catholiques du coin. Pareil pour l'hôpital Saint-Martin, qui a soigné les malades et accouché les mères gratis, pis qui a accueilli les Noirs qui fuyaient l'esclavage aux États-Unis. Les sœurs les ravitaillaient pis les soignaient, un vrai havre au bout de l'Underground Railroad. Elles ont sûrement aidé quelques-uns de mes ancêtres. Pis peut-être qu'une des tiennes serait passée par là aussi, Eunice ?

Eunice, qui arrachait les mauvaises herbes avec une vigueur de plus en plus agressive, n'y tient plus.

– Primo, mes ancêtres étaient ici partant de 1730. Des colons français, principalement, mais aussi des Hurons pis des Africains amenés de force. Deuzio, havre mon cul ! Les bonnes sœurs accueillaient les Noirs pour les convertir, c'est toute ! Mon père racontait tout le temps comment ce que sa grand-tante s'était faite menacer de se faire jeter en dehors de l'hôpital une demi-heure après d'avoir accouché parce qu'elle voulait pas que son bébé soit baptisé catholique.

– 'Est ben vengée astheure. T'es plus athée qu'un barreau de chaise.

– Pis avant que de devenir, quasiment par accident, un hub de l'Underground Railroad, martèle Eunice, je te rappelle que Fort Détroit était assis sur proche de deux siècles d'esclavage. Pis drès la fin de la guerre de Sécession, nos bons habitants, protestants comme catholiques, se sont dépêchés de faire savoir aux Noirs qu'y avaient plus d'affaire icitte.

– C'est moi qui t'as appris ça ! s'exclame Salomon, apparemment indigné qu'on lui resserve ses propres leçons. Quand je t'avais montré le journal de mon aïeul Josias.

– Pis starte-moi pas sur les abus des prêtres, continue Eunice.

– Ben oui, y en a eu des écœuranteries. Mais tu sais que j'aurais jamais appris le piano si c'était pas des bonnes sœurs. C'est pas rien.

– Si ma mémoire me sert, elles t'ont aidé jusqu'à tant que de découvrir que ta mère était juive.

– C'est pas ça qui s'est passé.

Salomon lâche son râteau comme s'il s'apprêtait à crier. Ses grandes mains se referment, puis s'étirent. Mais c'est d'une voix très douce qu'il reprend :

– Y a ben des affaires qui ont pas marché comme je voulais, pis c'est pas de la faute des sœurs. Tu sais comment ce que c'était.

Eunice regarde le bout de ses chaussures maculées de boue.

– Oui, je sais.

Le visage contrit d'Eunice rencontre celui, rapidement apaisé, de Salomon. Comme deux vieux adversaires, ils savent quand arrêter, quand laisser l'épée retomber. Salomon pose une main pacifique sur le bras d'Eunice, et un vent immense vient ébouriffer la prairie.

À sept ans, Judith a fait sa première fugue. Son père l'avait punie pour avoir cassé une tasse en porcelaine héritée d'une aïeule, tasse avec laquelle il lui était expressément interdit de jouer. Confinée à sa chambre, l'enfant était sortie par la fenêtre. Elle était parvenue à descendre jusqu'au sol grâce à la vigne vierge qui couvrait la façade de la maison. Elle avait couru jusqu'à la route sans se faire remarquer de Gloria qui cousait dans la cuisine. Son absence avait duré plus d'une heure et demie. N'entendant rien, Gloria avait conclu que sa fille s'était endormie au bout de ses larmes. Elle s'imaginait décoller les mèches humides des joues de l'enfant avec une débarbouillette. Elle proposerait à Judith de recoller les fragments de la tasse. Son mari avait décrété que c'était peine perdue, mais Gloria tenait à essayer. À le faire avec sa fille. À voir les petites mains manipuler la colle et la porcelaine, s'étirer pour demander de l'aide. Gloria lui montrerait comment s'y prendre et, ensemble, elles annuleraient l'accident.

En milieu d'après-midi, un fermier vivant à trois kilomètres de chez eux lui avait ramené une Judith au visage rouge et larmoyant. Il avait trouvé la fillette en train de chanter à tue-tête sur la route, déterminée à se rendre au village. Ce qu'elle comptait faire une fois là-bas restait nébuleux. Gloria avait entraîné l'enfant déshydratée dans la cuisine. Sans mot dire, elle lui avait donné à boire, puis avait mouillé un linge et essuyé le visage maculé de poussière et de larmes. Elle annulerait la fugue.

À son retour, son mari avait arraché la vigne vierge de la façade.

– Bonne idée, l'avait remercié Gloria. Comme ça, elle pourra plus se sauver.

Son mari avait haussé les épaules.

– Plus par sa fenêtre, en tout cas.

Gloria avait réprimé un soupir. Il avait raison. Il est impossible d'empêcher un enfant de fuir.

Gloria ne s'est pas encore aventurée au centre-ville de Fort Détroit. L'idée des monuments désertés et des édifices vides l'angoisse. Mais l'adresse que lui a donnée le sergent est celle d'une des rares tours de bureaux encore occupées.

L'organisation de cette visite a été compliquée. La principale ligne d'autobus qui desservait Chesnay, le quartier de Gloria, est suspendue depuis cinq mois. Les compagnies de taxi ont fait faillite depuis belle lurette, et marcher jusqu'à la centrale d'appels prendrait plusieurs heures. C'est finalement Olivar, le cousin de Francelin, qui lui est venu en aide. Il possède une voiture électrique modifiée avec laquelle il fait souvent la navette vers le centre-ville. Moyennant quelques kilos de ferraille extraite de la sécheuse qui dort dans le sous-sol de la maison jaune, il accepte d'y emmener Gloria.

Le trajet dure près de trois quarts d'heure. Il pleut à boire debout et les égouts débordent à plusieurs endroits, forçant des détours. Francelin est assis sur le siège du passager ; après la tournée, il descendra au Shling où ses talents et ses outils sont requis pour solidifier la scène qui, semble-t-il, s'est affaissée quand on a voulu y installer les haut-parleurs. À côté de lui, Olivar dirige sa voiture comme s'il s'agissait d'une navette spatiale en banlieue d'un trou noir, louvoyant entre les crevasses, les nids-de-poule et les travaux de la voirie abandonnés à mi-chemin. À tout moment, il s'exclame d'un ton ébahi : « Mais quoi c'est que c'est ça ? Qu'est-ce qu'y ont fait ici ? » Ils s'arrêtent deux fois, d'abord pour prendre un vieil homme qui soupire d'impatience à chaque ralentissement, puis une jeune personne androgyne aux oreilles recouvertes par les écouteurs d'un vieux walkman. Des notes nasillardes s'en échappent comme du grain d'un sac percé.

– Quoi ce que t'écoutes ? lui demande Francelin à tue-tête.

– Bouzouki, se contente de marmonner l'ado.

– Tu devrais venir au Shling tantôt. De la guitare gitane comme t'en as jamais entendu !

– Ils ont recommencé les spectacles ? s'enquiert Gloria.

– Non, c'est seulement pour l'ambiance pendant qu'on besogne. Unplugged.

Bientôt, les gratte-ciel apparaissent, la plupart dépourvus de fenêtres. Les étages supérieurs sont bordés par des nuées de corbeaux et d'oiseaux plus petits, plus pointus. Olivar dépose les deux passagers devant un immeuble gouvernemental et repart en maugréant : « Comment ça se fait ? Voyons donc ! » Il s'arrête ensuite à la hauteur d'un élégant bâtiment Art déco. Quand Gloria referme la portière, la façade vibre de centaines d'ailes de pigeons. Elle consulte à nouveau la carte que lui a remise le policier.

L'ascenseur n'est plus en service. Heureusement, les bureaux qu'elle cherche se trouvent au cinquième étage de l'édifice Godley et non au trentième. Patiemment, Gloria grimpe l'escalier. Sur les marches, des mégots et des croûtes de pain indiquent des vies parallèles, aussi friables qu'un souffle de mourant, qui côtoient celles des employés de bureau qui subsistent.

La centrale des appels d'urgence est pleine d'un bourdonnement étouffé. Les téléphonistes sont dans une pièce fermée, mais c'est comme si les appels à l'aide sourdaient à travers les murs. Gloria est accueillie par une réceptionniste à la voix gutturale. La peau de son visage est si lâche et parcheminée qu'on croirait qu'elle porte un masque.

– C'est pour entendre l'enregistrement d'un appel.

La femme lui tend un formulaire. Une fois qu'il est rempli, elle le reprend et disparaît dans une autre pièce en traînant les pieds. Il semble impossible que cette personne puisse chaque jour grimper et descendre cinq étages. Gloria imagine une petite alcôve aménagée entre les ventres chauds de deux photocopieurs, une table de chevet constituée d'un classeur, un lit posé sur des boîtes de papier vierge. Une femme qui vieillit entre les murs d'un édifice lentement abandonné.

Elle revient avec un magnétophone vétuste et des écouteurs. Gloria s'installe dans un cubicule sans porte meublé d'une chaise droite. D'une main tremblante, elle actionne l'appareil. – *Allo ?* Le timbre de la voix de sa petite-fille secoue chacune des fibres de son corps. – *Oui, je vous écoute,* répond une voix féminine plus mûre. – *C'est notre mère. Elle se noie.* – *Vous êtes où ?* – *Chez nous. 45, Clyde.* – *Vous dites qu'elle est en train de se noyer ? Dans une piscine ?* – *Non. 'Est morte, je pense. Je sais pas quoi faire.* – *J'envoie une équipe. En attendant, je peux vous guider pour la réanimation. Où est-ce qu'elle se trouve, en ce moment ?*

Un déclic suit, puis un bruit blanc, venteux. Le claquement indiquant la fin de l'enregistrement fait sursauter Gloria. Levant les yeux, elle bondit de nouveau en apercevant la réceptionniste qui la dévisage.

– Vous avez des mouchoirs sur votre gauche, dit-elle, et sa voix est comme du métal.

Gloria n'a aucun souvenir de l'heure qu'elle a passée à la pluie battante sur le banc d'un square devant l'édifice Godley. Elle n'a pas non plus conscience du trajet en voiture, seulement de son arrivée chez elle. Francelin qui la guide vers sa chambre, le petit lit où elle se couche. Eunice qui lui apporte une chicorée. Gloria se laisse faire sans résister. Elle dort les yeux ouverts, puis les yeux fermés. À son réveil, elle est seule avec des biscuits secs et un vieux téléphone craquelé sur la table de chevet. Francelin a voulu qu'elle puisse appeler à l'aide. Même si le réseau cellulaire ne couvre pas Chesnay par mauvais temps. Gloria soulève l'appareil pour essayer de capter une onde égarée. Un bouton se décroche et tombe par terre. Iggy, le mulot, confond l'objet avec les graines qu'il mange maintenant dans la paume de Gloria. Il se saisit du morceau de plastique et le renifle, cherchant le sens caché dans cette forme absconse.

Deux jours au lit ont raison de son coup de froid, mais pas de son malaise. Quelque chose est tombé en elle lorsqu'elle a entendu l'enregistrement, la voix qui, suppose-t-elle, est celle de Cassandra. À chaque étape de ses recherches, à chaque nouvelle découverte, ce point dense et invisible qu'elle porte dans son ventre grandit. Quand elle essaie de manger, la nourriture se coince, bloquée par la masse. Même l'air peine à emplir ses poumons. Il y avait quelque chose de noir dans cet enregistrement, une zone d'ombre qu'elle ne parvient pas à percer.

Elle sort sur l'avenue Clyde sans savoir ce qu'elle cherche. La maison de Jonas semble toujours déserte. Devant chez Théophile, une femme et un bambin aux joues rouges de fièvre attendent l'infirmier. Elle songe à se joindre à eux. Mais que pourrait faire Théo ? Il n'existe ni pansement ni remède pour une boule dans le ventre. Elle finit par se retrouver chez Raquel.

La vieille femme l'accueille comme si elle l'attendait. Repensant à ce qu'Eunice lui a dit sur l'ancien métier de leur voisine, Gloria se dit que ça lui vient peut-être de là, cette manière d'être toujours prête à ouvrir sa porte aux autres, à leurs corps dévastés. Raquel guide son invitée dans un salon décoré comme un manoir colonial. Elle enjoint à Gloria de retirer ses chaussures et, sans lui demander son avis, se met à la palper, d'abord la tête, puis le cou, les joues, la poitrine. En arrivant au ventre, elle pousse un « Ah ! » triomphant, comme un prospecteur qui vient de trouver de l'or dans un filon épuisé. D'un geste autoritaire, elle fait signe à Gloria de s'étendre sur le canapé. Le cuir ploie silencieusement sous son corps. De peine et de misère, la vieille femme s'agenouille devant sa patiente, et place ses mains au-dessus de son abdomen. Gloria fixe les doigts difformes, les bagues qui clignotent au-dessus de son chemisier fleuri. Raquel lui intime de fermer les yeux.

Dans le noir, Gloria n'arrive pas à déterminer si les mains de la vieille touchent à son ventre ou non. Elle ne sent aucune pression mais une chaleur inouïe, un souffle brûlant qui court en elle et cherche comme un chien en flammes, cherche l'os, le nœud, le météore. Raquel émet un son rauque, à mi-chemin entre la respiration et le chant de gorge. Soudain, la bête de feu entre en collision avec une masse lourde qui se met à enfler. Gloria tremble, et les râlements de la guérisseuse ne la rassurent pas. Enfin, la boule éclate, et l'insoutenable chaleur déferle partout, du bout de son nez à l'arrondi de son talon. Gloria pousse un cri et ouvre les yeux.

Raquel est en train de se relever d'un air satisfait. Gloria se redresse, bouillante de part en part comme si on l'avait plongée dans du métal en fusion.

– J'ai le corps en feu !

– Oui, oui, c'est possible... marmonne Raquel en se massant les genoux.

– Mais est-ce que ça va passer ?

La mine sévère, la vieille femme approche son visage de celui de Gloria.

– Ta calosse avait besoin de feu, justement ! C'est ça qui va te mettre en branle. Faut pas que ça passe ; faut que ça te dépasse.

Elle laisse sa patiente seule avec un grand verre d'eau et un petit verre de cordial. Le vent, le soleil et les arbres façonnent des taches de lumière qui pianotent sur les pieds de Gloria. Des voix fluettes se font entendre au-dehors, des voix de plumes et de cœurs de pommes. Dans sa tête, les braises rougissent.

Dans les couleurs affamées de Fort Détroit, Gloria achève de désherber un rang de poivrons. Salomon chantonne en attachant les framboisiers à leurs tuteurs.

– Merci d'être venue, lui dit-il. Avec César qui file pas, je fournis plus.

Gloria avise le vieil homme qui dort recroquevillé sur un banc, le teint blême. Elle tend la main pour lui toucher le front.

– Qu'est-ce qu'il a ?

– Pas sûr. On pense que c'est l'eau. Ça arrive, par secousses.

Dans la fraîcheur du soir, Gloria emprunte le chemin qui mène chez elle. Son épaisse jupe de lin aspire l'humidité du sol. Sur les arbres, des horloges peintes sur des planches carrées indiquent des heures impossibles – 2 h 76, 30 h 22. Un mobile en disques vinyle flotte au vent ; en passant dessous, elle perçoit un subtil air de blues qui s'en échappe.

Elle rejoint leur propre potager, impeccablement entretenu au milieu de la prairie échevelée. Sur le sentier, ses pas soulèvent une onde vivante, celle de dizaines de sauterelles qui bondissent, de centaines de mouches qui s'élèvent. De loin, sa maison lui apparaît sous un jour différent. Ses angles jaunes et blancs offrent une lumière douce. C'est une maison-lanterne, un œil de chat qui éclaire les friches. À son arrivée, elle prend le panier à lessive. Francelin l'a aidée à installer un tendoir au milieu de la cour. Ses blouses tremblotent dans le vent et les secrets des criquets. Il y a des voix partout, à Fort Détroit ; tout parle et chuchote, tout soupire tout le temps. Il lui a fallu un mois et demi pour commencer à entendre et assimiler ce qui n'est ni un récit, ni une incantation, mais plutôt une sorte de liste dont les termes mis bout à bout arrachent au monde son opacité. Ses vêtements pliés, Gloria lève les yeux. La lune est presque ronde, presque chantante ; on croirait la connaître en entier, ce soir, même sa face cachée. Elle monte se coucher dans la chambre de ses petites-filles et, pendant un instant fugace, au bord du sommeil, elle les aperçoit qui s'allongent également, aussi distinctes qu'un noyau dans un fruit. Enveloppées de pénombre et de sacs de couchage, les adolescentes ferment les yeux, bâillent une après l'autre puis s'endorment, serrées dans les mailles de Fort Détroit.

Sa première pensée est que des jambes ont poussé à la vieille Pontiac d'Eunice. En se rapprochant, elle cherche les sons prévisibles, le cling et le clong d'outils s'attaquant aux défaillances d'un moteur. En vain. Rien ne bouge sous l'auto vétuste.

– Eunice ?

Parfaitement perpendiculaires au châssis de la voiture, les jambes restent inertes mais, au bout d'un moment, un souffle se fait entendre.

– Sors de là, je t'apporte une montagne de concombres.

– OK, répond la voix d'Eunice, résonnant comme si elle parlait dans un four.

Le soleil chauffe la carrosserie couleur nid de guêpes. Sa peinture semble prête à fendre, à libérer un essaim furieux. Eunice ne remue toujours pas.

– Euh, ça va, là-dessous ?

Gloria dépose son cageot. Délestés de leur fardeau, ses bras veulent flotter vers le ciel. Un air zarico dégringole depuis le bout de la rue, impuissant à déloger Eunice. Sa voix s'élève à nouveau, étranglée par l'embarras.

– Peux-tu m'aider à sortir ?

La tête en bas, le tronc plié en deux de manière à apercevoir le reste du corps de son amie, Gloria repère le visage mortifié d'Eunice.

– Quelque chose t'est tombé dessus ?

– Non, je... j'arrive plus à mouver.

Gloria tire sur les jambes d'Eunice qui, heureusement, est allongée sur une planche à roulettes. Elle émerge de sous la voiture, les veines battant de part et d'autre de son front. Gloria lui prend la main, l'aide à plier les poignets, les coudes.

– Qu'est-ce qui s'est passé ?

Eunice se relève et balaie la saleté de son pantalon de travail. Les bouts de ses doigts sont noirs comme s'ils avaient effleuré la nuit. Son regard aussi.

– Ça m'arrive, par secousses. Je fige, je tombe faible. Souvent à mon réveil. Ou quand je pense à mon père. J'ai dû m'endormir au-dessous de la Clothilde.

– Clothilde ?

– Le bazou.

– Ah.

– Ou peut-être que c'est le désespoir qui m'a paralysée. C'est une cause perdue, ce char-là. C'est pas des outils que ça prend, c'est le grand saint Basouche en personne.

– On va prier, d'abord.

En quelques secondes, Eunice s'ébroue, soulève le cageot de victuailles d'un bras et se dirige d'un pas ferme vers la maison. Gloria la suit, impressionnée par le retour de sa vigueur. Abasourdie que quoi que ce soit puisse paralyser sa voisine.

À quatorze ans, Judith avait suivi Gloria chez une voyante. Des hanches et des seins étaient apparus sur son corps du jour au lendemain, une chevelure claire et ondoyante, une bouche de velours. L'adolescente, elle, semblait totalement inconsciente de ces transformations. Elle souriait peu et passait ses journées dans une apathie morose. Le seul indice d'une certaine vitalité était son goût pour le chant, qui s'était accru au moment où sa voix avait trouvé une octave plus mature.

Gloria lui avait proposé cette séance sous prétexte de découvrir ce que lui réservait son avenir professionnel. Mais dans un coin flou de son for intérieur, elle espérait surtout percer cette écorce difficile, la coquille d'une fille devenue énigme.

Madame Mireille les avait reçues comme de la parenté dans le sous-sol de son bungalow. Judith avait demandé où était la boule de cristal. Gloria, elle, s'était plutôt attendue à ce que la voyante examine les lignes de sa main. Mais elle n'avait rien fait de tout ça. Madame Mireille avait regardé Judith dans les yeux et, sans préambule, elle s'était mise à parler. N'évoquant ni le passé ni le futur, elle s'était concentrée sur Judith elle-même.

Le visage de marbre, celle-ci l'avait écoutée comme s'il était question de quelqu'un d'autre. Madame Mireille avait parlé des forces qui s'opposaient en Judith, d'une faim profonde, un appétit pour le monde doublé du désir de le fuir. Posséder et se départir. Avaler et refuser.

Au bout d'une dizaine de minutes, l'adolescente était intervenue :

– Mais mon emploi, dans tout ça, mes études ? Ma mère voulait savoir dans quel domaine...

La voyante avait coupé Judith :

– Ta carrière, ta santé, tes amours, tout ça va être déterminé par une seule chose : ta capacité à maîtriser ces deux forces-là. Si tu leur tiens la laisse courte, tu vas prospérer. Si tu les laisses galoper, tu vas finir écartelée. Fais attention. Tu pourras pas compter sur ta mère pour t'aider. Elle a pas assez de poigne.

Les dents serrées, Gloria avait payé la voyante sans la remercier. Elles étaient rentrées en voiture sous la pluie, Gloria consternée, Judith impassible. Rien n'émanait de sa fille, ni chaleur, ni froid, ni peur, ni cran, ni orgueil. Elle l'avait crue pareille à elle-même, une présence neutre en ce monde. Qu'elle puisse receler des forces destructrices était insensé. Cette enfant ne demandait rien à l'existence. Pourquoi l'avait-elle emmenée chez cette femme ?

– « La tour de Pise du Canada français ». C'est lourd de sens, non ? Vous voyez comment ce qu'elle penche ? Vers le nord-est. C'est pas un hasard, vous savez. Sur une carte du monde, on peut tracer une ligne directe entre l'angle de la tour, Montréal et Paris. À l'époque on disait : « Le doigt de la cité qui pointe vers sa sœur, puis vers sa mère. »

– Sa mère, franchement, marmotte Eunice.

– Trois grandes villes qui se saluent, ajoute Salomon.

– Pis combien de villages ojibwés ou potawatomis on aurait pu spotter en suivant ta logique ? fait Eunice.

À côté d'elle, Gloria essaie de distinguer les angles et les arcades du monument de pierre pâle qu'elle aperçoit de loin depuis son arrivée en ville. Sa base est clôturée, de grands pans de sa circonférence sont recouverts. Autour, des dynamiteurs s'activent, entourés d'une quarantaine de curieux qui brandissent leurs téléphones pour immortaliser le moment fatidique. Théo et Francelin tentent d'estimer la hauteur, la largeur, la charge explosive nécessaire. Marina serre sa fille contre son ventre comme si c'était elle qu'on comptait faire exploser. Ulysse fume sur un bloc de béton où on discerne encore les lambeaux jaunis d'une des dernières affiches *DISPARUES*. Raquel tricote en secouant la tête – difficile de dire si elle désapprouve ce qui arrive à la tour ou à son tricot.

– C'est quoi l'inscription, à côté de la porte ? demande Gloria en plissant les yeux.

– C'est une plaque à la mémoire d'Antoine de Lamothe Cadillac, répond Salomon. C'était son projet, ça. Un monument à la grandeur de la Nouvelle-France, et à la sienne propre – y paraît qu'il a fait inclure un bas-relief de sa face dans la décoration originale. Y se prenait pas pour un Seven Up flat, notre Tony ! On parle d'un type qui s'est carrément inventé un titre de noblesse, faut être crasseux en pas pour rire ! Un des nombreux mythes sur lesquels la ville s'est bâtie.

– Où il est, le bas-relief ?

– Oh, ça fait une secousse que ç'a disparu ! La première tour a été démantibulée en 1764, pendant la rébellion de

Pontiac. Les Canadiens français étaient en beau fusil ! Les Britanniques ont mis ça sur le dos des Outaouais, mais en vrai, c'est eux qui ont fait le coup pour mettre la chicotaille entre leurs ennemis.

– C'est pas plutôt un trappeur qui s'était endormi dans la tour avec sa pipe allumée ?

Un bruit sourd retentit à l'intérieur de l'édifice, et une volée d'oiseaux fuse des fenêtres. Salomon ignore la remarque d'Eunice.

– Quand la paix est revenue, les francos ont commencé de la reconstruire. Fallait faire ça discret, les Anglais auraient pas trop aimé ça. À toutes les nuits, les charpentiers et les maçons venaient ajouter un mètre, deux mètres de plus. En faisant par exprès de bâtir la tour croche, facée à la France pour montrer à tout le monde que l'héritage français mourrait pas. Par le temps que les Anglais se rendent compte qu'elle avait repoussé, elle faisait partie du paysage. Une belle tour simple, toute en bois avec des fondations en brique.

– So, c'est elle qui a brûlé à cause du fumeur de pipe ?

– C'est des légendes, ça, Eunice ! s'impatiente Salomon. On sait pas comment ce qu'elle a brûlé.

– On sait pas non plus qu'ils l'ont bâtie croche. La tour a pas tenu debout dix ans.

Dans la tour, les ouvriers vont et viennent comme des souris dans un gruyère. Des indications indistinctes filtrent à travers leurs appareils. Sur la tour, Gloria parvient à identifier des fleurs de lys grugées par l'usure, quelques phrases latines illisibles.

– Et celle-ci, elle date de quand ? relance-t-elle.

– De 1922 ! Bâtie par un grand philanthrope qui avait décidé de faire revivre l'héritage francophone.

– Un grand philanthrope anglais, soulève Eunice.

– David Redstitch était un francophile. Il a mis sa fortune, ses connexions et ses propres talents d'ingénieur pour reconstituer le monument, en pierre, cette fois-là, pour éviter les incendies.

– Ses talents d'ingénieur ont pas empêché la tour de recrochir comme les autres.

– Y a fait exprès de construire la tour croche, y voulait rendre hommage à celles d'avant, comme de raison !

– Ah ouais ? J'ai une photo de ma grand-mère devant la tour dans les années quarante. Laisse-moi te dire qu'était saprément plus verticale dans ce temps-là.

– Coudonc, vas-tu trouver une cheville à tout ce que je dis ?

– En plein ça ! ricane Eunice.

– Croche, pas croche, ça reste une place qui a servi de refuge aux Détroitfortins pendant des décennies. Les rescapés de la répression policière, des incendies...

– Moi je me suis caché là pendant la chasse aux communistes, renchérit Théo.

– T'as été communiste, toi ? s'étonne Eunice.

– C'est ici aussi que les filles venaient travailler quand ils ont commencé les raids dans les maisons de plaisir, fait remarquer Raquel.

– Moi, j'ai baisé ici plus souvent que dans un lit ! s'exclame Ulysse, soulevant des regards stupéfaits autour de lui.

Les dynamiteurs commencent à s'éloigner du chantier. Un ouvrier demande aux curieux de reculer. Dans l'air brumeux, la tour semble frissonner, ou rire dans sa barbe.

Un décompte se fait entendre. Toutes les têtes se tournent vers la tour. Tous les mentons se relèvent, les pieds reculent de quelques pas. Les bouches murmurent des bénédictions silencieuses, des souhaits, des supplications. Une ligne de force s'apprête à lâcher. Gloria se serre les mains, comme si tout ça la concernait, comme si elle aussi avait grandi, fui, aimé dans cette tour bancale. Un des ouvriers déclenche le processus. Ce n'est ni un levier ni un détonateur visible ; le geste est infime, impossible à repérer. Mais un rugissement retentit, et une fois qu'il se fait entendre, on dirait qu'il a toujours été là, qu'un grondement roulait sous les voix depuis le début. Même s'ils savaient tous à quoi s'attendre, les témoins sont surpris, estomaqués lorsque la tour se lézarde et que, lentement, elle fond vers le sol. Le reste n'est qu'un immense fracas, un nuage de poussière qui recouvre tout. En quelques secondes, la tour de Pise du Canada français n'est plus. Eunice baisse la tête. Salomon lui touche l'épaule.

– Sois pas sombreuse. Elle va revenir, comme les autres fois. C'est rien qu'une affaire de temps.

La maison tremble toutes les nuits. Et toutes les nuits, Gloria se répète que c'est le vent, que c'est un avion qui passe au-dessus de Fort Détroit. Ou alors, ce sont les hurlements des coyotes qui secouent l'air comme une vieille nappe. Chaque fois, elle se lève, glisse la tête dans la salle de bain, confirme que personne ne gît dans la baignoire, qu'aucun esprit n'est sorti de la tuyauterie. Elle va vers la lucarne, s'assure que rien ne flambe dehors. Les murs et les poutres continuent de tressaillir. Cette bâtisse est comme un soldat revenu de la guerre. Elle sursaute au moindre bruit et pleure dans son sommeil. Mais lorsqu'un corps étranger s'y introduit, elle se fige, paralysée par la familiarité de la violence.

C'est ainsi qu'en cette nuit de pleine lune Gloria comprend qu'il se passe quelque chose d'inhabituel. L'air est pétrifié, le silence soudainement plein et mat. Une lame s'est enfoncée dans sa demeure. Sur la pointe des pieds, Gloria se rend à l'escalier sans s'y engager.

Pendant une éternité, l'intrus ne bouge pas. Des phalènes volettent vers l'étage, la porte d'entrée est ouverte. Puis, sans se presser, il traverse le salon et s'avance dans la cuisine. À son pas et ses gestes amples, Gloria devine qu'il ne s'agit pas d'un petit voleur de cuillers.

Méthodiquement, l'homme ouvre et referme les portes des placards, cherche un objet précieux, rare, un objet perdu. Gloria pense à l'urne de Judith, qui repose encore bêtement sur la table de la cuisine comme une assiette oubliée. Mais l'intrus ne semble pas s'y attarder. Après avoir fait le tour du rez-de-chaussée, il se dirige vers les marches. Ses pas sont lents, comme s'il voulait laisser à Gloria le temps de trouver ce qu'il faut pour l'affronter à armes égales, et elle cherche en effet, des yeux et du cœur, un instrument avec lequel elle pourrait se défendre, elle repense à Eunice, *tu devrais te trouver une arme.* Gloria n'aime pas les fusils, elle détestait celui de son mari et s'en est défaite au lendemain de sa mort. Elle pourrait, comme sa fille trois décennies auparavant, sortir par la fenêtre et descendre en s'accrochant à la vigne. Elle visualise les tiges frêles agrippées au mur ouest, imagine sa chute. Cela vaut mieux que de mourir aux mains de celui qui, peut-être, a volé sa vie à Judith.

Au moment où elle s'apprête à faire un pas, quelque chose explose au rez-de-chaussée. Elle met un instant à démêler le mouvement des bruits. Des aboiements. Un cri de douleur. Des grognements. Une lutte entre un chien et un homme. Gloria perçoit la peur de celui-ci, ses efforts pour se dégager puis, quelques secondes plus tard, sa fuite affolée. Le cœur battant, Gloria reste dans l'onde de l'affrontement. Elle entend le chien renifler, trotter vers la porte encore béante, s'arrêter sur le seuil. Dès qu'il ressort, elle se précipite vers la fenêtre, à peine surprise de reconnaître le pitbull à une oreille aperçu il y a quelque temps. Impérial, il traverse la rue jusqu'aux ruines de la maison brûlée, grimpe sur les décombres et domine la nuit.

Le lendemain de l'intrusion, les voisins sont attroupés devant chez elle. Il n'a suffi que d'en glisser quelques mots à Eunice pour que le quartier se ramène. Sur le parterre galeux se tiennent une douzaine de personnes, dont Théo, Marina flanquée de sa fille et de sa vieille mère, Alain et son chien Hugo ainsi que la femme bourrue que tout le monde appelle Bûche, avec sa compagne. Les intrusions nocturnes se multiplient dans la rue depuis quelques mois. Tous croient posséder un morceau du casse-tête.

– T'as vraiment pas vu le type ? redemande Alain.

– Non.

– Même pas son ombrage ? Il a pas laissé de traces ?

– Arrête ton enquête, Columbo, le coupe Eunice. C'est sûrement pas le même gars que les autres fois. Pis chez vous, Marina, c'était une femme, non ?

– Oui, mais y étaient deux. J'ai pas vu l'autre.

– Quoi ce qu'y t'ont pris ? l'interroge un homme coiffé d'un toupet dont la couleur jure avec sa chevelure naturelle.

– Ce qui me restait d'argenterie, répond Marina tandis que sa mère joint les mains d'un air désolé.

– Y faut s'abander, faut s'organiser, ça fait des mois que je le dis, décrète Bûche. Les résidents, on est de plus en plus isolés, c'est pour ça qu'on est ciblés, ajoute-t-elle alors que trois ou quatre personnes hochent vigoureusement la tête. Ça va prendre des dents.

– Des dents ? répète Gloria.

– Oui. Des dents. Des bâtons. Des balles.

– Le chien qui a sauvé Gloria, on pourrait pas l'engager, lui ? plaisante Marina.

– On a déjà Hugo, rétorque Alain.

– Je veux pas t'insulter, mais Hugo a pas la fibre d'un tueur. Il donnerait la patte au voleur pendant qu'il empoche ta montre pis ton petit change.

Tout le monde éclate de rire, sauf Gloria. L'axe de son corps chancelle encore. Elle regarde les ruines calcinées qui s'effritent sous le vent, en face de chez elle. Elle jurerait que le pitbull n'a pas plus la fibre d'un tueur qu'Hugo. Il en a simplement l'apparence. Mais l'essence de ce chien n'est pas la violence. C'est l'héroïsme. Sinon, comment aurait-il fait pour sentir qu'une agression se préparait ? Pourquoi aurait-il attaqué l'intrus et pas Gloria ?

– Je suis pas sûre que la solution, c'est de s'armer, avance-t-elle.

De concert, Eunice et Bûche lèvent les yeux au ciel, mais Théo approuve.

– Gloria a raison. Plus souvent qu'autrement, les armes se retournent contre leurs propriétaires.

– Avoir pas d'arme, ça peut se retourner contre toi aussi, réplique Bûche. Moi je dis que ça prend des vigiles. On pourrait se relayer pour surveiller, alerter les autres sitôt qu'un inconnu baraude sur la rue. Minou a une sirène à air comprimé qu'on pourrait utiliser, hein Minou ?

La compagne de Bûche opine gravement du bonnet.

– Et si l'inconnu fait rien que passer ? Si c'est quelqu'un de perdu ? avance Gloria.

– On l'épeure. Pas besoin de l'estropier pour le convaincre de plus revenir, fait l'homme au toupet.

– C'est pas tellement cordial.

Bûche la considère d'un air exaspéré.

– Ben non, madame la campagnarde, c'est pas cordial. Tu sais-tu ce qui était pas cordial, aussi ? Ta damnée fille. Toujours à moitié défoncée, à moitié folle, toujours après varger sur ses enfants ou essayer de vendre les hardes qu'elles avaient sur le dos pour s'acheter de la dope.

– Pas étonnant qu'elles se soient sauvées, renchérit l'homme au toupet.

– C'est à cause d'elle que la rue a reviré en un trou pareil, poursuit Bûche. Elle a attiré tous les caracros pis les malfrats de Fort Détroit ici, pis astheure on est pognés avec.

Gloria regarde Eunice, qui s'est instinctivement rapprochée d'elle, puis l'homme au toupet.

– Voyons, Bûche, lance Eunice, les pilleurs sont sur toutes les rues, dans tous les quartiers. Judith a rien à voir là-dedans.

– Peut-être, mais ça m'écœure de voir ta chum ressourdre ici avec des signes de peace à' place des yeux tandis que sa fille avait le cœur où ce que la poule a l'œuf. Pas de leçons à recevoir de quelqu'un qui a élevé une fieffée marâtre.

Sur ces paroles, Bûche tourne les talons, suivie de près par Minou, laissant dans son sillage un malaise pesant. Marina, l'air navré, pose sa main sur le bras de Gloria en guise de salut. Alain et Hugo lui emboîtent le pas, rapidement imités par les autres. Théo propose de passer plus tard. Gloria opine distraitement. Elle fixe l'homme au toupet.

– Pourquoi vous avez dit que mes petites-filles se sont sauvées ? l'interroge-t-elle alors qu'il partait.

– Pour l'amour que je les ai vues, dit-il en continuant à marcher. Le jour où votre fille est morte. Elles partaient vers l'est avec des gros havresacs.

– Vous les avez vues ? le retient Gloria. Elles avaient l'air comment ?

Apparemment pressé de s'éloigner de la mère de la marâtre, l'homme accélère le pas sans répondre. Gloria se retourne vivement vers Eunice.

– C'est vrai que ma fille maltraitait ses enfants ?

Mal à l'aise, Eunice fouille les airs du regard, comme si les bons mots y flottaient, prêts à être cueillis.

– Écoute, c'est pas faux. Je pensais que tu le savais.

– Je savais rien, Eunice ! Quand est-ce que vous allez comprendre que je savais *rien* !

Tournant les talons, Gloria enjambe les matricaires, les tessons, les fourmilières et les brèches de la galerie, sa jupe battant comme un pavillon de peste. Elle voudrait claquer la porte mais il fait trop humide, le bois a travaillé. Elle force de l'épaule, vengée par le clic de la serrure qui ferme les dents.

L'eau du bain est bouillante, elle refuse de couler tiède malgré les ajustements de Gloria. Qu'à cela ne tienne, elle s'y plonge en entier, d'un coup, un mouvement qu'elle réserve habituellement aux eaux glacées d'un lac. Aussitôt, sa peau se hérisse. C'est ce qu'elle veut. Entrer dans cette violence à laquelle elle a été si longtemps aveugle.

Immergée jusqu'au cou, le visage hachuré de larmes, elle pousse un râle inattendu, sur une octave qu'elle ne connaissait pas. Du plomb en fusion roule en elle. « Judith ! »

Les carreaux de céramique absorbent et recrachent son cri en même temps. Les syllabes minuscules qu'elle a déjà discernées au fond de la baignoire se taisent maintenant, comme si la rémanence de sa fille avait adopté le silence. « Comment t'as pu traiter tes enfants comme ça ! Pourquoi ? Je commence à penser qu'y a rien pour te racheter, pas d'excuse, pas de raison. T'as pas été élevée comme ça. T'as pas grandi dans la cruauté. Qu'est-ce qui t'a rendue de même ? J'y crois plus à ta pulsion destructrice. Je pense qu'au fond y avait rien en toi. Rien de solide. Quand la laideur a voulu rentrer, y avait rien pour lui barrer la route. Ça s'est accroché après toi. »

Gloria plonge sa tête sous l'eau, et la brûlure qui pénètre ses oreilles et ses narines ne suffit pas à chasser les images qui tapissaient la maison à son arrivée. Les meubles cassés, l'absence d'objets de la vie courante. Le lit jumeau pour deux adolescentes. Leur chambre dépouillée. Il était inscrit partout, cet appétit noir qui consumait tout. Cette mère qui avalait la vie de ses enfants. Gloria n'avait simplement pas la volonté de déchiffrer, la clairvoyance de séparer la dégénérescence des lieux de celle de sa fille.

Sa tête est toujours sous l'eau. Gloria l'y maintient de force. Sa gorge demande à s'ouvrir, impérieusement, ses poumons exigent de se déployer, mais elle souffle tout l'air qu'ils contiennent encore. Derrière ses paupières, les couleurs passent du noir d'une chambre close au bleu d'une veine, au mauve d'une ecchymose, puis au rouge d'une plaie ouverte. Tout lui fait mal, à l'intérieur, à l'extérieur, son corps et son esprit ne sont que douleur. Ses petites-filles lui apparaissent, courant dans les friches, d'immenses sacs à dos rebondissant sur leurs épaules, puis Judith, enfant, faisant le tour du jardin, les yeux rivés à la terre. Son esprit s'arrête à l'orée d'une question, l'idée qu'elle puisse elle-même avoir échoué, avoir failli à remplir sa fille, à la façonner convenablement, mais ses pensées s'éparpillent dans le bain comme de la mitraille.

Elle ne sait pas ce qui l'a ramenée à l'air. Sa conscience commençait à se dérober, quelque chose a pris le relais. Hors d'haleine, elle ouvre les yeux dans les filets de vapeur. Tout autour d'elle est rouge. L'image de ses deux petites-filles revient. Elles s'enfoncent dans un boisé avec, en filigrane, les carreaux rouges, l'eau rouge comme du vin dilué, le plafond perlant d'humidité, rouge sang, rouge survie.

Le soir, elle attend la pénombre. Elle attend la fraîcheur et les criquets. Sa peau est restée cramoisie, comme si on l'avait couverte de claques. En fouillant dans le sac de provisions que Francelin lui a livrées, elle a déniché une boîte de dattes d'Algérie. À côté de son talon droit, Iggy la regarde d'un air suppliant. Gloria détache un fruit charnu et collant de sa tige et le lui tend. Il est presque aussi gros que le mulot ; ce dernier le regarde comme quelqu'un qui vient de gagner une voiture neuve. « Attention, y a un noyau », le prévient Gloria. Iggy se met à grignoter avidement. Gloria entend encore la voix d'Eunice. *C'est pas fait pour être apprivoisé, un mulot. C'est un animal sauvage.* Elle se lève et s'empare de son sac à main.

La nuit est tombée. Gloria sort, respire un moment sur la galerie. De l'autre côté de la rue, les ruines de la maison incendiée semblent moins hautes que la veille, comme si elles avaient fondu. En dessous luit une lumière très blanche, étouffée par les matériaux affaissés. Dès qu'elle plisse les yeux, la lueur disparaît.

Son amie lui ouvre la porte et, sans mot dire, elles vont s'asseoir à la table. Au bout d'un moment, Eunice se dirige vers une armoire d'où elle sort une bouteille sans étiquette. Elle remplit deux petits verres. Les femmes boivent, se raclent la gorge.

– J'aurais dû te le dire, prononce finalement Eunice.

– C'est pas de ta faute.

– Je voulais te protéger. Pis peut-être me protéger moi avec. La vérité, c'est qu'au début j'étais soulagée que la maison se vide, que le barattage arrête. C'était sans cœur, je m'en sens mal.

– Faut pas. C'est normal. Pis je pense qu'en arrivant je voulais pas savoir. C'est en train de changer. Ça change plus vite que moi. Ç'a toujours été de même. Tout change plus vite que moi.

Elles vident leurs verres. Eunice les ressert en scrutant le visage de Gloria.

– D'où vient que t'es rouge de même ? As-tu pris un autre coup de soleil ?

– Quelque chose comme ça.

Gloria triture son godet. Il reste une goutte au fond, inatteignable.

– Est-ce que c'est vrai qu'elle a vendu leur linge ?

– Leur linge, leurs souliers, même leurs affaires d'école, répond Eunice. Pis une bonne partie du stock qu'y avait dans les cabinets de cuisine. Je pense que les caracros en ont apporté plus qu'ils en ont pris.

Gloria soupire en secouant la tête.

– Mais faut pas croire qu'elle a pas essayé, tsé, poursuit Eunice. Je me souviens, quand les filles étaient toutes petites, elle s'était inscrite à un groupe. Elle a voulu s'en sortir. Elle est restée clean quelques mois, mais la vie l'a rattrapée. La mort de son chum…

– Oui.

Gloria regarde la bouteille. Elle a envie de flou, de flottement. Eunice se relève, fouillant cette fois dans un tiroir aux froissements indistincts. Elle en extrait une petite boîte de plastique comme celles que Gloria utilisait pour ranger ses aiguilles et dés à coudre. Mais plutôt que d'en sortir un accessoire de couture, Eunice fait apparaître une cigarette difforme.

– As-tu déjà fumé du *pot* ?

– Non ! s'exclame Gloria, scandalisée.

Eunice la considère avec amusement.

– T'as soixante ans passés. T'as le droit de t'y mettre, je pense.

Gloria émet un reniflement pincé, mais dès que sa voisine l'embrase, l'odeur de l'herbe lui monte à la tête. Elle accepte le joint, et observe son esprit qui se remplit de brouillard. Eunice glousse. Elle toussote. Puis elle lâche un petit « Ha ».

– C'est drôle, la voix, observe-t-elle.

Autour de la lampe, un papillon de nuit s'évertue à trouver une porte pour entrer dans l'ampoule.

– La voix de mon père, elle a jamais arrêté de devenir plus grave. Elle s'est creusée avec l'âge comme une caverne. C'était une grotte où y cachait ses souvenirs. Ses idées tombaient de plus en plus loin. Y était de plus en plus creux. À la fin, je lui parlais pis j'avais l'impression que mes mots se perdaient dedans de lui. Y était rendu avec un labyrinthe. Sa voix, c'était de l'écho.

– C'était un peu comme ça avec ma fille. Sauf qu'elle était née de même. Elle avait une voix magnifique, tu sais ?

– Oui, je m'en rappelle.

– C'est la chose dont je me souviens le mieux. Judith qui chante. C'était ça qui la tenait en vie. Mais c'était pas assez.

Gloria renifle, esquisse un sourire triste.

– Elle mangeait de la terre à deux ans. Comme si elle essayait de se remplir.

Le joint s'est éteint, il a assez donné. Dans un bruit de feuilles mortes, Eunice le dépose au fond de son godet.

– Je peux-tu te demander pourquoi tu venais jamais la visiter ?

Gloria soupire.

– Je sais pas... Je voulais. Mais Judith, elle venait pas vers moi. Quand elle a déménagé ici, il fallait que je coure après. Elle m'appelait pas, elle m'invitait pas. J'avais peur d'insister. Elle avait sa vie. Je m'ennuyais tellement. Je l'aimais plus que tout, plus que mon mari. Jusqu'à ce que Cassandra vienne au monde. À ce moment-là, mon amour s'est multiplié, je savais plus quoi faire tellement j'en avais. Mais je pouvais pas les voir assez souvent. Y a quelque chose d'atroce dans les visites sporadiques. Ça rend le passage du temps encore plus évident. J'ai toujours eu de la misère à accepter que les choses changent, que ma fille grandisse. J'aurais voulu être capable de fixer chaque moment avec elle. Mais sa vie me filait entre les doigts. Quand elle a accouché de Cassandra, je suis restée trois mois de temps avec elle, je couchais dans la chambre rose, je me réveillais la nuit, je les écoutais dormir. La petite respirait vite, léger, comme si l'air rentrait presque pas dans son corps. Elle pleurait quasiment jamais. Je lui donnais son biberon à trois heures du matin, je flattais ses cheveux. Ses petits doigts. Au début, ils faisaient même pas le tour des miens. Mais un moment donné, sa main s'est refermée toute au complet sur mon pouce. Elle aussi, elle grandissait ; c'était pas un bébé magique, elle allait pas rester un poupon. Ça m'a mis dans une nostalgie pas endurable. Après mon départ, j'ai pas été capable d'envisager revenir pendant des mois. J'étais figée. Quand je me suis repris, Judith avait un nouveau chum. Elle répondait plus au téléphone, elle était plus intéressée à me voir. J'ai passé les quatorze années d'après à essayer de la rattraper. J'ai su qu'elle avait eu un deuxième enfant un an après sa naissance. Elles sont venues aux funérailles de mon mari, les filles avaient cinq et sept ans. La petite avait l'air de bouder. La grande me regardait avec des yeux comme des soucoupes. C'est là que j'ai appris que le père de Mathilda s'était suicidé. Sont restées deux jours. Judith pleurait pas. Elle était maigre, pâle comme un drap. Je pensais que c'était la tristesse, j'ai jamais imaginé qu'y avait de la drogue là-dedans. J'ai pas voulu y penser. J'aurais dû agir, les retenir, aller les voir, mais j'étais sur les genoux d'avoir soigné mon mari si longtemps. Je les ai jamais revues.

Les yeux vitreux, Eunice écoute, la poitrine plus ample que d'habitude, comme si son cœur s'était élargi.

– Avoir su, je t'aurais appelée. Je… j'avais figuré qu'elle avait pas de famille.

– C'est correct. C'était un peu ça.

Eunice sort une miche de pain du garde-manger, la pose au centre de la table et se met à en arracher des petits bouts.

– As-tu entendu ce que Clarence a dit ?

– Qui ?

– Le gars au toupet.

– Ah ! Oui.

– Sont vivantes.

– Sont vivantes.

Eunice lève les yeux vers Gloria, lui tend une boule de mie comme une question.

– Je vais aller chercher. Au parc de la Rouge. J'ai un feeling que c'est là que ça se passe.

– Ça fait sens. Depuis des années qu'on entend des histoires d'enfants cachés là-bas. Mais ça pourrait être dangereux.

– J'y vais pareil. C'est la seule chose à faire.

Dans la nuit qui se fraye un chemin à travers l'espace et les heures, dans le temps qui tisse inexorablement son fil à sens unique, les deux femmes reboivent, puis fument encore, jusqu'à ce que l'abattement se mue en une sorte de joie, que la joie les fasse pleurer de rire pendant qu'à l'extérieur les coyotes tournent, et autour des coyotes, les enfants guettent, et plus loin, du toit d'un cabanon, un pitbull assure la bonne marche du monde.

Son sac à dos est plein à craquer. En plus d'une lampe de poche et d'une trousse de premiers soins, Gloria l'a chargé de galettes, de conserves et d'un thermos de thé. Eunice a tenu à l'accompagner jusqu'à l'orée des bois de la Rouge, proférant d'interminables mises en garde. Le parc, répète-t-elle, est un repaire de maniaques de tout acabit. Les vallons sont remplis d'herbe à puce, et la rivière de victimes de meurtres. Les coyotes, voire les coyloups, y règnent en maîtres. Et le crépuscule s'installe ; bientôt on n'y verra plus rien. Mais Gloria est inflexible. C'est le moment idéal pour s'approcher.

Les deux femmes empruntent l'avenue Fieldvale qui s'enfonce dans le parc. Les espaces dégagés font place à des zones boisées, des fragments de forêt où branches et troncs forment un enchevêtrement compliqué de lignes sinueuses, comme les mailles d'un filet. À travers le feuillage dense, la lumière prend des teintes subaquatiques. Les arbres et les herbes hautes tanguent et psalmodient dans l'air du soir. Des ombres tressaillent, toujours cachées, toujours derrière autre chose. Gloria et Eunice atteignent la rivière, un bras tordu dissimulé par la végétation luxuriante. On distingue son clapotement, le fil de ses pensées inconnaissables. Quelque chose résonne au-dessus de leurs têtes, comme une grande bouche qui secoue la voûte du ciel. Gloria s'arrête. Eunice lui tend sa main droite. Gloria la presse. Son amie dépose un objet froid sur sa paume. Un revolver. Gloria repousse l'arme vers elle. Tout comme elle sait que c'est ici et ce soir qu'elle doit chercher ses petites-filles, elle devine qu'il vaut mieux y aller sans arme. Les mains ouvertes.

Au moment où elle allait se mettre en route, un corps massif surgit des fourrés. L'air décidé, le pitbull à une oreille la rejoint. Eunice le regarde, puis dévisage Gloria. Sans peur, celle-ci caresse la tête de l'animal. Et dans les ricanements étouffés de la rivière, elle s'enfonce dans les bois, l'énorme bête sur ses talons. Une boussole géante les serre dans son étreinte méthodique, dans ses certitudes invisibles.

II

« Mes yeux sont faits de cachots et de rubis, d'insultes venteuses, de sommeils et de pactes de sang, de babils et de lacs en paix, de lait perdu. Rien ne m'approche, les livres mentent. Je viens de l'air noir, je porte la peur, la révélation. J'appartiens aux enfants. »

Benoit JUTRAS

Une zone noire se multiplie en eux lorsqu'ils voient la petite approcher des dealers, la part cruelle et élastique de leur être, qui prend de l'expansion dans des moments comme celui-ci, qui rétrécit à d'autres heures, quand quelqu'un chante, quand il y a quelque chose de chaud à manger, quand les étoiles s'approchent de leur fatigue. Mais maintenant, un tambour bat dans leurs muscles tandis que la petite main de Vlime glisse quelques billets boueux dans la paluche du plus grand qui lui remet un sachet, quelques roches qui ne pèsent rien mais qui pèsent des tonnes. Elle ne prend pas la peine de le mettre dans sa poche ; elle n'a pas de poche sur sa robe rendue trop courte par le printemps qui fait tout pousser, il n'y a aucun endroit où elle peut cacher des objets sur sa personne parce qu'elle a cinq ans et demi. Tous ses secrets sont au-dehors.

Tandis qu'elle s'éloigne, les deux dealers restent debout, bras ballants, l'air désœuvré et boudeur.

– C'est tout le temps nous, les méchants, peste le plus petit des deux.

– Même pas vrai, siffle Jolie depuis sa cachette.

Vlime se laisse choir au pied de l'arbre où l'attendait la pipe, puis elle y dépose un des cailloux, cherchant du regard l'approbation des autres qui restent résolument campés dans leur rôle. Haussant les épaules, elle enfonce la pipe dans sa bouche et, d'une main à demi sûre, fait mine de chauffer le tout à l'aide du briquet argenté que Loupiote a trouvé dans l'ancien casse-croûte envahi par une colonie de chats orange qu'on ne pouvait pas flatter parce qu'ils étaient couverts de gales.

– Crac ! lance-t-elle de sa voix poussiéreuse.

Elle inhale, une, deux, trois fois, renversant la tête. Quand son visage réapparaît, il ne reflète pas l'extase ; il est contorsionné, laid comme une plaie. Elle tousse, grogne, puis les convulsions s'emparent de son corps. Elle s'efface au sol, ses pieds minuscules sursautent dans tous les sens, sa peau se métallise puis, soudainement, plus rien – elle émet un dernier borborygme et meurt.

– Franchement. Ç'a pas d'l'air de ça, une overdose, siffle Méthode.

– Chut, coupe Lego. C'était le temps d'aller !

D'un seul mouvement, les petites silhouettes bondissent de derrière le vieux canot et les deux dealers sursautent à l'unisson.

– Vous avez tué notre sœur !

– C'est pas de notre faute !

– Oui, ce serait de votre faute. Vous coupez votre stock avec de la cochonnerie !

Les armes apparaissent et les coups pleuvent. Yatim vise les rotules des deux truands, Jolie tente d'en scalper un avec son Opinel, Adidas perce un œil à l'aide d'un clou, Méthode pousse le canon de son revolver dans la gueule du plus vieux pendant que Lego lui vide les poches pour aller jeter la drogue dans le feu. Enfin, on plante de longues lames dans le cœur des vendeurs de mort qui crèvent en même temps, leur faux sang mêlé de vraie boue. Dans le silence qui suit, un souffle rauque se soulève.

– C'est Vlime ! 'Était pas morte !

Aussitôt, Lego se précipite vers la gamine qui gît toujours au pied de l'arbre avec un air pâmé et amorce un massage cardiaque frénétique, qui fait rebondir son petit corps comme un ballon. Pendant les premières secondes, Vlime demeure rigoureusement inconsciente, mais bientôt un rire hystérique perce le sceau de ses lèvres.

– Elle vit ! On l'avait sauvée !

C'est le moment où on devrait la soulever, la porter à bout de bras comme un étendard, la lancer très haut dans les bras des arbres, mais Vlime reste étendue au sol à ricaner, jetant des œillades à ses camarades qui comprennent vite ce qu'elle veut.

– Une ! Deux ! Trois ! GO !

La demi-douzaine d'enfants, y compris les pseudo-dealers, se ruent sur la fillette pour la chatouiller, glisser leurs doigts dans les zones les plus tendres et cachées, on l'assaille de partout et immédiatement elle demande grâce, mais personne ici n'a appris à respecter les limites de son prochain, aussi les « oui » et les « non » sont utilisés de manière interchangeable, pour dire le contraire de ce qu'on pense, pour donner et reprendre des choses qu'on ne possède pas ou qu'on ignore avoir. Ainsi la séance de torture collective continue, des oiseaux tordus fusent des aisselles et des genoux et du cou de Vlime et peut-être serait-elle vraiment morte, peut-être aurait-elle crevé de rire si ça n'avait été de la voix autoritaire de Loupiote qui tranche les cris et les troncs d'arbres :

– Lego, on t'a besoin ! On a eu un nouveau gars, ajoute Loupiote.

Le garçon, à califourchon sur sa petite sœur, se redresse, et quelque chose sombre en lui.

– Je viens, répond-il.

Il fallait s'y attendre : le nouveau n'est pas d'accord. Lego place l'objet sur la grosse roche et le recouvre de la main pour faire taire son pouls maniaque, son clic de souffle au cœur, et il voudrait faire la même chose avec le kid aux oreilles en portes de grange qui crie comme si c'était une de ses phalanges sur le billot, mais Fidji se lève, prête à énoncer le règlement. Lego l'entend déjà dans sa tête : « Les choses interdites dans le Ravin sont… » et il décide qu'il n'a pas envie de l'écouter, que la litanie des lois qui changent sans arrêt est aussi pire que toutes les choses qu'elles proscrivent, alors il lève bien haut son bâton de baseball et avant que Fidji ait pu ouvrir la bouche et le gamin protester une dernière fois, il balance un coup vif qui fait exploser la montre. Le cadran est instantanément défiguré, les aiguilles s'éparpillent, et des centaines d'éclats de verre microscopiques se répandent aux quatre coins du camp.

– Le Royaume de la Rouge a parlé ! décrète Fidji, qui tient à placer une phrase majestueuse quelque part.

– C'est la seule affaire de mon père qui me restait, gémit le nouveau.

– Si tout ce que ton père t'avait laissé c'est une horloge à bras, tu fais aussi ben de l'oublier, déclare Loupiote en lançant un cœur de pomme entre les arbres.

Elle s'éloigne et Fidji lui emboîte le pas, concédant un regard d'indulgence princière au garçon qui s'écroule sur la pierre, terrassé par les sanglots. Adidas pose sa main sur son épaule.

– C'était juste une montre. Là t'auras une place où rester. C'est ben mieux, tu penserais pas ?

Le garçon chasse sa main, et Adidas repense à la première fois qu'il a atterri dans le Ravin – il n'est pas le seul, tout le monde s'en souvient. Il s'était pointé habillé comme un arbre mort avec aux pieds une paire de baskets flambant neuves qu'il avait piquées la veille au péril de sa vie. Elles étaient plus blanches que la neige fraîche et que les seins de sa mère ; elles émettaient pratiquement leur propre lumière, au point qu'il était incapable de regarder autre chose que ses pieds, de parler d'autre chose que de ses chaussures. On avait fini par les foutre au feu. Adidas avait hurlé, cogné Lego et saccagé deux huttes.

– Si t'arrêterais pas de brailler, on va t'appeler Cadran, dit-il au garçon toujours larmoyant.

– Ouais, ou Rolex, renchérit Lego.

– C'était même pas une Rolex, soupire le garçon.

Lego balance le bat qui tournoie comme un boomerang, et comme chaque fois qu'il fait tomber le bras de la justice, il craint un instant que ça revienne vers lui, il voit l'objet changer de trajectoire et lui démolir le crâne. Mais le bâton échoue au bout de sa course. Lego tourne les talons.

À côté du vieux canot, Magie et Bègue, revenant d'expédition, déposent une couverture remplie de denrées. Les bras chétifs de Bègue tremblent d'avoir porté son fardeau sur plusieurs kilomètres, mais il ne se plaint pas.

– On a trouvé la cache de le Capitaine Face-de-Rat ! lance Magie. Ses trésors seraient à nous !

Un grand cri attrape la nouvelle. Les autres enfants se pressent autour d'eux.

– L'aviez-vous occis ?

– Qu'est-ce que c'est que vous avez ?

– C'est quoi, occis ?

– Plein de manger !

Ils font débouler des conserves, du riz, des noix, des biscuits secs, du savon, de la gaze et un livre dont la couverture montre un homme torse nu qui enlace une femme à la blouse déchirée. Lego s'en saisit, le tripote, le jette, tandis que des exclamations admiratives fusent de part et d'autre du butin qui luit dans l'ombre des bois, faisant battre les cœurs au-dessus des ventres creux. Pendant qu'une masse indistincte de gamins étreint Magie pour la remercier, Pow-pow secoue un sac rempli de petites boules blêmes qui émet un bruit de serpent à sonnette.

– Quoi ce que c'est ça ?

– Des pois chiches, innocent, rétorque Magie.

Pow-pow ouvre le sac, s'empare d'un pois, tente de le croquer, le recrache avec indignation.

– Pas mangeable ! On va casser nos dents.

Tous fixent le sac de légumineuses avec incertitude. La voix de Bègue morcelle le silence.

– Sont p-pas cu-cuits ! Fau-faudra qu'ils t-trempent dans l-l'eau toute une nnnuit, et après les faire bou-bouillir une heure.

On dévisage le garçon qui sourit timidement, mais pas longtemps parce que Pow-pow lui envoie un pois chiche en pleine figure. Il tente de répliquer, mais son projectile rate son adversaire pour atterrir dans l'œil de Lego, qui réagit en assénant un coup de pied dans une énorme boîte de craquelins qui explosent comme la terre d'un champ de bataille, comme la montre de l'autre, tout à l'heure, comme les grenouilles qui fument et les maisons hantées, quand le feu s'y met.

– Arrête, espèce de firou ! hurle Magie, pendant que trois gamins se jettent sur les victuailles pour les protéger de leurs corps.

Magie se plante devant Lego mais il est trop tard, celui-ci a atteint sa zone de rage, la vraie, celle qui aveugle et fait dévier les plaques tectoniques. Il pousse Bègue qui tombe sur le canot et aussitôt les autres s'écartent de son chemin, sachant très bien que la seule manière d'éteindre les incendies de Lego est de lui soutirer tout combustible – autrement dit, de disparaître de sa vue.

Quand il regagne sa hutte, Lego bout encore, il voudrait tuer plus qu'une montre et un paquet de biscuits soda, tuer quelque chose qui saignerait, un cerf ou un renard avec une flèche dans le cœur, décrocher la tête d'un caracro, n'importe quoi pour faire taire ce qui vrombit dans sa tête comme des abeilles dans un sarcophage. Il s'empare de son oreiller et le fouette, il décoche de grands coups de pied à son matelas perpétuellement humide. Vlime arrive au milieu de sa crise, considère la scène sans s'en formaliser.

– Tu voudras venir à la pêche ?

La fillette tend à son frère un bâton au bout duquel pendouille une ficelle à laquelle elle a ligoté un ver qui agonise par lentes torsions. Lego la regarde, regarde le ver, et lâche son oreiller. Ils s'éloignent du camp pour retrouver les barracudas et les narvals qui les attendent, bien cachés sous la surface de la rivière Rouge, derrière ses sourires irisés et ses promesses indéchiffrables.

Perchée sur la grosse roche, Fidji regarde le soir serrer le campement dans sa poigne épaisse. L'humidité grimpe de la rivière, le ciel se met en charpie rose et indigo, les visages prennent des teintes surhumaines autour des feux : à cette heure, les enfants ont tous l'air de héros et les arbres, des colonnes d'un palais. Personne ne pourrait penser qu'il y a autour d'eux une ville d'acier et de peur, tout comme personne en ville n'imagine ce nid de liberté au cœur du grand parc de la Rouge. Ils sont en sécurité, se répète Fidji, ils sont invisibles.

Elle ferme les yeux ; les bruits sont comme les nœuds d'un tricot, des points qui se tiennent, s'accrochent les uns aux autres pour former l'étoffe de l'habitude, quelque chose de prévisible dans l'aléatoire de la vie dans le bois. Le feu qui craque, des filles qui toussent de rire en se racontant des histoires de toilettes, les grincements qui dégringolent du haut des arbres, son ventre qui gargouille, qu'elle ne comblera qu'une fois que tous les autres auront eu à manger. Elle ouvre les yeux. Dans la lumière mauve, une nappe sombre s'est répandue, noyant le canot ébréché qui marque le centre du camp, sa coque cabossée comme si l'embarcation avait déboulé du ciel ; la noirceur s'installe. Magie et Adidas brassent le contenu d'une marmite au fumet enveloppant et les petits affamés se tortillent avec des bols et des regards suppliants, mais dès qu'ils auront jeté un œil au fricot, ils se mettront à chialer qu'ils n'aiment pas les patates douces, les haricots, la viande en conserve, le ragoût. Dans son coin, Pow-pow surveille un bol de pois chiches immergés comme si quelque force surnaturelle allait s'en emparer, puis se lève tout d'un coup en criant « Pipi ! », et Adidas et Jolie accourent et se déculottent en un tour de main pour uriner sur le feu ; la fille vise aussi bien que les garçons, c'est ce qui lui a valu son surnom, Jolie-pisse-debout, et elle pousse un rire sardonique en regardant la fumée s'élever des pierres chauffées.

Plus loin, un mini pleure de fatigue, ainsi qu'une grande qui saigne du nez – c'est une règle empirique dans le Ravin : il y a toujours une ou deux personnes qui pleurent, deux ou trois qui rient ou qui se battent, une demi-douzaine qui dorment, quelques-unes qui se vident les intestins après avoir avalé des fruits trop verts ou de l'eau croupie, et une qui agonise. Les vies sont courtes et magiques, dures et pleines, et elles sont toutes gouvernées par Fidji. Elle se répète son mantra, *ils sont en sécurité, ils sont invisibles,* elle s'y agrippe car après tout ce temps à la tête du camp deux choses la tiennent toujours avec toute la rectitude d'une épine dorsale : l'omnipotence et la responsabilité, et plus la seconde pèse, plus la première grandit, comme deux charges s'égalisent pour éviter qu'un bateau chavire.

Dans le premier frisson du soir, elle plane vers sa hutte, où Yatim a déposé des cartes de la ville trouvées dans les poubelles de la bibliothèque, qu'elle a commencé à regarder un peu plus tôt. L'une d'elles semble représenter le parc, avec des cercles concentriques aux formes huileuses qu'elle ne comprend pas mais qu'elle étudiera jusqu'à leur arracher leur secret.

Au moment où elle s'apprête à rentrer dans sa hutte, Magie l'interpelle :

– Je gardais une assiette pour toi, Fidj'.

– Sers les autres avant.

La cloison de jute se rabat derrière elle, un son comme une eau fraîche ; le bonheur, pendant un instant, d'être soustraite aux regards.

Le soir venu, des détonations se font entendre ; Pow-pow se prépare à trouer la nuit avec sa poudre noire, et par ces brèches les rêves pourront entrer pour mener les enfants au sommeil. Loupiote irait volontiers se coucher mais elle doit veiller : le printemps a ramené les loups, les ombres, les mangeurs d'enfants et, encore empêtrées dans les haillons de l'hiver, les sentinelles n'ont pas tout à fait retrouvé leur vigilance maximale, celle de l'été, des jours qui s'éternisent et des nuits qui ne dorment pas. Entrant dans sa hutte, elle se saisit de son arme, la secoue, constate avec satisfaction qu'elle est chargée et ressort illico.

Elle s'avance vers la périphérie du camp sans soulever le moindre bruit. C'est son grand talent, cette capacité à se mouvoir en silence, à soustraire sa présence au règne de l'audible, un truc appris au tout début de sa vie dans un monde qui ne pèse désormais pas plus lourd qu'un cratère d'obus dans sa mémoire. Les premiers qu'elle aperçoit sont Méthode et Terreur. Ces deux-là, comme toujours, veillent au grain : pas de bavardage, pas de somnolence, droits et muets comme des javelots.

Pour Yatim et Jolie, c'est une autre histoire : le premier a la main coincée au creux de l'aisselle et balance son bras de haut en bas à la manière d'une poule manchote, et la seconde se torpille de rire à chaque bruit émis par les mouvements de son partenaire. Une boule de feu pourrait foncer sur eux, ils ne s'en rendraient pas compte. Un sourire prédateur aux lèvres, Loupiote s'agenouille, met en joue, actionne la pompe, gonfle la pression au maximum puis appuie sur la détente. Deux hurlements crépitent. Loupiote ricane en sourdine. Ses victimes, le dos trempé d'un *bullseye* mouillé, se retournent.

– Loupiote ?

– C'est *colonelle* !

– Pourquoi que tu nous arrosais pendant qu'on travaille ?

– Si vous travasiez, vous l'auriez entendue venir avec son gun à l'eau, gang de faignants ! intervient Terreur, de loin.

– Même pas vrai, gros agrès ! s'emporte Yatim. On était beaucoup concentrés.

– Sur tes pets de dessous de bras, rétorque Loupiote en plaquant sa main sur la poitrine du garçon pour l'empêcher de s'élancer vers son ennemi juré.

– On s'excuse, colonelle, dit Jolie, on va…

– Chut !

Des bruits se font entendre à distance. Réguliers mais espacés. Le pas las et chagrin d'un adulte.

– Sonne l'alarme.

Sans hésitation, Jolie-pisse-debout attrape l'ocarina suspendu à son cou et le porte à ses lèvres. D'un jeu de doigts précis, elle produit un appel venteux qui évoque la tourterelle. Dans le camp, Adidas ramasse les minis, les autres s'élancent vers l'armurerie ; en moins de trente secondes, les feux sont étouffés, les plus jeunes sont à l'abri et les grands rejoignent les sentinelles pour former un cercle brûlant autour du camp.

La silhouette de l'intrus devient visible ; elle chemine droit vers Loupiote qui, à travers la noirceur, note la démarche pesante, la longue chevelure, le sac pendouillant et même l'effroi qui s'échappe de la poitrine comme une nuée de mouches. Terreur les rejoint, Yatim en profite pour le pousser un peu.

– Je ferais feu, colonelle ?

La main droite du meilleur tireur du Ravin tient une fronde, sa gauche, un pistolet.

– Débute par une roche, on sauve les balles.

Fronçant les sourcils, Terreur range le fusil dans sa poche arrière, soulève sa fronde qui gémit lorsqu'il étire l'élastique et siffle comme une sorcière lorsqu'il le relâche. Son projectile frôle l'épaule de l'intrus, celui-ci pousse un cri qui brasse les broussailles. Loupiote ne laisse pas passer une seconde, elle ramasse un gros caillou, son regard s'affine jusqu'à livrer une image minutieuse de sa cible, la bouche molle, le nez camus, la ride du lion, c'est là qu'elle visera. D'un geste net, elle atteint l'étranger en plein milieu du front, il tombe à la renverse et ne bouge plus. Yatim court vers la victime.

– Sans connaissance. Transport !

Loupiote le rejoint et examine l'individu, un vieux soûlon qui serait tombé dans les pommes à bien moins qu'une roche dans le front.

– Pognes-y son sac d'épaule.

Rapidement, Yatim extirpe du sac une bouteille de vodka et une couverture fétide. Trois grands arrivent au pas de course et en moins de deux l'ivrogne est emporté dans une toile avec sa gnôle, ses cinq porteurs escortés par Méthode, Terreur et leurs revolvers.

– Où qu'y l'apportent ?

Loupiote se retourne. Le nouveau est là, l'air abruti, les paupières enflées.

– Hors du parc.

– Y vont le tuer ?

– Non, seulement le laisser là. Y est pour se réveiller demain matin pis repartir à boire pis y se rappellerait de rien.

– Pourquoi ce qu'y ont des guns, d'abord ?

Loupiote plisse les yeux, détaille la tête de tubercule, les oreilles protubérantes du garçon, et s'éloigne sans répondre.

Au campement, on a déjà relevé le feu, les minis se sont endormis, empilés les uns sur les autres comme une boule de doudous et de mauvaise haleine et, dans son coin, Pow-pow a repris sa poudre noire et son briquet, s'apprêtant à faire péter un autre truc. D'un pas mordant, Loupiote fonce sur lui avec un seau d'eau qu'elle déverse sur son arsenal.

– Eille ! proteste le garçon.

– Silence, réplique Loupiote en jetant le seau à ses pieds.

Le nouveau se réveille aussi triste que la veille. Il s'est mis à pleuvoir pendant la nuit, ses vêtements sont mouillés, les autres ne sont pas gentils, il a envie de faire caca mais il n'y a pas de toilette, il veut ravoir la montre de son père, il regrette de l'avoir cédée à cette fille à moitié folle, il a faim, il a une gomme collée dans les cheveux, venir ici était une erreur, il aurait mieux fait de rester chez lui – la présence d'André est peut-être moins pire que cet endroit, finalement. Quelques enfants se traînent vers ou hors de leur hutte en se grattant les fesses, d'autres sont endormis n'importe où, la tête sur des bûches, les pieds dans la boue, et il entend encore Pow-pow, qui l'a hébergé dans son abri, ronfler d'un ronflement impossible, à mi-chemin entre un grondement d'ours et un ventilateur industriel.

Il retrouve la pierre sur laquelle il s'est effondré la veille. Son corps se coule dans la même position et les larmes lui remontent aux yeux – ou est-ce du roc qu'elles sourdent ? Du bout de la langue, il confirme qu'un liquide salé y perle bel et bien, même les roches sont malheureuses ici, tout pleure, tout pleut. À ses pieds, une petite pile de pelures d'oignons recouvre les miettes de la montre fracassée, et le nouveau se demande s'il pourrait en retrouver une partie intacte, peut-être la trotteuse, un fragment qu'il pourrait garder dans sa poche ou glisser sous sa langue pour le soustraire au flair de Loupiote, et le caresser quand l'assaille la plus étrange forme de mal du pays, celle qu'on ressent là où on a toujours vécu. C'est comme ça qu'il a tenu le coup lorsque sa sœur s'est amourachée de ce gros con d'André, lorsque ce gros con d'André a emménagé chez eux, qu'il a usurpé le fauteuil et la robe de chambre de son père, lorsqu'il s'est mis à lui tomber dessus pour un oui ou pour un non, érodant le frêle équilibre que lui et sa sœur étaient parvenus à façonner ensemble, avant la raclée qui a mis fin à tout. Il caressait le cadran de la montre, pensait au temps qui fait que tout passe, tout passe, même les gros cons, et adossé à la tiédeur rassurante du frigo, il se calmait. Finalement, c'est lui qui a été forcé de passer à autre chose.

Un bruit supraterrestre le tire de ses pensées. Il lève la tête, regarde vers le centre du campement, là où les feux soufflent encore une odeur de paumes roussies et de patates fondues. C'est une fille à la peau translucide, aux cheveux complètement blancs entortillés en une couronne broussailleuse. Elle chante. Il ne reconnaît pas la mélodie, ni les paroles, ni même la langue, et devine que c'est une invention, un langage créé pour cet air, ce matin, dans cette lumière aplatie, sous cette bruine. La chanson le prend par la taille, le soulève à un mètre de la terre, le fait planer quelques instants pour le déposer tout à côté de la chanteuse. Il la regarde, ses grands membres grêles, ses mouvements de sauterelle, ou plutôt de faucheuse, que ce gros con d'André appelait *daddy long legs* et s'amusait à croquer pour le choquer, et la fille blanche continue de chanter les yeux fermés, et lorsqu'elle les ouvre enfin ses iris sont rouges comme des tisons.

Doucement, les enfants rallument les feux, font apparaître de l'eau, des vivres, des odeurs saintes et vitales, d'autres se mettent à deux ou trois pour charrier les endormis dans des lits, les plus lourds sont roulés au pied des arbres et recouverts de toiles imperméables. Les larmes coulent toujours sur les joues du garçon mais il ne sait pas pourquoi, ne sait plus ce qui l'accablait tant à son lever, il ne se souvient de rien sauf de cette mélodie aux paroles inventées qui ouvre des pays dans sa tête, il regarde la plus belle fille du monde chanter la plus belle chanson qu'il ait jamais entendue et personne ne lui pose de questions, personne n'interrompt quoi que ce soit. Jusqu'à ce qu'au bout d'un temps indéfini il réalise que la chanson est terminée, que l'enfant albinos a disparu et qu'une autre, celle qu'il a entendu appeler Magie, lui tape sur l'épaule.

– Tiens, Tic-tac, prends ton déjeuner. Après, on allait te montrer le *dumpster diving.*

Tic-tac la regarde, bouche bée.

– C'est qui ? finit-il par articuler.

– Qui qui ?

– Qui chantait.

– Ton gruau va refraidir.

– OK.

– Ça serait Bleach.

– Bleach.

– Ouais.

Les ailes font toujours un peu mal lorsqu'elles sortent, comme quand on s'endort croche, on dirait du métal rouillé qui se déplie. Bleach ne peut pas laisser les autres voir ses ailes, dans le Ravin, ils seraient jaloux, ils essaieraient de les prendre pour eux, même si tout le monde sait que les ailes d'une fée ne peuvent servir qu'à cette fée-là ; sur les épaules d'un autre, ça se fane. Alors elle attend d'être seule et loin du camp pour les déployer toutes grandes dans Chesnay, le quartier où elle revient toujours sans arriver à retrouver la demeure où elle a grandi, peut-être parce qu'elle a oublié, peut-être parce que la maison n'existe plus, que son corps refuse de l'y emmener ou qu'elle n'a jamais existé. Ce n'est pas grave parce que Bleach a choisi une autre maison, ou plutôt, celle-ci l'a choisie, une vieille bâtisse jaune comme un cœur de canari où elle est d'abord entrée avec Magie pour voler des ustensiles, puis toute seule, pour baigner dans la chaleur qui règne autour des murs et observer la femme aux hanches larges qui ne bouge presque pas. Une fois, elle s'en est même approchée pour inonder un nid de fourmis pendant qu'elle dormait sur sa galerie. Les fées n'aiment pas les fourmis.

Par contre, elles aiment les papillons, et dès que ses ailes s'ouvrent, Bleach monte suivre leur vol, s'adressant à eux dans leur langue. Elle les interroge sur la maison.

– Comment ça se fait qu'elle a pas brûlé ? souffle-t-elle.

– Parce qu'elle est protégée, répondent les bleus argentés.

– Par qui ?

La nuée ocre floute l'air autour de Bleach et disparaît – les papillons savent beaucoup de choses, mais ils sont très secrets. Bleach hausse les épaules, faisant sursauter ses grandes ailes blanches qui ratent un battement ; elle manque de chuter mais se reprend, le cœur battant. Une petite voix retentit tout près de son oreille, orange et narquoise.

– Je sais quelque chose que tu ne sais pas !

Les papillons sont aussi très baveux. Bleach se retourne vers la belle-dame qui ricane en tournoyant et décide de s'éloigner sans lui répondre ; en quelques coups d'ailes, elle surplombe le toit tapissé de mousse, une petite toundra vivante où elle meurt d'envie de s'allonger et de se vautrer, pour écouter les chuchotis des insectes microscopiques qui s'y abritent. La belle-dame continue de lui tourner autour.

– D'accord, je te donne un indice. Ça a rapport avec ce qu'il y a au Paradis.

Toujours agacée, Bleach s'éloigne de son interlocutrice sans mot dire et poursuit son vol vers la cour, contemple au loin le champ qui bâille comme une grande bouche fauve, mais le papillon orangé l'interrompt à nouveau :

– La femme qui vit là s'appelle Gloria. Elle connaît les habitantes du Paradis.

Bleach se retourne vers le papillon qui volette sur place comme si c'était la chose la plus aisée du monde, comme s'il n'avait pas de masse, alors que son propre poids tire constamment sur son vol.

– Je le savais ! rétorque-t-elle avant d'écraser la bestiole dans le creux de sa main.

Elle se pose au pied de la maison jaune, le cœur gros et ondoyant de toutes les choses qu'elle sait mais ne révèle pas. Il lui semble parfois qu'elle a vécu mille ans et vu tout ce qu'il est possible de voir, qu'elle contient tous les secrets, toutes les fables, toutes les formules magiques du monde. Elle pousse un soupir qui se dépose quelques mètres plus loin et fait faner une tulipe blanche. Au même moment, par la fenêtre du premier étage, un matelas s'envole et atterrit au beau milieu de la cour. Aussitôt, Bleach saute sur ses pieds, ses ailes bien cachées sous ses omoplates. Ça, il faut qu'elle en informe les autres. Un matelas, ça ne se gaspille pas.

Ils sont deux minis, plus braves que braillards et trop petits pour réaliser le danger, ils ne pensent qu'à montrer qu'ils sont dignes du Ravin. Pow-pow ne semble pas conscient des risques lui non plus, même si la tour est croche comme une dent sur le point de tomber, même s'il manque la moitié des marches et que l'escalier en colimaçon étourdit dès qu'on y met le pied, comme si on entrait dans une illusion d'optique. Lego, lui, se souvient bien d'y être monté, à son arrivée, Vlime était trop jeune pour grimper alors il l'avait portée sur son dos et, malgré la fraîcheur d'octobre, il transpirait tellement qu'elle lui glissait entre les bras tandis qu'il la hissait avec lui à travers les boucles de l'escalier, suivant la spirale qui les ramenait sans cesse au même point tout en les propulsant plus haut. Ils étaient arrivés au sommet,

Vlime avait hurlé de joie – elle n'avait pas de mots dans ce temps-là, que des cris – et Lego avait failli dégobiller mais il s'était retenu. L'hiver approchait, ils n'avaient nulle part où aller, il fallait passer le test, tous les tests, accomplir tout ce qu'on leur demandait, même l'impossible. À l'époque, c'était Vishnu qui supervisait les épreuves ; à leur retour au pied de la vieille tour précaire, il avait confirmé leur admission dans le Ravin et Lego s'était senti comme au premier jour du monde. Pow-pow, lui, ne se souvient pas de son initiation ni de rien, la vie recommence pour lui chaque matin, la seule chose qu'il retient est la recette pour concocter des explosifs et faire jaillir des feux d'artifice du néant.

– Ferais-tu un pestacle à soir ? lui demande Lego tout en surveillant le passage des deux petites silhouettes devant les fenêtres étroites.

– Nan. La folle avait mouillé ma pourde.

– La folle ?

– Ta chum Loupiote.

– C'est pas ma chum.

– Vous êtes les deux dans le club des boss.

– C'est pas un club.

Pow-pow ne trouve rien à répondre, il crache par terre. Un scarabée se débat dans le mucus visqueux.

– En vrai, j'en ai plein mon capot, de Fidji pis Loupiote, ajoute Lego.

Tirant son briquet de sa poche gauche et un mégot de sa poche droite, Pow-pow s'allume, l'air presque déçu que rien n'explose, et aspire une longue bouffée qui le fait cracher à nouveau avant de tendre le moignon de cigarette à Lego, qui le refuse.

– Au moins t'es du bord de ceux qui mènent, commente Pow-pow.

– Youhou ! On a-tu presque arrivé en haut ? lance une des minis depuis une meurtrière, non loin du sommet.

– Monte encore pis tu vas le savoir, rétorque Pow-pow.

Ces deux-là sont arrivés un beau matin avec un troisième, tous se plaignant d'avoir mal au ventre et envie de pipi – Dieu sait comment les gamins perdus finissent toujours par se retrouver dans le parc de la Rouge, il doit exister une sorte de boussole spéciale qui se fiche éperdument du nord mais qui indique la direction du Ravin aux enfants sans famille –, ils avaient des tiques plantées tout autour des chevilles et le teint vert après avoir bu l'eau de la rivière. Le troisième est mort la première nuit. On a enterré son corps de l'autre côté de la Rouge, avec les autres. Ses compagnons ont guéri, puis ils ont fait mine de s'incruster, alors on leur a parlé du test, Pow-pow voulait inclure des pétards à l'épreuve, mais Fidji a refusé.

– Fidji, elle gâche toujours tout, ajoute-t-il en lançant son mégot sur le scarabée englué.

– Je sais. Elle se pense pour une adulte.

– *C'est* une adulte.

Fouillant dans une troisième poche à l'intérieur de son blouson, Pow-pow extirpe un ruban argenté.

– Mire ça : du magnésium. Si tu l'allumes, ça péterait plus blanc que la face à Bleach.

– Cool.

– Viens me trouver à soir. On va le faire brûler, ça ferait chier la folle.

Un autre cri leur parvient de la tour, les minis sont arrivés au sommet et agitent la main comme les passagers d'un bateau de croisière.

– Youhou ! On a réussi !

– Bravo ! Astheure, tirez-vous en bas !

La fierté tombe du visage des gamins, remplacée par la stupeur ; pendant un instant, ils songent vraiment à sauter, parce qu'ils ne comprennent pas encore les blagues de Pow-pow, mais surtout parce qu'ils sont prêts à tout et qu'une foi nouvelle les anime. S'ils sautaient, peut-être qu'ils flotteraient au lieu de se briser les os. Peut-être que des bras les attraperaient enfin.

L'été s'est installé à la hâte, brûlant les étapes et les peaux, et le Ravin bouillonne, le sol fourmille, des sources enfouies sous terre cherchent à remonter au jour, Fidji les sent comme des secrets qui brûlent les lèvres de la forêt, et cette pensée lui rappelle le Paradis. Des yeux, elle cherche Bleach, et comme si cette simple action l'avait convoquée, celle-ci émerge du sous-bois, flanquée de Yatim et de Magie qui reviennent de mission.

– Succès, majesté, déclare fièrement Yatim, brandissant d'une main une liasse d'affiches gondolées arborant des visages enfantins et, de l'autre, une demi-douzaine de plants.

– Des belles rougettes ! renchérit Magie.

Fidji examine les pousses avachies sur lesquelles se profilent des bourgeons de fraises.

– Le Vieux vous aurait pas repérés ?

– Négatif, y avait pas été là, mais on a rasé de se faire pogner par deux espionnes.

– Une chance qu'elles sont trop charrues pour nous courir après !

– Arrosez-les avant qu'ils chèssent. On les planterait demain.

Yatim et Magie courent vers le ruisseau, et Bleach fait mine de les suivre, mais Fidji lui adresse un signe discret. Les deux filles se séparent, Bleach partant vers la gauche, Fidji effectuant un grand détour par la droite, pour se retrouver à l'arrière d'une tente constellée de résine. Fidji tousse trois fois à la fenêtre moustiquaire délibérément orientée vers un coin sombre, et le visage laiteux de Bleach apparaît comme un corps clair qui remonte à la surface d'un lac.

– T'étais voir les sœurs au Paradis, à matin ? s'enquiert Fidji.

– Elles sontaient toujours là.

– Elles t'avaient-tu demandé pour venir ici ?

– Elles auraient trop peur. La Grande piaulait tout le temps. La Petite parle quasi pas.

– Est-ce qu'elles sont encore malades ?

– Moins. Elles avaient arrêté, de chambranler pis de suer.

– Qu'est-ce qu'elles avaient, tu penses ?

– Ça serait sûrement l'eau, comme d'habitude. Ou ben c'était dans leur tête.

Fidji la regarde d'un air interrogateur.

– Une maladie de peine, précise Bleach.

– Je sais pas.

– En tout cas j'y retournera demain. Magie avait trouvé des vitamines.

– Faudrait que personne te suive.

– Personne peut me suivre, rétorque Bleach avec un clin d'œil.

Lorsque Fidji se relève, la face crayeuse de la lune lui tombe dessus comme un fruit d'un arbre. Les coyotes sont proches, ce soir, elle les entend hurler comme si elle était dans leur ventre. Dans ces moments, elle a le sentiment que le monde est désamarré, que ses efforts pour tout retenir ensemble sont vains, et elle voudrait qu'on l'attache au canot mort, comme cet homme dans le grand livre de Bègue, un marin qui avait demandé qu'on le ligote à l'avant de son bateau pour entendre les sirènes sans tomber dans l'eau.

Le monde est à eux. Il respire comme un gros ventre mou où ils enfoncent leurs sabres, où ils lancent leurs bombes. Le monde, et les créatures qui s'y démènent pour manger grandir gagner prendre trouver, est une proie facile, du moins, il l'est quand on s'appelle Terreur, qu'on manie les armes comme un jongleur des balles, et que notre voix couvre toutes les autres.

– Lâchez la dernière ! Pas de quartier.

Ses troupes actionnent la catapulte et une énorme pierre explosive traverse les airs et s'abat sur le fort adverse, libérant au moment de l'impact une multitude de petits projectiles hérissés de lames, ainsi qu'un escadron de rats qui s'infiltrent sous les armures, provoquant des hurlements horrifiés dans les rangs des Flambeurs. Leur arrière-garde ne tarde pas à répliquer. Méthode donne l'ordre, et une pluie de flèches enflammées fond sur les troupes de Terreur qui ne peut qu'espérer que leurs pointes n'ont pas été trempées dans le venin, mais avant qu'il ait pu en ramasser une pour l'examiner, trois de ses Trancheurs tombent, le corps projeté vers l'arrière comme une giclée de vie, et deux autres prennent feu. On les laisse brûler, pas le temps de les éteindre ; les survivants dégainent leurs sabres, des cimeterres qui captent les rayons de soleil et les projettent dans les yeux des ennemis – le soleil est une balle qu'ils lancent où ils veulent. Ils devraient s'appeler les Soleils de la mort.

– On s'appelait les Soleils de la mort ! décrète Terreur.

Des acclamations viennent sceller l'adoption du nouveau nom.

– Ça rime pas avec Flambeurs, ça marcherait pas, proteste Méthode.

– C'est pas une chabraque comme toi qui décide pour nous autres !

– On prend un autre nom, nous aussi, d'abord. On était les Dragons de la destruction.

Forcé d'admettre qu'il s'agit là d'un excellent choix, Terreur regrette un peu le changement qu'il a instigué. Avec les Trancheurs, il avait une avance sur les Flambeurs alors que maintenant la balance penche plutôt vers le clan d'en face, et Dieu sait qu'un nom, ça compte, il l'a lui-même constaté lorsqu'il a abandonné Chaton au profit de Terreur. (Le chat qui l'accompagnait partout était mort, il avait défoncé ses vêtements de petit matelot, perdu ses fossettes et acquis des incisives pointues ainsi qu'une impassibilité face au sang; il était temps de changer.) Pour reprendre le dessus, il décide d'invoquer les divinités.

– Ô immortels, rugit-il en levant les yeux vers la canopée, faisez tomber votre puissance sur les infidèles !

Les secondes passent, Terreur sent le scepticisme gagner son armée et l'amusement se répandre au sein des légions de Méthode mais, enfin, les dieux répondent à son appel : une pluie de tessons, de clous et autre ferraille céleste s'abat sur les Dragons de la destruction (atteignant au passage quelques Soleils qui n'osent pas pester trop fort face à cette intervention divine). Les ennemis se recroquevillent, ils se réfugient sous leurs minces boucliers en marmonnant des malédictions tandis que, les bras levés au ciel, Terreur rit aux éclats. L'armée adverse est en déroute, Méthode ne peut juguler l'hémorragie, ses mercenaires saignent et pleurent et ils ont chaud et veulent aller goûter à la banique de Magie qui sent trop bon, c'est la débandade et Terreur triomphe encore plus fort, la victoire comme un goût de viande crue dans sa bouche. Il a toujours le dessus, et il rit et pleure en même temps parce que cette vie qu'il tient comme un cœur battant dans sa main est trop facile, c'est une chose qu'il peut dilapider sans jamais qu'elle ne s'épuise, il ne comprend pas cette abondance, ne comprend pas cette facilité dans un lieu où tout est dur, il devine que ça vient de lui, de cette partie de son être qui le protège du manque et des amputations. Ce don s'est déposé sur sa tête sans qu'il l'ait cherché – ce sont peut-être les dieux qui existent vraiment, finalement, et qui veillent sur lui, le cuirassent et affûtent ses dents.

Baleine observe la scène de haut ; c'est le seul point de vue possible. Par terre, ça ne marche pas. Son corps est trop lourd, trop encombrant – il l'a toujours été, d'aussi loin que

Baleine se souvienne. Mais toute créature connaît la grâce lorsque dans son élément, et c'est dans les arbres que Baleine trouve la sienne. Le sol reste un lieu instable, surtout à l'approche de l'été, quand la chaleur soulève le rouge de la rivière et que le camp devient un nid de guêpes où les tapes partent vite, où les morsures viennent avant qu'on ait vu les crocs. Et Baleine a peur de se battre, de blesser les autres, peur de suer, de pleurer, de caler dans la terre spongieuse et de voir les plis de sa chair se remplir de mauvaises humeurs. Le faîte des arbres est donc devenu sa demeure : un hamac, des cordes, une plateforme et des poulies, une longue-vue pour que le guet justifie la hauteur – mais la lentille capte surtout le défilé des chenilles, la chorégraphie compliquée des oiseaux, la fumée des feux qui se noue autour des branches. Et aussi, inévitablement : les chassés-croisés du campement, le règne minéral de Fidji, les pas traînants de Tic-tac, l'ours en peluche de Vlime, les créations de Jolie, la bibliothèque de Bègue, les animaux à qui Méthode parle comme à des confidents et, au loin, en aval de la Rouge, d'autres enfants comme eux, quelque part près de l'île Gus, et au-delà, la rivière Détroit, les cargos qui disparaissent dans les coudes d'un fleuve lourd comme un serpent mort, profond comme la tombe d'un cyclope.

Sous ses pieds, les bruits du combat montent, mais entre la fraîcheur des rameaux et le chatoiement des feuilles, Baleine ne les entend pas : le silence de l'aubier agit comme un cloître. Penser à la guerre, à la paix, à ce qui protège et menace à la fois ; s'imaginer ce que ce serait de s'envoler, de se réincarner, de ne pas avoir de sexe, de posséder un organe inédit entre les jambes, une figue, une chanterelle, une étoile ; penser à comment faire pour que cette vie dure toujours, pour ne jamais descendre des arbres, stopper l'avancée de la ville et réussir l'exploit de ne pas grandir, voilà ce à quoi s'occupe Baleine là-haut. Sa plateforme grince sous son poids, l'écorce frémit, Baleine perçoit le murmure de la sève. C'est Simon, l'érable, qui lui répète que l'immortalité n'est pas destinée aux humains, qui lui raconte la vie éternelle que les arbres s'échangent par leurs racines, et ces paroles coulent jusqu'au cœur de Baleine – ce que disent les arbres bouleverse, mais illumine.

Au milieu des chuchotis, une voix se détache, plus incantatoire que végétale ; Baleine met un moment à réaliser que les paroles venues d'en bas lui sont adressées. « Faisez tomber votre puissance sur les infidèles ! » C'est le signal, il faut vider le sac comme le lui a demandé Terreur. Sans plus attendre, Baleine libère une pluie d'objets scintillants sur les combattants, comprenant trop tard qu'il s'agit de verre cassé et de clous rouillés et non de confettis comme le lui avait promis Terreur. Les gamins crient et pleurent et se sauvent dans tous les sens, certains saignent, Yatim se rue sur Terreur pour le frapper, mais celui-ci esquive en riant et Baleine secoue la tête avec désolation, se demandant comment il se peut que, même en vivant à quinze mètres du sol, on finisse toujours par faire mal à quelqu'un. Terreur lui décoche un clin d'œil insolent, irrésistible malgré tout ; une odeur de pain vient abrier le campement et Bègue apparaît, lançant à Baleine un « je t'a-t'apporte un bou-bout de mie ! », et soudain Baleine ne pense plus qu'à la chair de cette banique qui, comme tout ce qui modifie l'existence, doit certainement venir du ciel.

Il entre dans un espace clair et carré au centre duquel gît une forme sombre. C'est un chien, découvre-t-il, un chien mort au milieu de la pièce blanche du plancher au plafond. En s'approchant, il voit que le corps du premier en cache un autre, plus petit, plus noir, plus inerte encore. Puis une masse attire son attention dans un coin et, en s'avançant, il s'étonne de découvrir un autre cadavre de chien. Il se retourne vers les deux premiers mais ils ne sont plus deux, ils sont quatre, et d'autres se révèlent partout sur le sol carré et il cesse de vouloir les compter. Il sent les larmes couler sur ses joues tandis qu'il se penche sur chaque bête, trouvant une tendresse infinie dans leurs pattes repliées contre leur ventre, leurs oreilles qui tombent mollement sur leur tête, leurs cils doux, leurs museaux tendus vers l'avant. Il pose les mains sur leurs flancs et le froid le saisit, l'inertie ; un à un il les caresse, incapable d'anticiper autre chose que chaleur et mouvement et chaque fois bouleversé par l'absence de vie. Il les serre dans ses bras en pleurant, ces chiens qui sont bien plus que des chiens ; ce sont ses frères, il le sent, quelque chose de profond le lie à eux, et il se relève submergé par ses pleurs, cherchant dans cette chambre mortuaire un seul survivant, une âme à ranimer, en vain. Soudain, deux bras puissants le saisissent par-derrière. Il reconnaît ces bras, reconnaît ces gestes qui l'empêchent de se débattre, qui couvrent sa bouche, muselant sa voix et sa respiration, il sait exactement ce que vont faire les doigts qui remontent vers sa gorge, qui serrent de plus en plus, ces mains qui veulent l'annihiler comme ses frères les chiens, et de tous ses muscles il pousse, pousse contre la force de son immense adversaire mais ses efforts l'affaiblissent, et il se sent fondre, défaillir...

Dans le noir de la hutte, Adidas se réveille ; la pénombre pétille devant ses yeux comme s'il avait manqué d'air, un silement résonne à ses oreilles. Il tourne la tête. C'est Lego qui dort profondément, sa respiration enfouie si creux dans sa poitrine qu'elle en est altérée. Adidas, lui, ne dort jamais comme ça, il est toujours en tension, il le sait à cause des crampes dans ses jambes le matin. Il reprend son souffle. Rien ne bouge, les objets sont inchangés dans la hutte. Les bruits de forêt coulent jusqu'à lui, le chuintement des oiseaux de nuit, les pas aériens des mammifères nocturnes, les ronflements des dormeurs, le crépitement du feu que quelqu'un veille. Tout est à sa place. Adidas se rallonge, ferme les yeux sans attendre que l'angoisse le quitte, ce n'est pas la peine. Il sait s'endormir à travers la peur. Doucement, le sommeil revient, un petit point qui l'attire au loin, il s'avance vers lui, quelques pas dans l'invisible, puis le point s'élargit, prend une forme claire et carrée et, lentement, l'enfant pénètre dans une pièce toute blanche, du plancher au plafond, au centre de laquelle gît une forme sombre.

Il a plu sur le camp pendant la nuit, et ce matin le soleil tonne à travers la mouillure, le scintillement de l'eau accrochée aux branches est comme un carillon neuf. Depuis la crête, Jolie regarde, la tête bourrée des odeurs de la forêt humide, la boue, la terre et le bois qui filtrent le temps, la sève en plein élan et la rouille, un parfum ferreux qui mord ses os, qui grimpe aux nœuds de ses cheveux. C'est cette odeur qui l'a tirée de son sac de couchage et entraînée dehors si tôt, malgré la nuit passée à monter la garde. Vue de surplomb, la minutie du Ravin devient un paysage qu'on voudrait dessiner – le désordre du camp, la gloire des arbres, le fouillis des buissons, les colonnes de lumière qui pilonnent la terre. Comme toujours, Jolie voit à la fois large et petit, la grandeur du ciel et la précision des cailloux; les trésors sont à la fois immenses et infinitésimaux.

Mais c'est en revenant au camp que la récolte débute vraiment: des tessons, des écrous, des bouts de ferraille tombés du ciel – Jolie exulte. Elle remplit ses poches et les pans de sa veste comme des baluchons, puis retrouve sa boîte secrète qui contient les fruits de sa dernière virée dans la plus sublime corne d'abondance de la ville: le cimetière de voitures.

Elle n'a jamais compris pourquoi les autres ne s'y intéressent pas, car en plus des matériaux – tôle, phares, boutons, fils de couleur – qui lui servent de matière première, elle a souvent trouvé le genre d'objets que ses camarades ont tant de mal à dénicher dans les résidences et les magasins déserts, déjà cent fois pillés. Des bouteilles d'eau, des cigarettes, des jouets ; du parfum, des vêtements, des bijoux, des téléphones, de la monnaie... Il semble que certains adultes habitent leur voiture tout autant que leur maison et, à ce titre, leurs véhicules sont eux-mêmes habités d'articles essentiels, sans compter la substance qui manque chaque fois qu'on essaie d'allumer un feu dans les bûches invariablement humides du camp : l'essence. Il y a bien eu Pow-pow pour la suivre une ou deux fois – Jolie est incapable de siphonner du gaz sans s'étouffer alors que Pow-pow y arrive sans mal, à croire qu'il a de la tuyauterie en acier trempé à la place de la gorge –, mais le reste du temps personne ne cherche à l'accompagner dans ses expéditions, ce qui, au fond, est pour le mieux. Le cimetière de voitures est une mine infinie ; à perte de vue, des épaves à différents stades de démembrement et de corrosion, des antennes, des moteurs éviscérés – l'envers des gigantesques usines automobiles qu'elle se représente comme le ventre de la ville, un utérus qui formule des automobiles comme d'autres des promesses ou des lois.

La cabane du gérant de la casse est située au beau milieu de cet océan de ferraille et Jolie, bien qu'elle doute qu'il y ait encore un être humain au centre de tout cela, ne s'en approche pas à cause des chiens, des bêtes furibondes à la gueule écumeuse, chacun vraisemblablement doté de plus d'une tête. Elle reste donc en périphérie, travaillant de manière concentrique, grimpant parfois sur le toit d'une auto pour surveiller l'horizon.

Dans le camp encore endormi, elle plonge dans sa boîte et contemple son matériel, une quincaillerie de joyaux et de verrerie, fragments et rebuts dont les formes l'ont attirée sans qu'elle sache pourquoi, et qui se transformeront en autre chose. Cela dépend à peine d'elle ; parfois, on dirait qu'il lui suffit de tenir les objets devant ses yeux pour qu'ils révèlent leur vraie nature, le destin qu'ils attendaient tandis qu'ils servaient une autre cause dans les entrailles d'une autre structure. Des figurines, des jouets, des masques, des guirlandes, des mobiles, des grigris surgissent ainsi des clous, ressorts et chaînes, une forêt d'un panneau électronique, une médaille d'une pièce arrachée au capot d'une voiture. Éparpillant le contenu de ses poches et de sa veste sur le sol, elle l'admire, incapable de comprendre comment les autres peuvent rester aveugles à cette beauté, à toute cette volonté d'être qui percute le monde comme un grelot. Jolie tressaille. Son regard revient au fond de la boîte, puis à l'éventail de ses trouvailles étalées autour d'elle. Des grelots. Quelque chose qui tinte. C'est ça. Elle sourit, s'empare d'une bobine de broche et elle s'y met.

– T'étais ma maman.

– Non, j'étais ton papa.

– OK, t'étais mon papa.

– Tu m'appelais « papito ».

– Papito, je suis fatiguée.

Vlime craque une allumette et enflamme la lanterne. L'odeur rassurante de la fumée engourdit la tête de Loupiote, le phosphore rouge délie ses membres. Avec douceur, la petite prend la grande par la main et la guide vers son matelas posé sur une palette de bois. Les parois de la tente claquent au vent ; Vlime leur assène un coup de poing comme pour les abrutir, puis défait les couvertures pour inviter son enfant, qui mesure deux bonnes têtes de plus qu'elle, à s'allonger.

– Voulais-tu que papito te dit une histoire ?

– Oui ! s'exclame Loupiote.

Vlime s'assoit de travers sur le lit, comme le font les parents, le tronc tourné vers leur enfant, les jambes tournées vers la sortie, à la fois prêts à embrasser et à déguerpir, et passe sa main sur le front de Loupiote qui l'observe avec de grands yeux.

– C'était une fois une petite fille aux boucles d'or qui se promène dans la rue. Elle a vu une maison ambandonnée. Elle a rentré, elle a vu qu'y a des chaises mais quand qu'elle s'assoit, elles sont cassées.

– Y en avait juste une de cassée.

– Juste une. Mais après, elle a vu le gruau. Elle goûtait un petit peu mais il était empoisonné, et elle a eu mal au ventre, alors elle est allée pour se coucher dans un lit trop haut pour elle...

– Le gruau était pas empoisonné, il est juste pas bon.

– Si t'arrêtes pas de parler, tu vas avoir une tape ! Bon. Dans le lit y a un loup déguisé en mémé qui voulait l'obliger de se déshabiller tout nue. La petite fille lui a coupé sa tête pis elle la lançait par la fenêtre. Après, elle s'endort pour cent ans, et quand elle s'a réveillée, tout est couvert de feuilles et des arbres poussent dans les bâtisses et au travers des cheminées, et tout avait été ambandonné depuis cent ans. Mais par sa magie, la petite fille a ôté les plantes pis les arbres ont retourné en dessous de la terre. Elle avait réparé son royaume et tué tous les loups, et après, y avait une grande fête. C'est fini.

Loupiote sourit, elle ne parvient pas à comprendre pourquoi, mais chaque fois que Vlime vient la border, elle sent une boule enfler dans sa poitrine, une sensation délicieuse qui chatouille et donne envie de se rouler par terre comme un chien fou.

– Fais-moi mon bisou, papito.

Vlime se penche et dépose un baiser sur le front de sa fille, puis sur ses joues, puis sur sa bouche, longtemps, et Loupiote glousse et se tortille jusqu'à ce que Vlime remonte les couvertures et lui souhaite une bonne nuit, de beaux rêves, pas de punaises, pas d'orage ni de pipi au lit, pas de maringouins, juste des hiboux pour surveiller son sommeil.

– Vlime ! Je veux dire papito.

– Quoi ?
– Tu dirais rien à Fidji, hein ?
La petite mime l'action de coudre ses lèvres ensemble et Loupiote ferme les yeux. Vlime la regarde quelques instants, s'assure qu'elle ne triche pas, et bientôt un ronronnement feutré lui confirme que son enfant dort, alors elle sort sur la pointe des pieds dans le soir qui sent la terre et les feux difficiles, elle suit de l'oreille la musique des guirlandes en ferraille que Jolie a accrochées aux buissons. En hauteur, une chouette hulule ; satisfaite, la mini se dirige vers sa hutte tandis qu'en suspension quelques mètres au-dessus d'elle, Baleine sourit.

Tic-tac ne comprend toujours pas comment ça fonctionne. Jouer à la cachette, il veut bien, mais si le terrain s'étend à toute la ville, il ne voit pas comment Jolie-pisse-debout et Pow-pow feront pour les trouver ni comment on pourra déterminer un vainqueur. Ça lui donne le vertige, cette absence de bornes et ces règles fuyantes, ce n'est qu'en collant son poignet à ses grandes oreilles qu'il parvient à se rasséréner : le bruit de la montre y cliquette encore, comme si le mécanisme s'était enfermé dans l'os de son bras, et ce doux tic-tac lui rappelle à la fois qui il est et qui il n'est plus. Il serait bien sûr incapable de déterminer l'heure, ou depuis combien de temps lui et Méthode sont cachés dans cette remise qui pue l'huile à moteur, mais le rythme demeure, et s'il voulait, il pourrait compter les secondes, dénombrer les minutes, calculer ce qui depuis son arrivée dans le Ravin semble indéfini et élastique.

Méthode, elle, sent venir le moment de bouger ; l'énergie ambiante est en flux, des fils de noirceur tournoient autour d'eux comme des oiseaux de nuit et le vent craquette ; les adversaires sont proches. Elle entraîne Tic-tac hors du cabanon, dans une cour peuplée de personnages de métal qui ont l'air de zombies de ferraille. Ils sont à découvert, aussi Méthode se jette au sol pour ramper vers une demeure aux murs écaillés comme s'ils avaient la chair de poule. Tic-tac l'imite.

– Méthode ? Quoi qu'on fait là ?

– Chut.

Tic-tac se tait un instant.

– Méthode ? Pourquoi que Fidji est pas viendue avec nous ?

– Fidji jouait jamais avec nous.

– Pourquoi ?

Elle ouvre la bouche pour lui répondre de la fermer, mais un bruit sinistre retentit derrière une haie vaporeuse, on dirait un gros con qui fait craquer ses jointures ; Méthode entend plutôt un monstre qui croque une rotule, et elle sent un filet d'urine couler le long de sa jambe, un phénomène dont elle ne se formalise plus – elle n'est jamais arrivée à contrôler entièrement cette fonction, il y a sans doute quelque chose de brisé entre ses jambes. Le bruit persiste, plus feutré mais omniprésent, un grignotage continu. Tic-tac scrute attentivement la haie de plumes et soudain, contre toute prudence, il s'écrie très fort :

– Bleach !

Un visage blanc apparaît entre les rameaux, bientôt rejoint par un visage noir ; Bleach et Bègue les regardent avec des yeux ronds.

– Quoi c'est que vous mangiez ? Je pensais que vous êtes des ogres ! dit Méthode.

Pouffant de rire, les deux enfants leur montrent de belles pommes vertes à moitié dévorées.

– Avez-vous vu Po-Pow-pow pis Jolie ? demande Bègue.

– Je pense qu'ils se tiennent alentour du parc pour nous agripper.

– Où c'est que vous aviez trouvé ces pommes-là ?

– Faut les pogner dans le détour.

– À la maison jaune, là-bas. Y en resterait. Mais faut attendre pour le mauve.

– D-dans le d-détour ?

– Le mauve ? répète Tic-tac.

– Par surprise, précise Méthode.

– Viens, je vas te montrer, dit Bleach.

Pendant que leurs amis fomentent leur assaut, Bleach tend la main à Tic-tac et le contact de cette paume opaline est comme celui de l'eau quand on laisse pendre son bras hors d'une barque. Bleach file à toute allure sans pourtant courir, elle connaît son chemin à travers les terrains vagues, entre les niches à chien vides et les quelques maisons qui lancent des carrés de lumière sur les potagers. Dans les arrière-cours, les sacs de vidanges et les amas de planches pourries scintillent, le monde est beau à en hurler lorsque Bleach vous entraîne quelque part en secret.

Ils contournent une palissade de laquelle Bleach arrache une affiche qu'elle roule en boule et fourre dans sa poche – Tic-tac a à peine le temps d'y déchiffrer les lettres *d-i-s-p-a-r-u*.

– Si t'en verrais d'autres de même, avec des photos, faullait que tu les enlèves, explique Bleach d'une voix égale.

Ils arrivent enfin près de la maison jaune qui a un air amical, Tic-tac ne saurait pas dire à quoi ça tient – peut-être à ces fenêtres comme deux yeux ourlés de cils en dentelle... Sur le balcon arrière, trois pommes vertes brillent comme des boules de billard. Tic-tac s'élance mais Bleach le retient, et sa main creuse un nid fauve dans le torse du garçon.

– Il faut attendre pour le mauve, je t'ai dit.

Si Bleach le regardait avec plus d'attention, elle verrait dans les yeux de son camarade l'amour éperdu qu'il lui porte, mais elle ne capte que la surface, une confusion pantoise à laquelle elle répond avec un sourire savant.

– Mire la fenêtre. La femme s'a réveillée. C'est bleu. Elle surveillerait.

À la fenêtre du rez-de-chaussée, il aperçoit effectivement une lueur bleutée qui semble enfler et rétrécir, comme une poitrine qui respire.

– Elle se rendormira bientôt.

Les minutes, peut-être les heures qui s'écoulent hors du tic des secondes sont les plus pleines, les plus vivantes que Tic-tac ait jamais connues ; le simple fait d'être là, à plat ventre à côté de Bleach, le plonge dans une félicité indicible – son cœur bat comme une grosse caisse, ses joues brûlent, il a envie de rire et de pleurer à la fois. Bleach, elle, ne pense à rien, elle n'est que patience, une ficelle tirée entre la fenêtre et ses yeux, entre la femme et elle. Enfin, la couleur change, l'indigo se réchauffe pour devenir, comme annoncé :

– Mauve !

Les deux enfants entrent dans la bulle du ronflement de la femme et, lentement, Tic-tac ouvre la main vers la pomme verte, d'un vert qui fait mal, comme la liberté, il referme ses doigts sur la surface tendue, un grand nerf de pelure, et avant même qu'il ait pu croquer dedans, une clameur anarchique explose d'un coup, des voix humaines mêlées de bruits métalliques. Bleach reprend la main de Tic-tac mais cette fois, le contact est mou, elle pourrait aussi bien tenir une pelure de banane, une laisse sans chien. Ils courent vers la rue envahie de gamins que Tic-tac reconnaît comme ceux du Ravin, mais ils sont métamorphosés, couverts de cuirasses de fortune, armés de pieux corrodés, de bouts de clôture Frost, d'ailerons de voiture et de lambeaux de tôle calcinée, ils tonnent et hurlent comme des barbares qui s'apprêtent à mettre un pays à feu et à sang. Le jeu a encore changé et, pendant un instant, Tic-tac craint d'être piétiné, puis Bleach les entraîne à nouveau, lui et sa pomme, à travers les rues noires et les incendies qui galvanisent la nuit, ils courent éperdument en laissant exploser leurs cris comme si c'était la chose la plus naturelle du monde, comme s'ils avaient toujours été cette horde rouge qui déferle sur une ville tellement vide qu'elle en est pleine, tellement cassée qu'elle fleurit.

Vlime n'attend pas qu'il fasse beau ni que l'eau soit chaude ; elle n'attend pas que les grands lui donnent la permission. Au bord de la rivière, elle s'installe dans une battue de loutres pour sortir ses fioles, sa pipette et ses solutions. Sous le regard attentif de Cocotte, elle s'avance sur la rive, faisant sursauter grenouilles et salamandres ; elle aspire une petite quantité d'eau dans le tube puis la verse dans chacune de ses trois fioles. Elle ouvre ensuite ses bouteilles de solutions, fait tomber trois gouttes de celle qui pue le vinaigre dans le premier échantillon, répète l'opération avec le mélange rouge vif à l'odeur de cerise dans le second avant d'assaisonner la dernière fiole d'une combinaison des deux fluides. « Maintenant, il faullait attendre un peu », déclare la fillette à l'intention de Cocotte, des arbres, des plantes qui moussent au bord de la rivière turbide que Vlime aime comme une amie, comme une grand-mère, comme une fée marraine. Elle laisse passer quelques instants, soulève ses fioles, les agite pour examiner leur contenu, puis prononce son verdict. « L'eau était bonne. On pourrait y aller. »

Elle lance Cocotte dans un bassin formé par une grosse pierre et un arbre tombé en travers du courant, et rejoint sa camarade qui commence à couler mais que Vlime repêche avant de la lancer dans les airs, de la faire tournoyer. Cocotte est étourdie, elle ne sait pas nager, elle pleurniche. Agacée, Vlime la plonge sous l'eau et l'y maintient pour la faire taire, une heure, presque une minute, jusqu'à ce qu'elle ait eu sa leçon, puis elle la retire des bouillons de la Rouge et la pose sur la rive où Cocotte s'affaisse comme un sourire déçu. Infatigable, Vlime replonge sous l'eau, il lui semble entendre des voix, des murmures savants qui suivent le courant et qu'elle aimerait décrypter, mais elle n'a pas les mots et la rivière parle trop vite, trop fort, en plusieurs langues mélangées. Bouchant son nez, la petite replonge, encore et encore, se laissant bercer par le babil des flots, ouvrant les yeux pour voir les rayons du soleil s'écarter sous l'eau comme des doigts ; elle remonte doucement à la surface et flotte, elle se transforme en nénuphar et se laisse dériver, dos froid, ventre chaud.

Soudain, elle est foudroyée. Elle se redresse abruptement, ses pieds glissent sur les roches vaseuses et elle sonde l'eau du regard à la recherche d'une anguille électrique, puis le ciel, imaginant un orage ou un mauvais tour de Terreur, mais il n'y a rien, il n'y a personne. Elle sort de l'eau à toute vitesse, le corps électrisé, elle empoigne Cocotte et jette un dernier regard à la Rouge qui semble parcourue d'un long frisson remontant depuis l'aval. Abandonnant ses fioles, Vlime traverse le bois à grandes enjambées, et soudain la distance à parcourir lui semble insurmontable. Elle se met à pleurer, elle voudrait voir son frère, ou Loupiote qui sait donner des ordres même à la tristesse ; elle voudrait qu'un grand la prenne par la main et la guide jusqu'au feu, débarrasse sa peau de l'eau puante et son corps du choc qui l'a traversé. À ce moment apparaît une silhouette massive et familière. C'est Priscilla, la belle à une oreille, qui trotte vers Vlime pour recevoir les caresses maladroites et sans réserve que seuls les jeunes enfants savent prodiguer. « Je poudrais monter sur toi ? » L'animal laisse la fillette tenter de l'enfourcher, puis opter pour une position couchée, son tronc pendant d'un côté, ses jambes de l'autre, « Allez, vas-y », le somme l'enfant, mais la chienne ne bouge pas, son unique oreille bouge de l'avant à l'arrière, de l'arrière à l'avant comme un oiseau attentif. « J'étais trop lourde. » Dès qu'elle redescend, Priscilla se remet au trot, guidant la petite fille mouillée à travers les arbres, et bientôt, les contours du camp percent les broussailles, le craquement d'un feu leur parvient. Lorsqu'elle aperçoit son frère, Vlime se jette dans ses bras.

– Ouache ! Tu t'as encore baignée dans l'eau de toilettes !

Vlime ne desserre pas son étreinte.

– La rivière m'avait électrocutée.

– Tu sais même pas quoi que ça veut dire, électrocuter.

– Y avait eu une vague piquante dans l'eau. Ça vient de par là, ça va par là, explique Vlime en désignant le sud, puis le nord.

Lego remarque la peluche dégoulinante.

– T'as trempé ton toutou dans l'eau ? Caltor, Vlime, tu le savais que ça va prendre cent ans à sécher !

Agacé, Lego prend sa sœur par le poignet et l'entraîne vers la citerne d'eau de pluie où, sous le regard attentif de Priscilla, il la lave, la sèche, puis il lui donne une boisson chaude et suspend son ours en peluche au-dessus du feu et, plus tard, lorsqu'elle dormira, il sanglotera à son tour dans le cou du pitbull, et les zones les plus noires de son esprit se distendront, l'espace d'un battement, d'un coup de feu.

Les animaux connaissent les limites du camp mieux que les enfants. Ils discernent ses frontières invisibles, et marchent sur ces contours comme des funambules, si bien que des tracés fins se sont gravés autour du Ravin au fil des passages des cerfs, des renards, des serpents et des coyotes, ornières que personne d'autre que Méthode ne remarque, mais par lesquelles elle se sent bien plus protégée que par les vigiles. Avec le temps, elle a appris à approcher les animaux, à les comprendre ; elle a maintenant son corbeau, son raton laveur, son tamia et même son castor, qu'elle considère comme ses amis. Elle était là lorsque la ratonne a donné au monde sa première portée, elle a pleuré avec elle quand cinq de ses six rejetons sont tour à tour morts de faim, de froid ou de l'appétit des grands-ducs – certaines vies n'ont que quelques jours pour se déployer, et certaines fratries sont destinées à concentrer toute leur bonne fortune dans un seul des leurs. Ça, Méthode est bien placée pour le savoir et, comme les animaux, elle a accepté cet état de fait, elle ne s'apitoie pas longtemps sur les morts et célèbre ceux qui restent.

De la même manière que Bleach renseigne Fidji en secret, les animaux l'informent de ce qui se passe le long de la Rouge – les orgies de caracros, les embâcles, les têtes de poissons qui flottent après la venue des meutes, les bébés noyés dans la boue. De ces éléments, Méthode ne partage que l'essentiel avec les autres enfants ; elle suit les mouvements de la faune et ne sonne l'alarme qu'en cas d'irrégularité. Or, ce matin, la régularité est rompue.

Les lignes de vie qui traversent le secteur, d'habitude droites et précises, vont maintenant dans tous les sens : les cerfs sont sortis de leurs ravages, le castor s'est détaché de son territoire et les lièvres ont franchi le camp en son milieu par grands bonds désordonnés. Dans l'aube aiguë, hâtive à l'approche du solstice, Méthode se coule hors du campement et étudie les marques de cette étrange migration. Le premier animal qu'elle croise est un coyote solitaire qui ne paraît nullement intéressé par la proie facile qu'elle représente. Il marche en traînant les pattes, elle entend ses gémissements ténus enfouis sous ses halètements et comprend tout de suite que plus rien n'existe pour cette bête, ni son flair ni sa faim, elle n'est que douleur. Dans les arbres, les bavards du matin piaillent leur effroi, Méthode n'arrive pas à extraire une idée claire de cette cacophonie. Elle émet quelques cliquètements de ses joues, espérant ainsi convoquer le tamia, mais elle le devine dans son nid au cœur d'un tronc, replié sur ses provisions. Elle avance encore entre les arbres clairsemés, les rayons du soleil naissant font pleurer ce boisé, le plus beau du monde, on dirait un archet de lumière qui approche d'un violon, puis soudain, elle les aperçoit : une famille de cerfs qu'elle n'a jamais rencontrée auparavant. Ils arrivent du sud, le pas fragile, les oreilles papillonnantes, cinq femelles, trois daguets, huit faons et, fait rare, un mâle qui les suit à distance. Ils semblent perdus, se heurtent aux troncs et s'accrochent dans les broussailles, certains marchent droit mais sursautent au moindre bruit comme si tous leurs repères leur échappaient, qu'on les avait dépouillés de leurs certitudes. Les plus âgés cherchent leur chemin, les petits veulent leur mère et n'arrivent pas à la toucher.

Lorsqu'ils sont plus près, Méthode aperçoit le rouge ; leurs museaux en sont tous teintés à divers degrés, on dirait des baies écrasées et elle s'imagine qu'ils ont peut-être mangé des fruits indigestes qui les ont désorientés. Mais bientôt, elle ne peut plus nier l'évidence : ces animaux saignent, non seulement des naseaux mais certains de la bouche, d'autres, même, des yeux ; ils ne voient plus où ils vont et, sans leur odorat, ils ne savent plus qui ils sont. Une boule de feu monte dans sa gorge au moment où les cerfs passent à sa hauteur sans la remarquer ni la craindre, ces bêtes comme des fées sur terre que quelque chose détruit de l'intérieur. « Qu'est-ce qui vous est arrivé ? » demande-t-elle en tendant la main pour flatter la dernière du groupe, une vieille femelle au poil terni. Comme si ce toucher avait réveillé quelque chose chez la biche, celle-ci tourne sa belle tête vers Méthode. Les oiseaux se taisent, les insectes referment leurs ailes, et dans les yeux de l'animal, elle voit la catastrophe, l'eau transformée en mort, les corps abîmés, la rivière venin. Puis, comme le dernier wagon d'un train qui contiendrait tout ce qu'on aime, la biche disparaît à la suite des siens, et le froissement de l'aile du corbeau recouvre l'enfant tout entière.

Yatim avait oublié qu'on pouvait aller aussi vite. Tout est lent dans le Ravin : le courant de la rivière, les chicanes impossibles à dénouer, le rythme des pas des minis auquel il faut se plier, l'eau qui met une éternité à bouillir, les repas qui prennent encore plus de temps à cuire, le sommeil qui n'arrive pas, qui ne vient plus depuis l'accident, l'accident qui semble avoir eu lieu au tout début de la vie de Yatim, avant le Ravin et les poils aux jambes, avant le temps infini de la liberté. Maintenant, pourchassé par le Capitaine Face-de-Rat, Yatim jubile. Debout sur les pédales du BMX, il file avec Adidas à cheval sur la selle qui hurle en riant qu'il a mal aux couilles, et traîne l'énorme poubelle de plastique comme une remorque remplie de leurs trouvailles de la nuit : un jeu de cartes (avec deux as de pique), un couteau de chasse (barbouillé de sang, celui d'un ours, selon Adidas), trois tuques de laine (tricotées à la main), des conserves (du thon des fèves des poires du maïs de la viande des lentilles des tomates), un filet à papillons (pour Bleach), un sac de couchage (qui sent la pisse mais zippe encore) et un trophée de baseball (on n'en a jamais trop). Le vélo, lui, était appuyé contre un mur au premier étage d'une maison dont le rez-de-chaussée avait été complètement vidé mais dont une des chambres était restée intacte, le petit lit, le bureau, les crayons-feutres déshydratés, les étoiles phosphorescentes au plafond, et cette bicyclette rutilante qui semblait n'avoir jamais été utilisée. Dès l'instant où Yatim l'a extirpée de la maison, le Capitaine Face-de-Rat a soulevé son armée de démons, et les Trente Maléfiques se sont mis à leurs trousses.

La poubelle pèse derrière eux, mais les jambes de Yatim ont trouvé une énergie qu'il ne leur soupçonnait pas, c'est comme s'il s'était entraîné, dans une autre vie, à fuir les escadrons infernaux à dos de vélo, il ne se rappelle même pas avoir appris à pédaler – il ne se rappelle pas grand-chose à part l'accident qui lui a donné son nom –, mais à cet instant, le vélo est comme un prolongement de son corps, une force partagée entre le cadre de métal et ses nerfs. Les démons continuent de poursuivre les deux gamins mais tant qu'ils seront en mouvement, personne ne pourra les atteindre.

Ils arrivent aux abords du parc ; le quartier, avec son défilé de maisons abandonnées mais droites comme un sourire aux dents pourries, est encore noir en cette fin de nuit blanche. Yatim et Adidas ralentissent ; ils ont semé leurs poursuivants. Ils descendent du vélo et détachent la poubelle dont le fond a été déformé par le trajet ; Yatim s'empare du BMX et le soulève bien haut pour qu'il ne se prenne pas dans les broussailles tandis qu'Adidas traîne le reste en râlant.

– Laisse le sleeping bag ici si ça serait trop pesant, on retournera le chercher, suggère Yatim.

– Je voudra pas qu'un caracro vient repisser dessus.

Les deux garçons plongent dans le bois. Les abords du camp sont denses et épineux comme si, des années plus tôt, quelqu'un avait planté ces arbustes pour protéger ceux qui s'installeraient là un jour, mais dès qu'on traverse cette barrière végétale, on arrive dans un lieu aux arbres matures et espacés, sillonné par une mare indécise qui prend la forme d'un gant – c'est Baleine qui l'a remarqué, du haut des branches. Pour Yatim, il n'existe pas de plus bel endroit au monde, il pourrait tuer pour le défendre, descendre en enfer, affronter un serpent géant.

Le feu est déjà ravivé lorsqu'ils arrivent, réchauffant l'air déjà chaud. Yatim brandit le vélo plus haut, prêt à être acclamé pour sa découverte, et Adidas tambourine sur la poubelle pour attirer l'attention du petit groupe agglutiné autour des braises, mais les autres n'offrent aucune réaction, même pas un sourire avide devant le butin.

– Lichez donc de la crotte, d'abord, gang de firous, lance Adidas, furieux, en lâchant la poubelle à mi-chemin.

Tandis que son ami disparaît dans sa tente, Yatim dépose prudemment le vélo et s'approche de la petite assemblée. Fidji fait face à Méthode et Loupiote ; Terreur, Bleach, Lego et Pow-pow se tiennent entre les deux.

– Qu'est-ce qui s'avait passé ? s'enquiert Yatim.

– La rivière, souffle Bleach.

Méthode pleure, elle semble désespérée, Fidji a son air d'impératrice aux joues de marbre, mais sous le marbre, Yatim le devine, l'engrenage de ses pensées tourne à toute vitesse.

– Y fuyaient vers le nord?

– C'est où, le nord? intervient Pow-pow.

– C'est pas les seuls qui s'ont enfuis. Mire les hérons qui passent aux deux minutes, insiste Méthode, mire les traces de lièvres à terre.

– Sont pareilles que d'habitude, émet platement Lego en observant les empreintes dans la boue.

Méthode lui jette un regard exaspéré.

– Y en aurait pas, d'habitude, des traces. Y passeraient alentour du camp, pas en plein milieu.

– Si Méthode dit qu'y a arrivé de quoi, y a arrivé de quoi, tranche Terreur. On ferait une expédition, c'est tout.

– Au sud…

– C'est par où, le sud? gémit Pow-pow.

– … y a les usines, les polices, pis la rivière est traîtresse, objecte Loupiote. On irait pas courir après le trouble à cause d'une fille qui se fait accroire qu'elle jasait aux animaux.

Outrée, Méthode crache par terre; sa salive atterrit au bout du soulier de Loupiote qui répond d'un coup de poing.

– Stop, ordonne Fidji.

– Chabraque! siffle Méthode à son assaillante.

– Mentereuse! réplique cette dernière.

– Méthode a raison, coupe une voix tombée du ciel.

Tout le monde lève les yeux vers la branche souple où se balance une silhouette massive embrumée par le feuillage.

– Qu'est-ce qui te faisait dire ça, Baleine? s'enquiert Bleach.

– Moi aussi, j'avais entendu qu'il a eu un problème en bas de la rivière.

– Qui t'avait dit ça ? demande Lego.

– Cybèle.

– C'est qui, Cybèle ?

– Le saule pleureur.

C'en est trop pour Loupiote, qui balance un coup de pied au vélo et s'éloigne à grands pas. Fidji l'ignore, toujours tournée vers Baleine.

– Cybèle dit qu'on était pour voir beaucoup d'animaux malades. Les arbres le savent à cause de leurs racines. Y avait eu du poison dans la rivière.

Méthode plaque un regard triomphant à la ronde. Fidji baisse la tête, réfléchit un instant ; tout le monde la dévisage, certains avec respect, d'autres avec impatience, envie, hostilité, admiration, elle qui règne de manière incontestée depuis si longtemps, sans raison autre que sa propre conviction en son pouvoir. Yatim est suspendu à ses lèvres.

– On a pas le choix. Faullait qu'on y alle voir si les kids dans l'autre camp sont corrects. On va monter une expédition. On va fabriquer un radeau. On va trouver des volontaires.

– Descendre la Rouge en radeau, ça prendrait au moins deux jours de temps, fait remarquer Lego.

– On va faire des provisions.

– On avait trouvé un sac de couchage ! dit Yatim.

– Parfait, Yatim, tu y vas avec ton sleeping bag. Méthode, tu l'accompagneras.

– Moi aussi ! déclare Terreur, et Yatim manque de changer d'idée, mais il est trop content que son sac de couchage puisse servir.

– Ça prendrait une quatrième personne, émet Méthode.

– Moi ! fait une petite voix. Moi je l'aime, la rivière.

Tous se tournent vers Vlime, arrivée sans qu'on l'entende.

– OK, mais ton damné ours en peluche reste ici, décrète Terreur.

Dire qu'il a failli rater ça – le *pow* du siècle, la grand-messe de la pyrotechnie, la chose la plus capitale à être advenue en ville depuis sa première nuit du Diable, lorsqu'il avait saisi avec éblouissement la différence entre un incendie et une explosion. Si Tic-tac n'avait pas renversé sa pyramide de boîtes de conserve dans leur abri (Pow-pow aime mieux dire « abri » que « tente », ça fait plus nucléaire et ça rend mieux justice à l'immense structure de toile qui surplombe leurs couchages), jamais il ne se serait réveillé à l'heure. Pow-pow a donc commencé par pester contre son camarade avant de le serrer de tous ses muscles ; grâce à son assourdissante gaffe, il aurait le temps de se rendre à la tour. Il a enfilé sa chemise spéciale, toute blanche à part la manche gauche brûlée l'automne dernier, et une cordelette mauve en guise de cravate. Tic-tac a appelé ça un « bolo » et lui a dit que ça lui prendrait un chapeau de cowboy pour aller avec, ce à quoi Pow-pow a répliqué par une taloche qui n'a toutefois pas empêché son colocataire de siffloter une chanson country en le regardant s'effacer sur le sentier.

Jolie a tenu à l'accompagner, Pow-pow a rouspété un peu contre son accoutrement, un habit en coton ouaté irradiant une odeur rance et si sale qu'il aurait pu marcher tout seul, mais il l'a laissée le suivre, parce qu'elle avait fabriqué de jolies breloques et une médaille qu'ils pourraient enfiler à tour de rôle après l'explosion.

Tandis qu'ils progressent à travers la prairie échevelée, Pow-pow se demande s'il devrait être triste, s'il est censé produire des larmes, comme à des funérailles où on n'a pas vraiment envie de pleurer mais où on se force parce que *c'est ton père, quand même,* puis il décide que non ; la tour du Lys ne sera pas détruite pour toujours, tout le monde le sait, et par ailleurs, si lui-même était une tour, c'est comme ça qu'il aimerait disparaître, dans trois cents livres de nitroglycérine. Le bijou de Jolie émet un cliquetis agréable qui donne du rebond à leurs pas, ce qui exacerbe le tintement qui à son tour exalte leurs mouvements, si bien qu'arrivés à proximité de la tour les deux enfants sautent comme des caracals au milieu des friches.

Une fois sur place, ils repèrent Fidji et Bleach, tapies sous un cèdre avec des jumelles, et Jolie fait mine de les rejoindre mais Pow-pow s'installe plus loin, résolu à ne pas gâcher un moment pareil en compagnie de la reine. Jolie hésite un peu, puis elle finit par se planter entre les deux, derrière un bosquet de baies rouges. La tour est endimanchée, elle aussi, des toiles la recouvrent presque tout entière, en retrait, les camions de la compagnie de dynamitage sont stationnés, Pow-pow reconnaît le logo, ce n'est pas très loin du parc, s'il avait su que cet entrepôt insipide dissimulait une mine d'or d'explosifs, il s'y serait déjà introduit. Il se promet d'y faire une virée bien vite, puis reporte son attention sur la tour, au bas de laquelle les explosifs sont installés, il crève d'envie de se rapprocher mais il y a trop d'adultes, et les boutefeux sont imposants avec leurs casques orange et leurs habits robustes, ils semblent capables de faire exploser quelqu'un juste en le pointant du doigt. Il entend Fidji et Bleach commenter la scène d'un ton expert, et il roule des yeux. Personne d'autre que lui ne saisit la complexité de l'installation, personne ne saurait identifier le système de tir électronique i-kon III et les cordeaux détonants à base de PETN. Cette scène se déroule en une langue qu'il connaît, qui aurait pu être sa langue maternelle ; il est le seul à en déchiffrer la subtilité et la richesse, et l'attitude péremptoire des deux grandes l'horripile – il préfère encore l'ignorance béate de Jolie.

Les derniers préparatifs n'en finissent plus, et la présence des adultes le rend nerveux, même si, tournés vers la tour, aucun ne songe à scruter la périphérie. Pow-pow aussi fixe le monument, il détaille avec affection les vieilles arcades, les cadres de fenêtres ébréchés, et se remémore la première fois qu'il l'a vue, il pensait avoir devant lui une église, une flèche grimpant jusqu'au ciel. Au campement, tous croient qu'il n'a aucun souvenir mais c'est faux, c'est juste qu'il ne peut pas les choisir, ni décider de les convoquer comme il veut ; ils apparaissent sans prévenir et repartent sans explication, rapides et intenses comme des bombes.

Les dynamiteurs se mettent en position, les adultes reculent, leurs voix s'étouffent. Un silence dévorant s'étend puis se rétracte, et enfin un vacarme velouté remplit le ciel. La détonation elle-même, son respir brûlant ne dure qu'une seconde mais dans l'œil de Pow-pow cette seconde s'étire, elle écrase tout ce qui existe. L'effondrement suit, sec et graveleux, un nuage spectaculaire mais trop gris, décevant à côté de l'exubérance rouge de l'explosion, et en quelques instants la tour n'est plus.

La poussière ourle encore l'épicentre lorsque Pow-pow tourne les talons, Jolie à ses trousses, « c'était trop fort, j'ai mal aux oreilles, la tour avait disparu ! », mais Pow-pow ne répond pas, il prend conscience que quelque chose l'étrangle, un lien qui tire dans sa gorge – il a envie de pleurer, finalement. Jolie s'en rend compte et lui passe tout de suite la médaille autour du cou « sois pas peiné, elle va reviendre », mais Pow-pow secoue la tête.

– Je pleure pas de la tour. Je pleure que c'est fini.

Ils sont assis, plus en tas qu'en cercle, mais c'est comme ça qu'ils sont bien, surtout les minis, accotés en grappes sur les os des autres comme si c'étaient des oreillers – Vlime, en particulier, a pris une pose de pacha, elle est épuisée par la construction du radeau qui siphonne ses journées ainsi que celles de cinq ou six autres braves. Bègue est lui aussi vautré contre ce noyau de tout-petits et il pourrait tout aussi bien être un des leurs, il a la même taille, seul le fait qu'il sache lire et écrire le différencie des autres, si bien qu'on ne sait jamais si c'est un grand avec un corps de mini, ou un mini avec un cerveau de grand. Magie est affalée d'un côté, Yatim de l'autre, tous deux servant à la fois de digues et de coussins aux petits.

– À soir, annonce Adidas, je vas vous conter l'histoire du Prince Chéri.

– Ouiii !

– Ah, non, pas un prince !

– J'la connais !

– J'la connais pas !

– Silence, aboie Magie.

Les têtes se calent, les corps se tortillent, et lorsque la masse atteint enfin une relative immobilité, Adidas commence :

– C'était une fois un roi qu'avait un petit garçon qui était très très gentil, si tant que tout le monde l'appelait le Prince Chéri. Un jour, le roi rencontre un beau lapin blanc à la chasse et au lieu de le tuer, il l'a mis dans une cage. À la nuit, le lapin s'avait transformé, c'était une dame blanche, le lapin. Elle lui dit qu'elle poudrait lui donner un vœu. Alors le roi a vœuté que son petit garçon restera toujours gentil gentil et qu'il deviendra un bon bon roi. La fée a dit OK, qu'elle avait quelque chose de parfait pour ça : c'était une bague que si on la met, elle nous pique quand qu'on devient méchant, mais si on était gentil, elle piquera pas. Le roi a dit merci et le lendemain il a donné la bague à son petit gars.

– Pou-pou-pourquoi il l'a p-pas mis lui-même ?

– Je sais pas, parce que c'était le roi.

– M-mais même les rrois sont mé-mé-méchants des fois.

– Ben pas lui. De toutes les façons, pas longtemps après le roi a tombé malade pis il est mort. Le prince a été tellement fâché que son père moure qu'il a parti à la chasse et il a tué tous les animals.

– Hon, non ! s'exclame Vlime.

– Ben oui. Mais là, quand y faisait ça, la bague l'a piqué, pis plus la bague le pique, plus y était fâché pis plus y tuait des animaux pis plus la bague le pique.

– Un cercle vi-vi-vicieux.

L'assemblée ne se donne pas la peine de jeter un regard perplexe à Bègue.

– Continue, Didas !

– Après ça, y a rencontré une jeune fille qu'y veut marier. Mais elle, elle a vu qu'y avait devenu méchant fait qu'elle avait dit non. Le prince était tellement choqué qu'il l'a enfermée, la jeune fille, pis après y s'est soûlé pis y a voulu la violer. Mais juste avant, la dame blanche lui a apparu.

– Qu'est-ce qu'elle a fait ? Qu'est-ce qu'elle a fait ?

– Elle a emmorphosé le méchant Prince Chéri en bête féroce, avec un corps de lion, une tête de singe pis une queue de serpent, pis elle dit : « J'ai promis à ton père que je te surveille pis que je te garde gentil, mais là t'es beaucoup méchant. Tu vas rester une bête tant que tu reviendras pas gentil. »

– Bonne punition ! approuve Yatim en bâillant.

– Fait que le prince a passé des ans dans le corps de bête. Au début, il était très féroce pis y veut manger tout le monde. Pis après, il s'a laissé apprivoiser, il mordait plus, alors la dame blanche le transforme en chien. En chien, y devient encore un peu plus doux, y décidait de partager sa viande avec les autres, alors la dame blanche le met en colombe. Une fois en colombe, y a devenu vraiment tout gentil, si tant que la jeune fille de tantôt l'avait adopté comme oiseau domestique. Pis c'est là que la dame blanche revient, et elle le remet en humain pour lui dire : « Bravo, maintenant tu es bien comme y faut. » Et là la jeune fille a vu qu'y était comme par avant, le vrai Prince Chéri, pis elle a voulu se marier avec. Le prince a remis la bague, pis il l'avait plus jamais enlevée, pis elle l'a plus jamais piqué parce qu'y a resté un bon garçon.

Ces derniers mots, Adidas les prononce dans un filet de voix, car les enfants sont tous endormis, même Magie, aplatie sous le poids des minis, même Bègue qui a cessé ses commentaires, même Baleine, là-haut, dont le hamac se gonfle et se dégonfle au fil de sa respiration. Adidas se demande à quel moment ils ont versé dans le sommeil, quelle est la dernière phrase qu'ils ont captée. Il aime endormir les minis en leur racontant des légendes, mais il se demande parfois si, en manquant systématiquement l'heureux dénouement, ils ne passent pas à côté de l'essentiel, si canter au milieu d'une tentative de viol ou de la transformation d'un humain en bête infernale n'est pas une recette sûre pour tomber dans un cauchemar.

Il se lève doucement, contemple cet amas de vies qui inspire et expire d'un seul souffle, comme une autre créature chimérique, tendre et lardée de bleus, et lentement, il se blottit contre les siens, contre le sommeil du nombre.

Terreur cogne des clous. Il n'a pas dormi depuis deux jours, ou peut-être dix, il y a trop à faire avec la construction du radeau, et puis c'est l'été ; toute cette chaleur et cette lumière lui donnent envie de ne plus se coucher, il est en mouvement constant, mais dès qu'il s'arrête le sommeil vient le chercher. À l'heure de son tour de garde, son attention rapetisse, les froissements et les craquements qu'il doit surveiller se confondent avec le crépitement de ses rêves naissants, sa fronde au creux de sa main ramollit, prend la texture d'une doudou, et il sursaute en découvrant son pouce dans sa bouche. Jolie se moque de lui, elle susurre des berceuses qu'il doit balayer de la main comme des toiles d'araignées pour ne pas se prendre dedans.

– *Maman est en haut, qui fait du gâteau...*

Agacé, Terreur fait tournoyer ses nunchakus, que Jolie esquive en riant.

– *... papa est en bas, qui fait du choco...*

– Chut !

– *... fais dodo...*

– CHUT !

À travers la chanson, Terreur a repéré des bruits de pas. Deux présences. La première ne l'inquiète pas, il reconnaît le trot d'un animal domestiqué et, de fait, quelques instants plus tard, la silhouette costaude du pitbull que Vlime a baptisé Priscilla s'extirpe de la végétation. La bête bat de la queue, quémande une caresse à Jolie qui déteste l'odeur des chiens et par conséquent ne consent qu'à lui gratter la tête du bout des doigts. Pendant ce temps, l'autre créature continue de s'approcher, fatiguée mais nette, ni le pas d'un caracro ni celui d'un loup – cette personne, un adulte, est prudente mais déterminée, et elle n'est pas ivre, ce qui signifie qu'elle sera plus longue à abattre. Jolie tend l'oreille, fronce les sourcils, échange un regard avec son partenaire. Elle non plus n'a jamais rien entendu de pareil : une intrusion volontaire qui n'est pas prédatrice. Terreur flatte sa fronde et Jolie serre l'ocarina, mais ni l'un ni l'autre n'arrive à décider quoi faire.

Comme si elle avait flairé leur trouble, Loupiote surgit des buissons.

– Non, je pense pas que c'est une police, souffle-t-elle pardessus son épaule.

– Tu penses pas ou t'es sûre ? rétorque la voix de Fidji qui la suit.

– Je suis sûre.

– Je ferai feu ? murmure Terreur.

– Le pitbull est là, ajoute Loupiote.

Sous les pas de l'inconnu, les feuilles bruissent comme de la brume qui s'éparpille, la lueur d'une lampe de poche balaie les troncs d'arbres. Cette personne est organisée. Elle sait ce qu'elle cherche. Le rang des sentinelles se raidit. Dans le noir, une voix de femme s'élève.

– Allo ? Y a quelqu'un ? Je viens vous demander de l'aide.

Loupiote pose la main sur l'avant-bras de Terreur qui a mis l'intruse en joue.

– Attends.

C'est la première fois qu'on s'adresse à eux ainsi.

– Les enfants ? reprend la voix, ample et très douce. Je sais que vous êtes là. Je veux pas vous déranger. Je cherche deux filles. Elles s'appellent Mathilda et Cassandra.

Fidji tressaille. Sans même consulter sa colonelle, elle ordonne :

– Assommez-la. Tout de suite.

Stupéfaite, Loupiote dévisage sa cheffe qui la pousse de l'épaule pour venir se placer entre Jolie et Terreur. D'un sifflet, Fidji convoque Lego ; les frondes et les fusils se braquent et Fidji suit chaque micromouvement, elle surveille intensément l'espace entre sa ligne de défense et l'intruse, le regarde se charger comme un champ électrique, elle sent la force de répulsion du Ravin s'activer, prête à renvoyer cette étrangère d'où elle est venue. Terreur lance sa pierre, ne rate pas, la femme est atteinte entre les deux yeux et tombe à la renverse, et sa lampe de poche échouée près de sa tête révèle une coulée de sang sur son visage. La chienne émet un couinement désolé.

Du haut des airs, Bleach a vu la scène mais elle a compris trop tard ce qui se passait. Pendant que Lego galope vers le corps inerte, elle papillonne vers une branche où elle s'arrête pour réfléchir mais aussitôt posée, il lui apparaît que tout est déjà réfléchi, elle sait ce qu'elle doit faire. Reprenant son vol, elle s'élève bien haut, joint les mains et ferme les yeux puis, d'un mouvement vif, elle ouvre les bras. Son geste embrasse toute la scène, enveloppant à la fois Fidji, toujours postée entre Loupiote et Terreur, ainsi que Jolie qui piétine sur place, Lego qui tarde à trouver le pouls de la victime, même Tic-tac qui les observait depuis l'ombre d'un tas de branchailles ; d'un seul élan, Bleach plonge tout le monde dans le miel de son sortilège. Alors, comme un automate, Lego se relève, s'éloigne de la victime et retourne à son poste à reculons ; la pierre regagne la fronde de Terreur à toute allure et la femme se redresse vivement, comme si son corps était mû par un ressort ; Fidji ravale ses paroles et fait marche arrière dans les buissons, lentement rejointe par Loupiote. Lorsqu'elle a ramené tout le monde au bon moment, Bleach relâche son emprise sur le temps. Elle rapproche ses longues ailes diaphanes pour flotter vers le sol et se déposer entre Fidji et Loupiote.

– Non, je pense pas que c'est une police, émet Loupiote.

– Tu penses pas ou t'es sûre ?

Bleach s'avance avec elles. Le faisceau de la lampe de poche souffle sur leurs pieds, et Terreur soulève sa fronde.

– Allo ? Y a quelqu'un ? Je viens vous demander de l'aide.

Bleach sent Fidji se contracter derrière elle, et lui prend la main pour la calmer.

– Les enfants ? Je sais que vous êtes là. Je veux pas vous déranger. Je cherche deux filles. Elles s'appellent Mathilda et Cassandra.

– Je la connaissais, souffle précipitamment Bleach. Fidji, elle est la grand-mère des deux filles du Paradis.

– Faut l'arrêter drette là.

– OK, mais sans lui faire de tort.

– On aura pas le choix, Bleach.

– Elle va rien nous faire, elle va rien dire. Elle était une amie du Vieux. Elle serait pas dangereuse.

– Elle sera encore moins dangereuse une fois assommée.

– Non. Elle voudra rien que parler, elle va revirer de bord après.

– On pourrait pas la laisser rentrer dans le camp.

– Ben va la voir avant qu'elle vient.

Fidji dévisage Bleach, incertaine, et de ses yeux rubis Bleach lui renvoie le regard le plus assuré dont elle est capable.

– Si ça donnait rien, on peut toujours l'assommer après.

– C'est vrai, concède Fidji.

Dans le rayon de lumière bleue, trois ombres escortées par un pitbull à une oreille cheminent vers la femme qui attend docilement. Lego a son bâton de baseball, Fidji, sa couronne imaginaire, et Loupiote cache un pistolet dans son pantalon ; Tic-tac, toujours posté dans son buisson, est sans arme mais prêt à bondir à tout instant pour impressionner Bleach.

Lorsqu'ils arrivent à proximité, la chienne s'assoit entre les deux camps comme pour prévenir l'affrontement. La femme tourne la lampe de poche vers le haut pour dévoiler son visage puis, réalisant sans doute qu'elle semble sur le point de raconter une histoire d'horreur, elle la pointe vers le sol. Se ravisant encore, elle éteint et laisse le clair de lune adhérer à leurs figures avant de prendre la parole :

– Je m'appelle Gloria. Mes petites-filles, Cassandra et Mathilda, sont disparues après la mort de leur mère. J'ai pensé que vous les aviez peut-être aperçues.

Les bras croisés, les enfants toisent la grand-mère au visage placide. Il ne fait aucun doute qu'entre l'adulte et les trois gamins, ce sont ces derniers qui ont le contrôle de la situation ; ils le savent, et leur interlocutrice aussi. Après un moment de flottement où Loupiote et Lego se demandent s'ils sont censés parler pour leur cheffe, Fidji ouvre enfin la bouche :

– On les connaît pas. On était ici pour jouer à' cachette. Nos parents nous attendent. On serait pas supposés de parler aux étrangers.

Gloria s'accroupit comme si elle s'adressait à des bambins, devenant ainsi plus petite qu'eux ; mal à l'aise, elle se relève à demi, le dos courbé, cherchant un moyen de paraître à la fois moins menaçante et respectueuse.

– Je vois. Mais peut-être qu'en jouant à la cachette vous les avez croisées ?

De son sac à dos, elle tire une photo montrant deux fillettes dont le sourire révèle quelques dents tombées.

– La photo date un peu… elles sont plus vieilles aujourd'hui. Douze et quinze ans. Mais ça vous donne une idée. Les avez-vous déjà vues ?

Lego secoue fermement la tête, Loupiote l'imite avec une légère hésitation et Fidji repousse le cliché sans ménagement.

– Non. Sont trop vieilles pour la cachette.

– Si jamais vous les rencontrez, pouvez-vous leur faire un message ? Que leur grand-mère s'est installée dans leur maison. Qu'y a plus rien à craindre là-bas. Que j'aimerais beaucoup les revoir. Prendre soin d'elles. Pouvez-vous leur dire ça ?

Pour toute réponse, Fidji tourne les talons, suivie par ses deux adjoints. Priscilla file vers la rivière, et la grand-mère se remet à farfouiller dans son sac à dos.

– Partez ! Pis revenez pas, vieille braque ! crie Terreur qui, à défaut d'une pierre, a tenu à lancer une insulte.

Pendant que Loupiote lui assène une claque derrière la tête, l'intruse pose sur une souche un paquet de galettes et trois boîtes de conserve que Tic-tac s'empresse de cueillir sans même prendre la peine de se cacher. Doucement, la grand-mère repart vers l'est et, l'une avec inquiétude, l'autre avec soulagement, Fidji et Bleach la regardent s'éloigner de son pas indolent, comme si même la nuit, la forêt, la proximité d'enfants armés et la ville de Fort Détroit elle-même ne suffisaient pas à alarmer ce genre de femme.

Le soleil lui colle au visage comme un masque – loin, très loin dans les galeries de sa mémoire, elle revoit une femme à demi étendue, le visage laqué d'une pâte onctueuse, le corps à la fois en détente et en attente, et Fidji s'efforce de prendre la même posture semi-allongée, comme s'il y avait dans cette inclinaison la clé d'une certaine sérénité. Car tout pèse, aujourd'hui, les secrets, la fatigue, les photos d'enfants recherchés placardées en ville, le poison dans la rivière, sa croissance irrépressible, les décisions, Bleach, l'autorité, et cette maudite bonne femme qui s'est faufilée jusqu'à leur camp. Elle a le sentiment que son corps est en verre fin, et que la simple pression de l'air pourrait le faire voler en éclats.

C'est pendant l'hiver qu'elle a découvert cette manière de juguler l'hémorragie interne – elle n'avait jamais eu à le faire auparavant, il lui semble qu'elle n'avait pas la tête aussi pleine, jadis, mais l'hiver dernier, au faîte de l'épidémie de gastro, elle suffoquait. Alors elle a trouvé ce sapin, ses branches qui forment un toit naturel, son tronc comme le mât d'un chapiteau, et elle s'y est réfugiée, elle s'est placée exactement dans le bon angle pour que le soleil l'embrasse et elle a fermé les yeux en se disant : *Je resterai là jusqu'à ce que le rayon quitte mon visage*, et pendant ce court moment, elle n'a plus pensé. Peu à peu, du mouvement s'est substitué à l'absence d'images, quelque chose d'abstrait et brillant, le jeu des couleurs et de la lumière à travers ses paupières. Bientôt, plus rien n'existait que ces volutes roses et orange qui dansaient tout contre son œil, qui pétillaient au fond de son cœur.

Aujourd'hui, c'est pareil et différent, il fait chaud et la gomme d'épinette fond dans ses cheveux, le vent est plus lent mais le soleil est le même, il coule sur elle comme un sirop. Les bruits sont féconds, ils entrent dans son crâne par des petites portes cachées, pas de fourmis, froissements de pétales, rupture de fétus, elle croit même entendre ses ongles pousser, ses os grincer en s'allongeant et, très haut, les étoiles qui s'entrechoquent.

La paix s'installe, Fidji sent au plus profond d'elle-même que tout est à sa place, elle est enfin le sujet de quelque chose, un bébé que la forêt berce dans ses bras de bois, elle n'a plus rien à faire, rien à choisir, rien à gagner. Elle oublie tout, au point où elle croit s'endormir ; les formes qui voguent sur ses paupières closes ralentissent, le rose est maintenant presque immobile entre les doigts de l'orangé, mais elle ne dort pas. Dans l'œil du cyclone, les reines veillent.

Il y a toujours quelque chose qui brûle. Quand ce n'est pas une bûche, c'est une hutte, quand ce n'est pas une hutte, c'est une auto, quand ce n'est pas une auto, c'est une maison, quand ce n'est pas une maison, c'est une rue au complet. Personne d'autre que Bègue ne semble craindre les flammes, tout le monde vit avec cette perpétuelle odeur de fumée collée aux semelles, aux cils et aux lèvres. Bègue, lui, se réveille la nuit pour vérifier que rien n'est en train de cramer ; la seule chose qui le préoccupe autant que les incendies est sa bibliothèque, et plus sa bibliothèque se garnit, plus il a peur qu'elle flambe.

Ça a commencé par une virée de pillage. Comme les autres, Bègue ne savait ni lire ni écrire, à l'époque, il savait à peine parler, et ne pensait qu'à manger. Il était en poussée de croissance ; une faim dévorante lui courait dans le corps en permanence, il sentait les os de ses jambes, les muscles de ses bras, même ses cheveux l'implorer de nourrir leur impérieux allongement. Or, la règle a toujours été la même dans le Ravin : si tu veux manger plus que les autres, cherche plus que les autres. Bègue passait ses journées à sillonner les quartiers environnants en pleurant, conscient que cette marche continuelle exacerbait sa faim. Personne ne l'aidait parce qu'il n'arrivait pas à s'exprimer normalement, ses mots trébuchaient les uns dans les autres, des collisions de syllabes et d'idées qui lui donnaient des maux de tête et des crampes à la bouche et suscitaient des « Parle comme du monde ! » exaspérés de la part des grands. Bègue en était rendu à manger des racines, du papier journal, des pâtés de boue, des cigales mortes, de la cire de chandelle ou des quenouilles lorsqu'il a découvert la serre.

La première fois, le Vieux n'était pas là et les fois suivantes, il ne paraissait pas remarquer sa présence. Bègue a mis du temps à comprendre qu'il faisait semblant de ne pas le voir, lui qui se croyait si subtil ; il soupçonne maintenant que le cultivateur mettait en évidence les fruits les plus mûrs, les légumes les plus croquants, des aliments que Bègue n'avait jamais vus mais qu'une zone indistincte de son esprit reconnaissait comme comestibles. En plus des légumes, le vieil homme abandonnait parfois une cuisse de poulet, un pain, des biscuits que Bègue engloutissait tout rond au début, puis avec plus de mesure, goûtant les sucres et les amers, laissant les nutriments faire pousser son corps avec plus de sérénité. Puis, le Vieux s'est mis à oublier d'autres objets, des vêtements, des bottes et, un jour, des livres.

Il ne s'agissait que d'albums rudimentaires et d'abécédaires simples, mais Bègue se les est appropriés sans hésitation, avant même de comprendre de quoi il s'agissait. Il a passé des heures immenses à fixer les pages et, petit à petit, les symboles lui sont devenus familiers, puis intelligibles. Dans le secret le plus total et avec une patience infinie, il a appris qu'un détour était possible entre le monde et ses pensées qui n'impliquait pas de bredouillis saccadés, de paroles tronquées.

Bien sûr, les autres ont fini par trouver le Vieux et sa serre ; Magie a même eu l'idée de filer le cultivateur, repérant ainsi d'autres points d'approvisionnement où, si on se servait avec parcimonie, on pouvait revenir souvent. De son côté, Bègue découvrait une autre sorte de corne d'abondance : les bibliothèques abandonnées. Dans les quartiers chics, les riches avaient décampé comme si la ville était bombardée, laissant derrière meubles, bibelots, cigares, collections de timbres – et livres. Des piles et des piles d'ouvrages, certains courts, certains longs, certains enluminés d'or, certains renfermant des images cochonnes de l'ancien temps, attendaient dans le ventre des manoirs de St-Peter ou de Perlemère, et personne ne cherchait à les rescaper. Sauf Bègue.

Aujourd'hui, il possède des livres en neuf langues différentes, dont quelques-uns en caractères inconnus qu'il aime caresser du bout de l'index; sous son doigt, les lettres en courbes et en pointes soupirent et murmurent. D'autres livres ont des pages si minces qu'elles semblent s'évaporer quand on les pince; certains offrent des illustrations époustouflantes, des dessins qui montrent l'intérieur des choses – corps, planètes, machines –, la plupart ont beaucoup trop de mots, mais Bègue lit de plus en plus vite, trop vite, parfois: avec ses problèmes d'énonciation, il lui faudrait quatre vies pour raconter un seul de ces romans qui parfois l'effraient, avec leurs histoires qui plongent trop creux, révélant des choses bouleversantes, des univers identiques à ceux qui fourmillent dans sa tête, qu'il n'avait jamais su nommer mais dont il avait une vague intuition, comme l'arrière-goût d'un fruit qui n'existe pas encore.

Grâce aux abécédaires de la serre, Bègue a converti une demi-douzaine de gamins à la lecture et à l'écriture; certains ont préféré apprendre seuls, en cachette, sans le regard des autres sur leurs cafouillages et leur orthographe démente. Mais Bègue demeure le plus attaché à cet ancrage de papier, fragile, combustible, vulnérable à la pluie, au gel, aux mains sales, aux colères déchirantes et aux crottes de nez; il passe la moitié de son existence à déchiffrer des volumes trop avancés pour lui et l'autre à craindre leur disparition mais, malgré la précarité de ce qui le tient en vie, il possède une chose que personne n'a: des réponses. Car il y a un livre pour tout, un chapitre pour éclairer chaque impasse, et maintenant que ces quatre aventuriers de pacotille s'apprêtent à partir sur leur radeau douteux, Bègue a exactement les volumes qu'il leur faut: *Le Fort Détroit sous Renaud Dubuisson, La Rivière Rouge de 1701 à 1950* et *Les Aventures de Huckleberry Finn.*

Ils ont arraché des billots au sol qui commençait à les grignoter, ils ont trouvé des planches boueuses et les y ont fixées à l'aide des clous de la dernière bataille de Terreur et Méthode, puis ont lié le tout avec des cordes et sauté furieusement sur leur construction pour en éprouver la solidité. Vlime aurait voulu qu'on installe un mât et une voile, une cabine pour se protéger du mauvais temps, mais on lui a fait comprendre que c'était impossible, inutile, ridicule, le genre d'enfantillages qu'elle devait ravaler si elle voulait être du voyage. On n'avait pas de temps pour les finesses ; leur radeau serait rudimentaire, assez léger pour qu'on le tire par-dessus les embâcles et, surtout, héroïque. Les deux pieds sur l'embarcation, Vlime mesure l'urgence dans laquelle elle a été construite ; les planches branlent, les clous retroussent, le bois sent les vers de terre ; l'espace est à peine suffisant pour que les quatre enfants s'y assoient, mais l'un d'eux sera toujours debout pour manier la perche qui les aidera à suivre le courant et à éviter les écueils. Yatim a une toile imperméable et un sac de couchage, Méthode a sa collection de sifflets et d'appeaux, Terreur un fusil et Vlime est responsable des vivres, Magie l'a aidée à faire un pain dur et compact qui forme une boule dans l'estomac pour assommer la faim.

À leur réveil, le brouillard avait escamoté la forêt, mais à présent il fait si beau qu'on dirait que le ciel leur livre une promesse, une garantie de retour indemne. Fidji et Lego et Loupiote et Bègue et Adidas et Jolie sont rassemblés sur la rive, ils les enveloppent de câlins d'adieu, certains ont les larmes aux yeux et Vlime a soudain l'impression qu'ils partent vers leur mort, puis son frère lui assène une grande tape sur les fesses et elle se rassure. Bègue supplie les grands de prendre des livres mais ils refusent, prétextant que le radeau est déjà trop chargé ; Vlime ne sait pas lire mais elle accepte d'en emporter un en douce et cache le volume sous la ceinture de son short, comme Terreur avec son pistolet. Jolie leur a confectionné des colliers talismans, le sien est plus petit que les autres, elle a le réflexe de s'en plaindre mais se retient, sachant qu'on attend justement ce genre d'accroc pour la traiter de bébé et l'empêcher de prendre part à la mission, alors elle noue le cordon autour de son cou et regarde le médaillon pendre sur sa poitrine, elle reconnaît le symbole étoilé pour l'avoir vu sur des voitures, elle n'est pas certaine qu'il lui portera vraiment bonheur. Fidji leur rappelle d'être très prudents en franchissant les barrages de branches et de déchets, et de regagner la berge en cas d'averse, car la rivière, où se déverse une partie des égouts de la ville, peut monter de plusieurs mètres en quelques minutes, mais ils le savent déjà, tous se souviennent de la mort de Murmure.

Ils montent sur le radeau que leur poids fait valser de manière inquiétante et Vlime se demande une dernière fois s'ils n'auraient pas mieux fait d'arranger le vieux canot. On lui a dit et répété qu'il était impossible à réparer, la structure cassée et la coque pourrie d'un bout à l'autre, néanmoins Vlime les a vus chaque nuit en rêve remonter la Rouge à toute vitesse, voguant et volant à la fois, elle est certaine que cette vision veut dire quelque chose. Yatim s'installe à côté d'elle, embarrassé par son collier qui tintinnabule à chaque mouvement, il le jettera à l'eau tout à l'heure, ou peut-être qu'il l'offrira à Vlime – ça ne la dérangerait pas, elle, d'émettre un bruit de clochette.

Méthode est la première à prendre la barre, elle donne un bon coup de perche sur la berge et l'embarcation s'ébranle, aussitôt happée par le courant, et les explorateurs s'éloignent sous les cris et les encouragements. Vlime est déboussolée par la sensation d'être *sur* la rivière plutôt que *dedans* ; ses yeux fouillent les flots à la recherche d'un point de repère mais l'eau est opaque, étrangère pour la première fois. Lors de cette première minute sur le radeau, elle comprend à quel point la Rouge s'est transformée depuis l'onde de choc qu'elle a ressentie. Elle lève les yeux vers Méthode qui, de son côté, sonde la cime des arbres avec le même regard soucieux : le vide que Vlime a détecté sous les flots, elle l'observe dans les arbres. La voix de la rivière est noyée, et celle des oiseaux s'est envolée.

Fidji arrive et, comme si elle commandait jusqu'aux éléments de la nature, le vent se lève, bleu comme un coup de poing, il secoue le feuillage et on croirait entendre une marée d'applaudissements. Aussitôt, Loupiote sent la plaie s'ouvrir dans sa poitrine ; c'est comme ça chaque fois que la reine s'approche d'elle, ces jours-ci. Depuis quelque temps, on dirait que Fidji lui parle dans une autre langue, une langue qu'elles maîtrisent toutes les deux mais de loin, fichée au bout d'un bâton, et dont les mots se retournent toujours contre Loupiote.

– Qui que t'as sur le périmètre ? amorce Fidji, et sa question ressemble déjà à un reproche.

– Jolie, Tic-tac pis Pow-pow.

– Tic-tac ? Y raterait une vache dans un corridor.

– Y sera pas si pire.

– Y te manque un.

– On l'avait fait souvent à trois.

– C'est rendu dangereux. On pourra pas prendre de risques. Va les rejoindre, tu fais la quatrième.

– Y commence à faire brun, je tomberas endormie, Fidj'. Tu le sais que j'avais pas dormi hier.

– Tu y vas, un point c'est tout !

Loupiote examine sa cheffe, scrutant son visage à la recherche du point d'où est parti cet ordre, l'endroit où naissent les soupçons et les reproches, puis son regard se tourne vers elle-même, son corps qui cache tant de nœuds, qui a déçu sa supérieure malgré ses efforts et sa rigueur, malgré une vie d'obéissance. Comme une porte qui claque, sa colère explose.

– Pourquoi t'es conne de même ? crie-t-elle.

Fidji regarde sa seconde avec l'air de quelqu'un qui vient de recevoir un ballon en plein ventre. Elle encaisse puis, d'une voix mielleuse, rétorque :

– Vas-y faire dodo, Loupiote, pis si au milieu de la nuit y viendraient détruire notre camp pis kidnapper un mini, ce sera de ta faute.

– Heille ! C'est qui qui voulait sauver des kids qu'on connaît même pas en bas de la rivière ? réplique Loupiote à tue-tête. T'aurais rien qu'à pas envoyer nos meilleurs défenseurs en expédition si tu veux pas qu'on manque de soldats ! T'es après virer folle ! Lâche-moi ! Lâche-moi, pis va te cacher dans ton petit palais que tu voulais pas partager avec personne.

– Mon palais ?

– La bâtisse ambandonnée, barrée avec la clé que tu rangeais dans ta taie d'oreiller ! Pense pas que je t'aurais pas vue y aller en cachette, comme si que c'est trop beau pour nous autres.

Fidji baisse les yeux vers ses bottines trouées – ses grands pieds passent à travers mais elle refuse de s'en départir – puis, si naturellement que le geste semble déjà accompli avant même d'avoir commencé, sa main vient s'abattre sur la joue de Loupiote.

Les deux filles se regardent, la même douleur cuisante battant dans la main de l'une et sur la joue de l'autre ; elles sont, l'espace d'un instant, unies par cette brûlure, identiques dans l'étreinte de la violence, puis Fidji tourne les talons et repart juste à temps, au moment où les larmes commencent à rouler sur les joues de Loupiote. Comme si le claquement de la gifle les avait réveillées, les chauves-souris quadrillent le ciel comme un escadron affamé, et un silement intense perce les oreilles de Loupiote, elle n'entend plus rien, rien d'autre que sa colère et la terreur de ne plus être la seconde de Fidji, de ne plus vivre sous son pouvoir, accrochée à ses certitudes. Dans ce bruit assourdissant, elle n'entend pas Lego arriver.

– Es-tu correcte ?

À la fois humiliée et libérée par l'apparition d'un témoin, Loupiote éclate en sanglots incontrôlables et Lego les reçoit comme des balles dans un gant de baseball. Il serre la colonelle dans ses bras.

– 'Est chiante, Fidji, de ce temps-là, marmonne-t-il.

Loupiote répond d'un gargouillis étranglé :

– C'est-tu vrai, ce que t'avais dit ? poursuit Lego. Elle a un palais secret ?

Loupiote recule en essuyant sa morve du revers de la main.

– Je l'avais vue y aller. C'était dehors du bois, par là-bas.

– L'ancien pavillon ?

– Je sais pas. J'avais essayé de rentrer plein de fois. C'est barré. Je sais même pas où qu'elle a trouvé la clé.

– Elle a ses connexions, faut croire.

– Ça ferait une trop bonne place d'hibernation. Ben mieux que notre hutte. Mais elle voudra pas qu'on y aille.

Maintenant calmée, Loupiote examine son ami, l'exécutant, le bras de la justice édictée par Fidji : lui aussi a le front soucieux de ceux qui vivent sous la botte d'une force imprévisible. Lui aussi porte sur son dos un fardeau que personne, pas même la reine, ne peut comprendre, celui d'être à la fois dominant et soumis, maître et esclave – la difficulté d'être pris entre un troupeau trop inconscient et une autorité trop transcendante pour comprendre ce qu'exige l'application de la loi, ce que ça coûte en joie, en insouciance.

– T'avais-tu déjà demandé comment vieille elle est, Fidji ?

– Non, répond Lego. Le sais-tu, toi ?

– Pas direct. Mais elle a plus d'âge que ben du monde qui s'avaient fait bannir, poursuit Loupiote.

– Pas tant.

– T'as-tu vu ses boules ?

– Non ! s'écrie Lego, scandalisé.

– Je pense même qu'elle saigne entre les jambes. Elle a clairement pogné ses hormones.

Le visage de Lego se fripe comme si son esprit se contractait à l'intérieur de son crâne, répugnant à penser aux hormones de la cheffe éternelle.

– Si ça se trouve, c'est une ado pis on le sait pas. Elle est là depuis toujours ! réfléchit-il.

– Elle va pas se bannir soi-même.

– Elle pourra quand même pas changer les règles, objecte Lego.

– Elle a déjà commencé ! Tsé, la règle des amoureux ?

– Non ?

– Avant, si que quelqu'un devenait amoureux, faullait qu'y parte, résume Loupiote.

– Pis ?

– Ben là, tout le monde le sait que Tic-tac est amoureux de Bleach.

– C'est rien que du trouble, c'te chenodeux-là.

– Fidji avait rien fait.

– Parce qu'elle est meilleure amie avec Bleach, ajoute Lego.

– Pis aussi, drès que quelqu'un pogne ses hormones, y change d'idée sur ces affaires-là.

– Les ados aiment ça, l'amour.

– Ark. Ar-ke.

– Je sais.

– On avait perdu Bloudjinn, Mayo, Nori, Vishnu, pis personne là-dedans avait eu autant d'hormones que Fidji, énumère Loupiote. Bloudjinn avait même pas changé de voix.

– Elle triche.

– Elle triche pis elle ment.

Lego et Loupiote échangent un regard. Pour la première fois de leur deuxième vie, le germe de la rébellion leur monte à la tête. Ils n'ont pas encore les mots, pas encore de mécanisme précis ni de plan, mais un paysage s'est ouvert en eux, une brèche dans l'ordre établi.

Entre leurs pieds, une petite couleuvre glisse sans se faire remarquer, elle serpente sous les feuilles mortes, autour des jeunes pousses, s'insinue dans les ombres jusqu'à une tente d'où émane toujours une douce odeur de lait; là aussi, deux enfants sont en grande conversation, la première pleure et la seconde, de l'autre côté du moustiquaire, formule des paroles d'encouragement et de sagesse.

– On a pas le choix, Fidji. Faut qu'on va leur dire.

Fidji prend une grande inspiration, les yeux tournés vers le ciel pincé d'étoiles neuves comme le début du monde. Bleach a raison, elle le sait. Elle vient de frapper Loupiote, le Paradis est sur le point d'être découvert; elle n'a plus le contrôle.

– Pas à soir, souffle-t-elle. Demain.

– Demain, répète Bleach.

Elle appuie une paume plus blanche que le silence sur le moustiquaire, Fidji vient y coller la sienne, et il y a dans ce geste une intimité si totale que Baleine, qui observe la scène du haut des branches, détourne prestement les yeux.

La nuit, tous les chats sont gris, disait la tante Rosalind dans une autre vie. Magie ajouterait: toutes les maisons, les autos, les poteaux de téléphone, les églises, les cabanes à jardin, les usines; tout est gris, la nuit, sauf les trésors du Vieux. Son vaisseau intergalactique est anthracite mais, à l'intérieur, des taches de vert, de rose, de jaune et de rouge détonnent, de sorte que Magie sait immédiatement où se diriger, où envoyer ses coéquipiers. Ceux-ci semblent aveugles à ces couleurs qui entaillent la pénombre, ils ont besoin d'elle pour voir. Elle ne se l'explique pas – pour sa part, elle pourrait trouver ces joyaux les yeux fermés, à l'odeur de sucre et de sève, à leur forme, leur vibration unique, une configuration de cellules aux variations infinies. Dans le noir, elle s'avance vers les Cœurs juteux, pose le bout de ses doigts sur la chair rubis et un frisson la parcourt – c'est toute cette vie qui tremble au creux de sa main, un véritable organe externe, offert aux regards et à l'appétit de tous. En le prenant, Magie sent des larmes sourdre, un mélange de regret et de jouissance, à mi-chemin entre la culpabilité et la cruauté. Les autres, les gamins qu'elle arrache jour après jour à la mort avec ces trouvailles, n'ont pas cette sensibilité, ils se contentent d'engloutir tout ce qu'elle leur donne sans réaliser que leur énergie vient de quelque part, que leur vie est celle qu'ils ont prise aux plantes et à la terre ; ils ne pleurent pas devant ce paradoxe. D'un tour de poignet, elle cueille le fruit rutilant et le dépose dans son panier.

– Bègue, viens aider avec les Cœurs juteux. Pis après va pour des Ballons sucrés. Adidas, y aura des Gourdins verts là-bas. Pis ramasse des Mini-ovnis aussi.

– Des quoi ?

L'obscurité de la serre s'anime, remue par petites vagues argentées, et les paniers se remplissent. Ils ne se pressent pas, la nuit, les risques sont moindres, le seul véritable danger est le sommeil – au début de l'été, Vlime s'est endormie en récoltant des Rouges piquants et il a fallu abandonner le butin pour la transporter jusqu'au Ravin.

Mais cette nuit, tout le monde est bien alerte – Magie a donné à chacun un carré de chocolat tellement amer qu'Adidas a rechigné à l'avaler. La cueillette va bon train, les paniers ont presque atteint leur poids maximal, Magie s'apprête à sonner le départ lorsqu'un timbre grave se fait entendre au fond de la serre.

– Est-ce que les fraisiers ont marché, finalement ?

Les trois enfants se glacent ; Magie laisse tomber un Cœur qui explose au sol dans un bruit mouillé.

– Les avez-vous plantés au soleil ? Si vous les avez pas plantés au soleil, ç'a pas dû minoter beaucoup.

Lentement, Magie se retourne ; le Vieux est assis tout au bout du vaisseau, tellement immobile qu'on pourrait croire à un énorme pantin fatigué. Dans la pénombre, sa barbe semble encore plus longue et ses cheveux, plus épais ; sa voix est caverneuse.

– Vous êtes pas obligés de venir de nuit, vous savez, poursuit-il. Pis vous êtes pas obligés de prendre les jardinages en cachette. J'en ai pour tout le monde. Surtout pour ceux qui mettent la main à la pâte.

Derrière Magie, les garçons se sont mis à reculer vers la sortie ; Bègue trébuche et s'étale dans les Gourdins verts dont les tiges le griffent, lui arrachant un cri qui fait sursauter Adidas. Magie, elle, reste figée, tétanisée par les paroles du Vieux qui, s'il les a souvent surpris en train de se servir chez lui, a toujours fait semblant de ne pas les voir – c'est l'entente tacite entre eux : les enfants ne détruisent rien et en laissent toujours plus qu'ils en prennent, et le Vieux feint d'ignorer leur existence.

– Si vous voulez, je pourrais vous montrer comment faire. Les fraisiers, c'est du soleil et un sol bien drainé. Les graines de carottes que vous m'avez piquées l'an passé, faut pas les semer trop profond sinon elles sortent pas. Ça serait pas mieux de savoir comment les pousser, les légumes, au lieu d'en prendre toujours rien qu'un peu pour pas que ça paraisse ?

Absorbée par ce discours, Magie ne s'est pas rendu compte que les autres s'éclipsaient ; lorsqu'elle se retourne, ils sont déjà loin, elle voit leurs corps sombres bondir à l'horizon. Aussitôt, elle s'élance à leur suite.

– Oublie pas tes tomates, Magie, l'interrompt le Vieux.

Magie s'arrête, regarde à nouveau le bonhomme qui n'a pas bougé de sa chaise mais dont la stature semble prendre de l'ampleur à chacune de ses paroles. Son panier est à portée de main, elle hésite, partagée entre le désir de rejeter tout ce qui vient de cet homme qui connaît son nom et celui de ne pas repartir les mains vides.

– Parle pas à moi, lance-t-elle finalement avant de s'emparer de ses vivres et de prendre ses jambes à son cou.

La pluie grave des rigoles au sol et dans leurs tignasses emmêlées, ça fait longtemps qu'elles n'ont pas eu les cheveux mouillés et ça fait du bien, ça dénoue les pensées. Devant elles, le pavillon se dresse, ses vieilles pierres rendues sombres et brillantes par l'averse, on dirait un bijou noir ; derrière, le terrain de soccer déploie des milliers de petites mains vertes, partout l'eau lave et râpe et fait éclore les idées. Fidèle à elle-même, Bleach est calme, elle chantonne distraitement tandis que Fidji fixe l'entrée avec appréhension. La clé, grossière et rouillée comme la chaîne d'un chien, tourne avec peine dans la serrure ; la porte résiste, Bleach donne un coup d'épaule pour l'ouvrir.

Les lieux ont conservé une moiteur maladive, même si les deux sœurs se sont remises de l'affection qui les avait mises entre parenthèses peu après leur arrivée. Il fait sombre, les volets sont rabattus et les filles semblent ne pas vouloir gaspiller les bougies, à moins que leurs allumettes n'aient pris l'humidité – ou peut-être qu'elles aiment le noir, qui sait, avec ces deux adolescentes taciturnes. Leurs corps se font face dans la pénombre, repliés sur une partie de dames, mais en voyant les deux visiteuses entrer, la plus jeune tourne vers elles son visage cuivré encadré d'une étoile de cheveux ; la plus âgée, grande aux épaules voûtées, recule sur sa chaise.

– Salut Cassandra ! Salut Mathilda ! chantonne Bleach.

Elle se dirige sans hésitation vers le minuscule frigo qu'elle entreprend de charger de victuailles.

– Ouache. Moisi. On jette, décrète-t-elle joyeusement en éliminant les aliments avariés qu'elle remplace par des pommes, du lait, des galettes.

Tandis que Cassandra s'approche pour l'aider, Mathilda dévisage Fidji d'un air grave. Cette dernière parcourt du regard la pièce maintenue dans un ordre méticuleux – le sol balayé, les vêtements pliés, jusqu'aux lits de camp faits sans la moindre vague.

– Vous pourrez plus rester ici, déclare la cheffe de but en blanc.

– Pourquoi ? demande Cassandra, les joues immédiatement violacées.

– Y avait une femme qui vous cherche. Elle a dit qu'elle est votre grand-mère.

– On a pas de grand-mère, rétorque Mathilda.

– Mais oui on en a une, répond Cassandra.

– On lui avait rien dit, assure Bleach.

– Mais ça sera plus vraiment sûr pour vous, ici, dit Fidji.

– Compris. On part.

Sans manifester la moindre émotion, Mathilda se met à fourrer ses vêtements dans son sac, il se remplit trop vite ; en quelques secondes on dirait que sa vie est comprimée dans un cube de toile. Cassandra, elle, reste immobile, elle devine que la conversation n'est pas terminée.

– Pas tout de suite ! s'exclame Bleach. Vous resterez encore une couple de jours, on trouverait un autre endroit pour vous.

– Quel endroit ? fait Mathilda.

– Je sais pas encore, dit Fidji. Probablement une place plus creux dans le bois. Pas trop loin du camp, pour qu'on vous apporte de la nourriture.

– On vous installera bien, renchérit Bleach.

– Mais y a une affaire, soulève la reine. Vous nous aviez dit que vous êtes recherchées par la police. Avant que de vous bouger de place, y faut que vous nous dites pourquoi. Sinon on pourrait pas vous laisser rentrer dans notre Ravin.

Les deux filles restent silencieuses un moment, Mathilda fixant le mur devant elle, Cassandra regardant intensément sa cadette, et on ne saurait dire, en les observant, si l'aînée dévisage ainsi sa sœur pour lui intimer de se taire ou dans l'espoir qu'elle prendra la parole. Les secondes passent, on dirait qu'une toile d'acier descend du plafond. Finalement, Mathilda renvoie son regard à sa sœur qui baisse la tête, un mouvement d'abandon, comme quelqu'un qui lâche la corde après s'être retenu trop longtemps.

Dehors, la pluie drible sur leur royaume, et sous une vitre ébréchée, Tic-tac écoute, ruisselant – il n'était pas venu pour espionner, il voulait simplement traîner dans le sillage de Bleach, mais il tend maintenant ses oreilles en portes de grange vers le récit des deux fugueuses, vers le silence de la reine et de la fée ; il écoute le bruit du secret qui se dépose au milieu du Paradis.

Il est toujours caché à l'angle du mur lorsque Fidji verrouille soigneusement la porte, et sa voix perce l'averse comme un couteau jaune.

– Faudra trouver vite. Si y viennent défoncer la place, le Paradis devra être vide.

– On pourra s'installer ici dans l'hiver, suggère Bleach.

– Peut-être.

– Où est-ce qu'on poudrait les mettre, les deux ?

– Pas trop loin du camp. Pas trop proche.

– On va trouver une place.

– C'est moi, la prochaine.

– La prochaine quoi ?

– À partir.

– Dis pas ça.

Fidji ferme très fort les yeux et secoue la tête.

– Je m'en viens trop grande, Bleach. Les autres s'en rendent compte.

Bleach pose sa main sur la joue de son amie.

– T'es jamais trop grande pour moi.

Elle colle sa bouche sur celle de Fidji, et dans la facilité de ce geste, Tic-tac comprend que ce n'est pas la première fois, que ce baiser est incessant ; sa bien-aimée et la reine ont, même quand elles sont séparées, les lèvres jointes, et leurs langues dansent ensemble en permanence, et personne, personne, réalise-t-il, la mort dans l'âme, ne pourra casser ce baiser éternel. Il crache, son cœur tombe à ses pieds.

Descendre la rivière leur a pris deux jours de plus que ce qu'ils avaient anticipé, plus de vivres que prévu, plus d'éraflures, de bleus, d'ampoules, de piqûres, plus de soif et d'heures de sommeil, plus de larmes et de coups de soleil, plus de vie et de chair. La chaleur de l'après-midi pèse sur eux comme un pied qui voudrait écraser le radeau, ils n'ont plus la couronne des arbres pour les protéger, ils ont atteint l'endroit où la Rouge ralentit, s'élargit, bordée d'usines en apparence désertes qui continuent néanmoins de déverser leur magma dans l'eau. Les trois enfants ont si soif qu'ils en ont des haut-le-cœur, mais il leur reste à peine quelques gorgées d'eau que le soleil semble vouloir aspirer ; heureusement que Méthode a eu la présence d'esprit de remplir les bouteilles le soir de l'averse pendant que, sur la berge, ils tentaient de s'abriter des trombes d'eau et que leur radeau partait à la dérive – ils ont mis deux heures à le retrouver, le lendemain. Et maintenant, ils donneraient n'importe quoi pour cette pluie, pour voir la Rouge prendre une grande respiration aquatique, enfler avant de recracher ce qu'elle leur a volé.

Plus tôt dans la journée, ils sont passés à côté de la Vieille Mosquée où, selon Yatim, l'autre groupe d'enfants a déjà habité, mais ils étaient trop épuisés pour aller voir ; le courant est vif à cet endroit, et accoster aurait impliqué des efforts qu'ils n'étaient plus en mesure de fournir. Ils se sont contentés d'appeler « ohé, ohé » à la manière de naufragés, et leurs cris se sont engouffrés comme des pigeons à travers les portes béantes, tournoyant sous la voûte de l'édifice avant de ressortir à toute volée. L'endroit était vide. Ils ont poursuivi leur route.

À présent libre d'embâcles, la rivière permet une descente aisée. De part et d'autre, des haleurs rongés par la rouille et des cargos aux coques chauffées à blanc sont accrochés aux rives, ils émettent des grincements douloureux ; les enfants frissonnent en les dépassant. L'eau est maintenant d'un turquoise laiteux, une couleur sublime et synthétique qui brûle les rétines quand on la regarde trop longtemps, provoquant des visions, l'ultime image de Terreur, debout sur l'embâcle, tentant de déloger le tronc qui retenait l'amas de bois flottant. Ils le revoient perdre pied, tomber par un trou entre les branches, son corps qui disparaît, incapable de retrouver la surface sous les débris, les longues minutes à attendre qu'il émerge, à espérer un cri, une toux, une grande respiration de miraculé, en vain.

Le radeau semble maintenant trop grand pour eux. Les planches ne portent plus l'odeur de la terre ni celle des algues ; elles sentent la pisse et le poison, leurs jambes sont croûtées de boue, leurs cheveux grouillent de poux mais ils touchent enfin au but – Fidji leur avait annoncé deux ponts à bascule et ils les ont franchis. La forme accore de l'île Gus apparaît.

C'est l'épicentre de tout, on n'a qu'à regarder la structure pharaonique des installations, leur couleur mâchefer et les silhouettes vertigineuses des hauts fourneaux pour comprendre que le destin de la rivière est tributaire de ce qui se fait sur cette île. Plus ils s'approchent, plus ils sont certains que la force qui a propulsé l'onde meurtrière à contre-courant vient de là, et moins ils saisissent comment des enfants ont pu choisir d'habiter si près d'un endroit pareil. Le bruit des fournaises est infernal, un rugissement porté par une haine implacable. La surface de l'eau grésille sous le soleil, comme si ce qui y flottait était en train de frire, les trois gamins se tassent au centre de l'embarcation, craignant les éclaboussures. Bien que le ciel soit d'un bleu limpide, le monde semble noirci, recouvert de suie. La rivière décrit un coude qu'ils suivent lentement sans plus contrôler leur trajectoire ; comme une main malade mais bienveillante, elle les guide loin de l'île, vers la rive opposée. L'odeur les suit, se métamorphosant à chaque instant, tantôt chimique, tantôt brûlée, tantôt organique, putréfiée.

C'est Vlime qui repère le quai la première, une longue structure en bois vieilli, presque anachronique dans ce décor. C'est Yatim qui aperçoit la masse confuse qui s'y amoncelle. Il s'empare de la perche et tâte le fond, tout proche mais invisible, il est trop tard pour changer de direction, ils se dirigent droit dessus. Versant des larmes qui sont davantage sel qu'eau, ils échouent mollement contre les corps entassés, certains grands et grêles, d'autres courts et replets. Entre les chevelures et les bras emmêlés, ils distinguent des pelages et des pattes, la tête d'un furet affublé d'un petit collier de perles, il y a des jouets, des bouées, des couvertures de laine détrempées, des visages vidés de leur couleur, des yeux ouverts sur l'horreur.

D'un pas chancelant, Méthode, Vlime et Yatim débarquent du radeau, enjambent le charnier flottant qu'ils sont incapables de quitter des yeux, ils se dressent sur les planches et regardent autour d'eux. Il doit y en avoir une quinzaine, certains échoués sur les berges, d'autres suspendus dans les zones d'inertie du courant, et quatre fois plus d'animaux, des loutres, des canards, des ratons laveurs, mais pas de poissons – peut-être sont-ils en aval, peut-être ont-ils coulé par le fond. Dans l'air, ils détectent, sous l'intense odeur de la mort, la rémanence du choc qui a tué ces enfants.

Méthode est la première à ouvrir la bouche, il n'y a pas grand-chose à dire, « Vite, on part », et ses deux compagnons la suivent le long du quai qui menace de céder sous leurs pas. Au moment où ils touchent terre, abandonnant radeau, gourdes, livre et sac de couchage, un souffle brusque se fait entendre près d'eux. Ils tournent la tête. Un cheval noir très haut sur pattes émerge d'une rangée de conteneurs. C'est le premier animal sain qu'ils croisent depuis des jours.

La bête effectue un pas vers les trois enfants ; Vlime et Yatim reculent et Méthode s'avance pour caresser la robe lustrée, fumante. Avec aisance, elle le guide près d'une grosse roche sur laquelle elle se juche pour se pencher à son oreille et y murmurer quelques mots, puis elle fait signe à Vlime et à Yatim de s'approcher.

– Y veut, annonce-t-elle.

Elle aide la petite à monter, puis le grand, et elle saute elle-même sur le dos de l'animal qui semble à peine remarquer le poids des cavaliers. Mais dès qu'il les sent bien accrochés, le cheval noir s'élance à travers les bois, vers le nord frais et brûlant, vers chez eux.

– Penses-tu... qu'y sont... tous morts ? s'enquiert Yatim.

Le mouvement du cheval secoue leurs corps, hachurant leurs phrases.

– Oui, dit Méthode. Toute serait mort... là-bas.

– Leurs animaux... aussi.

– C'est qui... qui les avait... tués ? demande Vlime à travers ses larmes.

– C'est l'île.

– C'est une île de mort.

– Oui.

– Faudra faire quelque chose.

– Oui.

– Faudra se venger.

– Faudra la détruire.

– Faudra en parler à Pow-pow.

Ils se taisent, mais pour la première fois depuis des jours, un sourire déchire leur visage ; ce n'est pas de la joie mais autre chose, l'envers de la rage, le basculement de l'impuissance. Le cheval court, un mirage de muscles et de certitude qui par moments change de forme, prend l'aspect d'un bateau, d'un canot qui file entre les arbres, et entre le souffle de Méthode et le fantôme de Terreur, les deux autres se demandent si c'est la première qui a convoqué la bête pour les sauver, ou si c'est le second qui, depuis l'au-delà, leur a lancé cette planche de salut.

III

« Je remonterai sur mon cerf-volant
Et vous laisserai vos cent mille enfants
Chargés d'eux-mêmes
Pour jeter les dés dans la main du temps »
Gilles VIGNEAULT

Gloria émerge du boisé à l'aube. La nuit a été courte, pourtant il lui semble qu'une vie entière s'est écoulée depuis qu'elle s'est séparée d'Eunice sur l'avenue Fieldvale. Un point de douleur bat au milieu de son front, mais elle n'a aucun souvenir de s'être cognée à cet endroit. C'est peut-être son troisième œil qui brûle. Il en a trop vu.

Elle s'engage dans les rues gavées de soleil. Une pluie d'oiseaux chanteurs accompagne sa marche. Elle n'arrive pas à chasser de son esprit les images de la nuit. Avant, il n'y avait que ses deux petites-filles, comme des abstractions. Maintenant qu'elle a aperçu les enfants, ils règnent eux aussi sur ses pensées, maigres, crasseux, superbes, avec leur cité de boue et de carton.

Après que la grande fille aux bottines trouées l'eut éconduite, après qu'une voix ombrageuse lui eut crié de ne jamais revenir, après qu'un garçon aux oreilles décollées se fut rué sur les vivres qu'elle avait laissées, Gloria s'est éloignée. Elle s'est retrouvée sur un promontoire surplombant le petit ravin. De là, elle a passé la nuit à observer, d'abord dans l'espoir d'apercevoir Cassandra et Mathilda – elle n'a pas cru une seconde les paroles de la grande fille –, puis par simple fascination. Des tentes, des cabanes dans les arbres, des jambes courtes dans des lambeaux de vêtements, des corps étendus autour de feux de déchets… Des cris, des armes, des embrassades et pas un seul adulte en vue.

Le point entre ses yeux élance toujours lorsqu'elle arrive dans Chesnay. Quelque chose gronde sous ses pieds ; le ciel claque des doigts. Elle pique à travers la prairie pour rentrer plus vite chez elle. La compagnie du pitbull lui manque ; il est resté auprès des enfants. Dans la nuit de la Rouge, il lui est apparu que l'animal leur appartient bien plus qu'à elle.

Salomon est déjà dans le potager. Il est occupé à combattre des herbes envahissantes qui semblent prendre vie dès qu'il les empoigne. De loin, on dirait qu'il se bat avec des calmars géants. Apercevant Gloria, il lâche ses adversaires et se redresse.

– Les as-tu trouvées ?

– Non, mais j'en ai trouvé d'autres. Toute une bande. Les plus petits doivent pas avoir cinq ans. Y vivent dans une espèce de camp dans le nord du parc.

– Ah, c'est là qu'y sont installés.

– Tu les connais.

– De loin. Des kids de familles rough qui ont fait des fugues ou que les services sociaux ont échappés. Des orphelins d'overdoses, des filles de parents incarcérés. Sont combien ?

– Autour de vingt.

– Y viennent se ravitailler dans mes serres. J'en ai même bâti une juste pour eux, plus à l'ouest. Je m'en doutais qu'y avaient leur squat dans ce coin-là.

– C'est pas un squat. C'est un bidonville.

– Tes petites-filles sont pas avec eux ?

Gloria se masse le front.

– Pas sûre. Je les ai pas vues, mais j'ai l'impression qu'elles sont pas loin. Ceux à qui j'ai parlé ont rien voulu me dire.

– Guère surprenant. Y a un esprit de corps chez ces enfants-là. Y se protègent entre eux. Et font d'aucune façon confiance aux adultes.

– J'ai vu ça.

– Mais tu peux te consoler en te disant que Cassandra et Mathilda sont préservées par cette méfiance-là.

– Oui, mais dans quelles conditions ?

Sans répondre, Salomon enlève ses gants, et Gloria suit son regard jusqu'au bout du champ qui tremblote contre le ciel. Comme une créature sortie de terre, un corps apparaît à travers les friches. Hagard et amaigri, César les rejoint et s'agenouille près d'un rang de légumes. Gloria et Salomon le regardent faire, interdits. Du pouce gauche, César creuse un trou ; de la main droite, il attrape une motte de terre derrière lui et l'enfonce dans le trou comme s'il s'agissait d'un bulbe. Il plante de la terre dans la terre.

– César ! Qu'est-ce que tu fabriques ?

Le vieil homme agite la main pour faire taire Salomon, puis se dirige vers une caisse de courgettes qu'il transporte vers les plants, faisant mine de vouloir rattacher les légumes à leurs tiges. L'effort soulève une sueur aigre sur sa peau.

– César, répète Salomon d'une voix forte. César, arrête !

Mais son ami continue son manège, tentant désespérément de redonner aux plants leurs fruits, de cultiver à rebours. Tout à coup, il s'immobilise, happé par quelque force d'inertie ; son corps ondoie comme une corde pendue au vent. On dirait qu'il est sur le point de s'effondrer.

– Viens, lui dit doucement Salomon en l'attrapant par la taille. Faut te réhydrater, mon vieux. On va aller voir Théo.

Gloria les regarde s'éloigner, deux piliers d'une maison bancale, avant de quitter à son tour le champ. Devant chez elle, son regard est attiré par les ruines calcinées de la maison d'en face. Quelque chose a encore changé, à ras le sol, on dirait que des troncs percent la terre pour sortir. Elle secoue la tête, son front endolori proteste, comme une idée prise sous une pierre plate.

Le père d'Eunice avait toujours une chanson aux lèvres. Même vieux, même sénile, il fredonnait du matin au soir, souvent sans s'en rendre compte – s'il avait fallu qu'il fasse l'effort conscient de se rappeler les paroles de *Jean Petit qui danse* ou d'*Au chant de l'alouette,* il serait resté coi, paralysé dans une toile de mots insaisissables. Mais ces vieux airs étaient enfouis en lui, dans une zone antérieure à sa propre naissance, logés sous sa langue et dans ses nerfs depuis des générations, résistant à l'oubli et à la démence.

Après sa mort, Eunice a senti l'existence se délier. La tension et le labeur de chaque instant ont fait place à une plage de temps sans bornes. Cet espace a tout détendu : son corps, les murs de sa maison, ses pensées… Elle s'est fâchée quand Raquel lui a dit qu'elle pouvait enfin se reposer, parce qu'elle ne voulait pas admettre à quel point la disparition de son père l'avait libérée. Certes, elle s'occupait autant qu'avant, accrochée à des manières façonnées par la contrainte. Mais en vérité elle vivait et dormait mieux que jamais, apaisée par le fait de n'avoir à surveiller le sommeil de personne d'autre.

Sauf que le silence l'a rattrapée. Le doux *hum* de la présence de son père était quelque chose d'aussi vital que l'eau, l'air, l'électricité intermittente et l'odeur de feu. Eunice aurait voulu combler le vide en reprenant ses chansons, mais les mélodies lui échappaient, comme s'il y avait eu une cassure, que son père et elle avaient parlé des langues différentes. Le hiatus pesait sur sa maison comme une enclume. Elle n'y comprenait rien ; après des semaines d'un deuil paisible, quelle était cette chose bouillonnante atterrie de nulle part ? Au bout d'un moment, Eunice a enfin trouvé le courage de l'approcher. Et de reconnaître, avec la lassitude de ceux qui trouvent toujours la même chose, peu importe ce qu'ils cherchent, une colère sourde. Mais elle contient quelque chose de plus ; la fureur a fait un bébé, et ce rejeton est un impératif lancinant, une plaie à l'esprit. *Faire justice.*

Le vent s'engouffre dans les rideaux qui lui volent au visage. Eunice se rend compte qu'elle a les mains qui trempent dans l'eau de vaisselle froide, que ses jointures étranglent sans merci le torchon. Elle le lâche, tend l'oreille. Gloria est revenue de son expédition. Saine et sauve. Eunice sort sur son balcon arrière. Elle entend la bouilloire siffler, Gloria se prépare une chicorée, peut-être une soupe en conserve, à en juger par les effluves aigres qui lui parviennent. Elle n'a pas trouvé les petites. Sinon elle ne serait pas là, en train de se préparer un dîner affligeant, lente et seule. Mais elle a peut-être découvert quelque chose. Comme elle le fait depuis maintenant des mois, Eunice quitte la maison verte pour la jaune, ses questionnements pour ceux de sa voisine. C'est si facile de noyer ses soucis dans ceux des autres.

La chienne trotte au milieu de la rue. Son oreille droite lui fait mal, la morsure qui la lui a arrachée continue de brûler des années après. Elle a compris, depuis le temps, que cette douleur ne se taira jamais. Elle fait partie d'elle, elle a succédé à l'oreille et à l'époque des combats comme un nouvel organe venu remplacer l'ancien. Un cœur, un foie, deux yeux, une douleur.

D'habitude, elle préfère la forêt et ses petits humains, leur odeur sans artifice, mais depuis quelques jours, l'endroit ne convient plus. Elle est donc revenue aux sols bétonnés, aux relents de carbonisation, aux terrains en peine d'amour. Dans la forêt, le mal court. L'eau est imbuvable. Et la chienne a soif, elle est traversée d'une faim et d'une soif immenses, mais les corbeaux morts et les loutres échouées près de la rivière puent, immangeables. Elle n'a rien mangé depuis des jours lorsqu'elle arrive dans le champ où courent de petits rongeurs qu'elle croque sans effort. Sa faim s'apaise un peu. Une bassine remplie d'eau de pluie s'offre à elle comme un trésor. Elle boit jusqu'à ce que son estomac se tende, et plus bas, au creux de son ventre, de petits êtres remuent de bonheur, nourris par son sang, chatouillés par l'eau froide.

Le soir tombe déjà. La chienne n'est pas prête à dormir. Elle continue de sillonner le quartier. Une vieille femme aux doigts crochus veille dans son jardin ; armée d'une carabine, elle attend les bêtes qui veulent grignoter ses plantes. Flairant la proximité des balles, la chienne passe de l'autre côté de la rue. Derrière un mur au parfum douceâtre de moisi, deux femmes échangent des rires à voix basse, comme si chez elles la joie était un secret. Dans la cour voisine, un homme épuisé de prendre soin des autres s'allume une cigarette. Plus loin, un autre, très pâle, rentre chez lui, une odeur chimique le suit comme une ombre qui va l'effacer. À côté, le squelette d'un bâtiment pousse dans la nuit. En face, la maison jaune et la verte continuent de respirer l'une contre l'autre. Dans la première, la femme molle fait les cent pas ; dans la seconde, la femme dure essaie de dormir sur un deuil comme sur un tapis trop rêche. La chienne écoute leurs respirations troubles, puis elle se couche entre les deux demeures. Il fait bon dormir près des humains meurtris.

Même si on lui avait déjà parlé des corvées collectives comme de sortes de fêtes, Gloria ne s'attendait pas à ce que le grand ménage du dispensaire de Théophile soit aussi joyeux. La maison est pleine de gens, certains de l'avenue Clyde, d'autres inconnus à Gloria. Les Détroitfortins viennent de loin pour se faire soigner par Théophile, évitant ainsi la seule salle d'urgence de la ville où éclopés et pneumoniques attendent parfois deux jours avant de pouvoir parler au moindre aide-soignant. Lorsqu'il a demandé de l'aide, ses patients se sont ralliés. Le lit d'examen, les poignées de porte, les murs et même les magazines de la salle d'attente – tout y passe. L'énième vague de dysenterie qui frappe le quartier est vraisemblablement le résultat du traitement déficient de l'eau potable, mais Théophile pense que les malades peuvent transmettre l'infection à d'autres personnes. Il a donc orchestré une désinfection vigoureuse de ses installations.

Pendant qu'une dizaine de personnes récurent le rez-de-chaussée en se renvoyant des chansons à répondre, Gloria aide Francelin à aménager une chambre à l'étage. Théo n'héberge habituellement pas de patients, mais en gardant César près de lui, il croit avoir plus de chances de l'aider à prendre du mieux. De temps à autre, Minou, la compagne de Bûche, apparaît avec des oreillers ou de la literie qu'elle laisse tomber sur une chaise en claironnant « Stérile ! Stérile ! » avant de tourner les talons, laissant à Gloria le soin d'interpréter sa déclaration soit comme une annonce, soit comme une injonction. Eunice est repartie au bout de quinze minutes, après avoir glissé sur un plancher en céramique savonneux, provoquant chez Théo une nouvelle exclamation : « J'ai pas de besoin de plus de patients ! Retourne chez vous si tu tiens pas sur tes pattes. » Francelin, lui, déplace meubles et chaudières d'eau comme s'il s'agissait de ballons de plage, leste et inconscient de sa propre vigueur. À tout moment, des éclats de rire fusent du bas de l'escalier. Les odeurs de café et de Javel s'enroulent autour du bavardage de Francelin qui rapporte les derniers potins. Il paraît que Marina est partie s'installer à La Traverse, au sud de Fort Détroit, avec sa fille et sa mère. Il paraît que la Ville va démolir le Shling avant même qu'il rouvre ses portes. Il paraît que des touristes viennent en safari-photo à Fort Détroit, croquer des images des ruines. Il paraît qu'il y a eu un déversement sur l'île Gus. Il paraît que Salomon a eu une idée pour aider les enfants du parc de la Rouge. Gloria sursaute à ces mots, comme le cœur des amoureux à la mention de leur élu.

La chambre est vite prête. Un lit simple dont la tête se redresse grâce à un mécanisme conçu par Francelin. Une table de chevet, une bassine, un oreiller plat, des couvertures stériles. Une lumière du bout du monde par la fenêtre ouverte sur l'est. Une fois le travail accompli, Gloria et Francelin descendent au rez-de-chaussée, où leurs camarades sont rassemblés autour d'une assiette géante. Les frites qu'elle contient fument encore, diffusant leur texture huileuse partout. Une petite fille et un adolescent se précipitent sur le plat. En les regardant s'empiffrer sous le regard amusé de leurs parents, Gloria ne peut s'empêcher de penser à nouveau aux enfants de la Rouge, à leurs visages durs et leurs corps efflanqués. À Mathilda et Cassandra, affamées quelque part, proches et désespérément inatteignables.

Discrètement, un homme tire une guitare d'un sac de toile, puis une femme fait apparaître une clarinette. Sans se regarder, comme s'ils n'avaient pas remarqué la présence d'un autre musicien, ils entament un air dont on croirait qu'ils l'ont tricoté ensemble. Un mélange à la fois mielleux et saccadé, coulant et sautillant depuis le sud et le nord à la fois, un air pour survivre tant à l'exil qu'à l'occupation, à l'hiver qu'à la canicule, à la fatigue qu'au néant. Les mesures filent, puis, en crescendo, comme si les paroles lui revenaient petit à petit, l'assemblée entonne : *L'aurore se relève / de toutes les défaites / et là-bas sur la grève / renaissent les massettes / Oui s'il nous faut souffrir / pour trouver le chemin / alors nous pouvons rire / un peu main dans la main*... et Gloria verse des larmes silencieuses, soudainement frappée par le sentiment de ne pas être seule, de ne pas être la seule.

Gloria se déplace au ralenti, constate Eunice. Ou peut-être est-ce elle qui bouge plus vite ; la frénésie du doute, le supplice de l'impuissance accélèrent sa présence au monde. Une loi de la relativité dérivée du cœur. Devant le comptoir, Gloria verse deux verres de limonade avec une lenteur géologique.

Eunice est assise sur une chaise droite qui lui semble branlante. Elle se lève pour examiner les pieds, constate qu'ils sont tous les quatre bien appuyés au sol mais dès qu'elle se rassoit l'impression d'instabilité revient ; elle n'arrive jamais à vraiment *s'asseoir*. Agacée, elle se relève et ouvre le garde-manger.

– J'ai des peanuts piquantes, t'en veux ?

Dans ses mains, le sac d'arachides semble possédé ; son contenu se répand tout autour du bol. Gloria vient au secours de son amie, cueille les graines une à une, puis s'installe à sa place – elles ont maintenant leur place, leurs habitudes ensemble. Pendant qu'elles croquent les arachides si épicées que les larmes leur montent aux yeux, un grincement retentit, dehors, comme si un homme de bois s'étirait de l'autre côté de la rue. Eunice sursaute.

– C'est juste les ruines qui craquent, la rassure Gloria. Ou je sais pas quoi. En tout cas, y a quelque chose qui travaille dans les décombres de la maison brûlée.

– Mmhmm.

– Eunice, est-ce que ça va ?

– Je suis sur le gros nerf. Trop de café, je pense. Fait que, c'était quoi ton idée pour les deux petites ?

– Des lettres. Je vais en semer un peu partout en ville. C'est moins intrusif que des visites dans le camp. Et même si les filles les trouvent pas elles-mêmes, ça va finir par se rendre, tu penses pas ?

N'ayant enregistré aucune syllabe des propos de Gloria, Eunice se lève à nouveau, sans but précis.

– Eunice, es-tu dans la lune ?

Aussi soudainement qu'elle a quitté sa chaise, les paroles quittent sa bouche. La phrase sort toute faite sans qu'elle l'ait même pensée.

– Je suis prête. Je veux qu'on essaye de trouver le gaban qui a frappé mon père.

Gloria la considère d'un air posé, apparemment peu troublée par le changement abrupt de sujet.

– D'accord.

– Je sais pas par quel bout commencer.

– On va t'aider. Je vais t'aider.

– Je sais pas qu'est-ce que je vas faire quand je vas le pogner.

– Toi ? rétorque Gloria. La femme qui traîne un gun dans sa sacoche ?

Eunice assène une tape vive sur la table.

– C'est des cutters que je traîne dans ma sacoche. Mon gun est dans le tiroir de ma table de nuit, je te ferai savoir.

Gloria éclate de rire, puis pose la main sur le poignet de son amie. Ses doigts sont enduits de cayenne. Eunice les serre quand même.

– Je calcule pas de le tuer, tsé.

– Je sais.

– Mais y a personne d'autre pour le châtier.

– Je sais.

– J'en peux plus de l'impunité, dans cette ville. Je pensais m'être accoutumée. Mais non.

– On va commencer par le trouver. On verra après.

Une forme remue dans la pénombre de la chambre vide, se soulève, pousse un râle. Gloria plisse les yeux comme si un dragon venait d'apparaître au milieu de leur conversation. Deux yeux noirs se détachent de l'ombre.

– Le pitbull ? !

– C'est *la* pitbull. Elle s'est invitée l'autre matin et elle veut plus décoller. Elle passe son temps évachée sur le lit à mon père.

– Elle a grossi, me semble.

– No wonder, elle mange comme une couiche.

– C'est ben la seule qui trouve le moyen d'engraisser dans ce bois-là…

La chienne s'approche, pose la tête sur le genou d'Eunice et pousse un couinement navré, comme si elle aussi pensait à la même chose.

– J'arrive toujours pas à m'enrouler la tête autour de ça, fait Eunice en la caressant. Une troupe de flos qui vivent dans le bois, pas de parents.

– Je sais.

– Pour ça aussi, faudrait faire quelque chose.

– Salomon dit qu'y sont retournés à l'état sauvage.

– Y dit aussi qu'y a figuré un moyen de les apprivoiser.

D'un coup, Eunice engloutit le reste des arachides piquantes, pousse un grognement de douleur puis un soupir de satisfaction. La chienne se gratte l'oreille, le bruit ressemble à un envol d'oiseau.

– Lis-moi donc mon horoscope, Glo. J'ai l'impression que ça va y aller aux toasts, cette semaine.

Une ville déserte en plein jour est une chose. La nuit, le vide est imparable. Dans le noir, Salomon contemple les tomates, les pâtissons, les framboises. De mille façons, ces fruits représentent son salut ; ils sont sa garantie de n'avoir jamais le ventre ni les mains vides. Une manière de retenir ce qui s'effrite.

Les petits se font attendre, et il craint un instant que sa présence les ait détournés de sa serre. « C'est pas des devins, se rassure-t-il. Y peuvent pas savoir que je suis là. » Ses pensées dérivent vers César, qui sue des balles de fusil chez Théo. L'hémorragie n'est pas terminée à Fort Détroit. La ville continue à se vider.

La patience de Salomon se mue en somnolence ; sa tête dodeline alors qu'entre l'éveil et la chute son esprit déferle. Il rêve de remonter le temps. De revoir Fort Détroit plein de monde, plein de musique, plein de mots, plein de plein. Il rêve d'aller plus loin encore, de retourner, au-delà de son enfance, jusqu'à la ville d'avant les soulèvements et les délocalisations, avant l'industrie, les guerres, les traités, de la voir telle que Cadillac l'a vue en débarquant d'un des vingt-cinq canots de son expédition, de regarder les premiers colons faire dans leur froc en apercevant les Iroquois qui s'approchent ; il rêve de voir les Français manger une volée, se battre entre eux, Cadillac prendre un coup de poing en pleine gueule. Il rêve d'avoir accès au territoire d'avant la bêtise, gorgé d'une vie foisonnante qui parle un langage lent, fin et éternel. Il rêve aux paroles des lacs et des glaciers.

Des chuchotis autoritaires le tirent de sa torpeur. Magie vient d'entrer dans la serre, accompagnée de deux autres gamins qui marchent sur la pointe des pieds. Pour la première fois, Salomon découvre le vocabulaire fabuleux qu'ils ont inventé pour parler des légumes, *cœurs juteux*, *gourdins verts*, *mini-ovnis*. Dans son coin, il reste immobile et silencieux. Il veut observer le manège à la fois anarchique et efficace des sauvageons. Le garçon qui bégaie est là. Salomon ne l'avait pas vu depuis l'automne ; il le croyait mort. Ces petits doivent tomber comme des mouches, en hiver. C'est la première fois qu'il imagine leur existence en dehors de leurs incursions dans son monde à lui. Son esprit n'allait pas jusque-là, avant. Le périple de Gloria a tout changé. Il l'avait bien vu, dans ses cartes, le jour où elle est arrivée dans la maison de Judith. Cette femme passive allait faire bouger les choses.

Les récipients des enfants, façonnés à partir de bidons d'huile et de tiroirs de frigo, commencent à se remplir. Salomon regarde attentivement la petite Magie qui touche les tomates cœur de bœuf avec révérence. Elle est tellement concentrée qu'elle n'a même pas senti sa présence.

– Est-ce que les fraisiers ont marché, finalement ?

C'est comme s'il avait laissé tomber un pépin dans une fourmilière. Les enfants échappent leurs contenants, les légumes roulent à leurs pieds, le garçon qui bégaie tombe dans les courgettes. Pendant que Salomon continue de leur parler calmement, Magie le dévisage comme une apparition.

Enfin, il prononce la phrase la plus importante, celle pour laquelle il a attendu la moitié de la nuit.

– Si vous voulez, je pourrais vous montrer comment faire.

Comme un visiteur pressé de prendre congé, la peine n'a pas tardé à s'éclipser, faisant place à une colère immense, pâle comme un muscle chauffé à blanc. Sur le coup, Tic-tac a songé à dénoncer Fidji, Bleach et les deux fugitives aux enfants du Ravin, mais ce n'était pas assez. Il voulait leur faucher les jambes, les déchirer ; il aurait frappé n'importe où pour détruire leur univers impénétrable, crevé tous les abcès, fait pleurer les mots. Il voulait brûler le temps.

Ses vêtements sont encore mouillés de l'averse, ils collent à sa peau comme des caresses indésirables, la rage bat dans ses tempes et plus il s'éloigne du Ravin, plus elle l'assourdit. Il sait, grâce à son espionnage, où vit la grand-mère des deux filles cachées ; il sait que c'est près du champ, dans la maison jaune, là où ils avaient pris les pommes vertes à l'époque où son amour pour Bleach était encore beau et lisse, un trésor maintenant anéanti par le baiser cataclysmique auquel il vient d'assister.

À son arrivée au camp, après que Lego eut détruit sa montre, il ne pensait pas tenir deux jours. Il s'attendait à mourir de faim, de froid et de mélancolie – il sait comment fonctionne la mort, qui elle vient chercher et quand : elle est attirée par ceux que le monde a déjà abandonnés, que rien ne peut rattraper. Et ça, c'était lui, il faisait partie de cette race souffreteuse, un véritable condamné, jusqu'à ce qu'il pose les yeux sur Bleach, qu'il entende sa mélodie surnaturelle, qu'il se laisse absorber par sa lumière. Elle l'a sauvé et il a décidé dès les premières secondes qu'ils grandiraient ensemble, qu'ils se marieraient, qu'ils vivraient collés l'un contre l'autre, sans même un espace pour le vent ou les puces entre leurs corps. Bleach a rendu la vie au camp non seulement tolérable, mais magique. Et ensuite, elle l'a rendue insoutenable.

Ses jambes fatiguent, il ne se souvenait plus que la maison était si loin, avec Bleach, il avait semblé si facile d'y arriver, mais enfin il voit se profiler son pignon coiffé de mousse, puis une silhouette penchée au champ, seule, comme si elle l'attendait ; il repense à sa jupe et à son visage rond dans la nuit du Ravin, à ses questions désespérées et ses boîtes de conserve. Elle veut tellement savoir. Et c'est lui, Tic-tac, qui lui dira. C'est lui qui brisera les promesses, l'équilibre, qui mettra le feu à toute la ville.

Le ciel tombe sur les champs comme un drap géant. Pliée en deux, Gloria ramasse les courgettes dans le repli de sa jupe. Elle chasse doucement un scarabée ; il pétille en s'éloignant. Les tiges grouillent d'insectes. Sous le mercure des nuages, leurs dos de pierres précieuses luisent.

Elle regarde ses jointures et ses ongles noircis par le sol de Fort Détroit, une terre lourde, mouvante, crevée. Ses mains se sont transformées depuis son arrivée ici : les tendons saillent, les os se sont réalignés, sa paume jadis lisse et plane s'enroule. Des doigts qui prennent, qui cherchent, qui soulèvent le passé. Près d'elle, une volée d'étourneaux taillade la lumière. Elle se souvient de ces images anciennes dans un livre que possédait son oncle, représentant un ciel obscurci par une nuée de tourtes voyageuses. Ces oiseaux vivaient à l'époque en colonies si massives qu'ils cachaient le soleil. Afin de protéger leurs cultures, les premiers agriculteurs européens pouvaient en abattre trente mille en une seule partie de chasse. Face à leur nombre incommensurable, personne n'aurait pu imaginer la fragilité de l'espèce, son effondrement précipité. Personne n'imagine l'extinction des dominants.

Au moment où, sa tâche terminée, Gloria s'apprête à partir, une petite silhouette surgit, marchant vers elle en dérangeant à peine les hautes herbes. Au fur et à mesure qu'il s'approche, elle reconnaît le garçon entrevu la nuit de son excursion dans le parc de la Rouge, celui qui avait raflé ses boîtes de conserve à toute vitesse.

Son cœur s'arrête, comme pour ne pas l'effaroucher. Le corps pointu, les vêtements détrempés, les oreilles en portes de grange – on dirait un elfe sorti d'un terrier. Une fois arrivé à sa hauteur, il ne la regarde pas, ne se présente pas ; il reste planté là et attend que Gloria s'approche. Elle s'accroupit près de lui. Le garçon place ses mains en coupe autour de son oreille.

– Je sais où qu'elles sont.

Gloria tressaille.

– Qui ?

– Les filles que tu cherchais.

– Au parc de la Rouge ?

– Oui. Mais tu les trouveras pas, elles sont trop bien cachées.

– Elles ont pas à se cacher, répond Gloria dans un souffle précipité. S'il te plaît, dis-leur qu'elles ont plus rien à craindre. Je suis leur grand-mère, je les attends. Je veux prendre soin d'elles.

– Elles vont pas revenir. Elles pourront pas.

– Pourquoi ?

Le garçon se détache de l'oreille de Gloria et la regarde enfin, et dans ses yeux flamboie une lueur qu'elle ne parvient pas à identifier, quelque chose de dur, entre la colère et le triomphe.

– Parce qu'elles ont tué quelqu'un.

– Quoi ? Qu'est-ce qui te fait dire ça ?

– Je les ai entendues le dire. Elles se cachent de la police.

Pendant quelques secondes, Gloria croit être devenue aveugle, et cette impression masque d'abord le reste, comme pour la protéger, empêcher le monde de s'effondrer sous ses yeux, son cœur de s'évaporer dans l'air de Fort Détroit. Puis, elle recouvre la vue. Elle est à genoux dans la terre, son panier de légumes a disparu, le garçon aussi. Ses jambes fourmillent, exigent de bondir, mais le centre de son corps se révulse. Elle vomit sur une souche couverte de griffures. Ses yeux se fixent sur ces marques, elle s'essuie la bouche puis, d'un mouvement brusque, elle se relève. Les étourneaux s'envolent comme l'eau autour d'un coup de poing.

Les mains maculées de terre et de morve, Gloria cingle la porte de Jonas. La peau de ses jointures s'écorche, le soleil lui rompt le dos. À quelques pas de là, une chaleur noire pulse du tas de pneus qui gît dans la cour. Dans son esprit, l'odeur du caoutchouc surchauffé restera à jamais associée au matricide. Elle n'aurait pas cru qu'une telle chose puisse avoir une odeur, une forme, ni même un espace dans la conscience.

– Jonas, c'est Gloria, la mère de Judith. Ouvrez la porte !

Une forme floue s'ébranle à l'intérieur, une anguille qui s'éveille au fond d'un lac. La porte bâille. L'homme est incroyablement maigre ; son visage révèle non seulement la forme de son crâne mais le relief de ses maxillaires, les sillons entre les plaques osseuses. Il est vêtu d'écru, et ses fins cheveux châtains flottent sur ses épaules. Il ressemble à un prophète.

D'un pas lent, il avance sur le balcon et se laisse choir sur la marche du haut. Gloria est incapable de s'asseoir. Le sang continue d'exploser dans son corps, une bombe qui se recharge au fur et à mesure qu'elle détone.

– Dites-moi ce qui se passait dans cette maison.

Gloria se rend compte qu'elle a crié en voyant un chat détaler de sous le balcon. Jonas, lui, n'a pas cillé. Il observe ses mains en les faisant tourner, il les plie et les déplie comme si ses jointures étaient une sorte de mécanisme merveilleux et impénétrable.

– Est-ce que, reprend Gloria en s'efforçant de maîtriser sa voix, est-ce que mes petites-filles auraient pu en venir à s'en prendre à leur mère ?

Cette fois, il lève les yeux.

– C'est elles ?

Gloria reste figée, les poings serrés. Des larmes à la texture de pétrole collent à ses paupières.

– C'est ça que j'avais figuré, murmure Jonas.

– Pourquoi ? Pourquoi ?

L'homme fronce les sourcils, baisse les yeux comme si les mots qu'il cherchait étaient égarés quelque part dans ce corps trop long. Gloria a envie de le secouer.

– Devant moi, elle faisait attention, Judith, commence-t-il lentement. Mes parents me battaient, moi, elle savait que ça me faisait de la peine. Mais je l'entendais pareil. Cassandra, elle était presque grande comme sa mère, mais elle lui aurait jamais remis ses coups. Elle comprenait ce qui les attendait. Elle avait beaucoup peur de ça. Les familles d'accueil, les centres... Mathilda, elle prévoit pas autant, elle est dans le présent. Mais elle écoute tout le temps sa sœur.

Le cœur de Gloria tonne. Cet homme a si bien connu ses petites-filles, Judith. De plus en plus pâle, il poursuit :

– Judith avait tout liquidé. Ses affaires, celles de ses filles... Elle avait plus rien. Fait que...

– Quoi ?

– Elle avait décidé de les vendre.

– De vendre quoi ?

– De vendre ses filles.

La phrase lui est inintelligible.

– Les vendre, répète-t-elle.

– Oui.

– Comment ? À qui ?

– À ceux qui veulent des adolescentes.

Gloria se laisse à son tour tomber à côté de Jonas. Elle n'arrive pas à s'accrocher à quoi que ce soit, à extraire le moindre sens des paroles qu'elle reçoit.

– Elle m'a rien dit, ajoute Jonas en agitant les orteils dans ses sandales. Je l'ai entendue. J'entends tout, moi. Je sais que vous êtes venue ici deux fois. Je sais que vous avez vu le vieux monsieur mourir dans la rue. Je sais que la sorcière vous a ramanchée. Juste en écoutant. Les filles aussi l'avaient entendue. Pas long après, Judith est morte.

Affalée entre le prophète et la pile de pneus, Gloria émet des sanglots comme des crachats. Pleurer l'a toujours soulagée mais maintenant, c'est comme si on lui arrachait le visage. Elle voudrait fondre, une flaque vite aspirée par l'été puis recrachée dans le détroit étranglé par le passage d'années toujours plus chiches, fermées comme une main d'avare. Ce temps qui ne donne rien, ne rend rien, n'amène que des croix et des éboulis.

À côté d'elle, elle sent le corps de Jonas se soulever, et il y a à peine un effort dans ce mouvement, comme un ballon d'air chaud auquel on aurait donné du lest. Sa main est une plume lorsqu'elle se pose sur la nuque de Gloria.

– Elle avait un cœur, Judith. Vous allez penser que non. Mais c'était mon amie. Pis un jour, le cœur de mon amie a commencé d'être enterré.

Le silence se déroule derrière cette dernière phrase comme pour la rendre capable de réparer. Mais même dans une ville comme Fort Détroit, il n'y a pas assez de silence pour ça.

La rue Cécile-Tousignant vibre, imperceptiblement; les feuilles de roquette tremblent sur leurs tiges ténues. Salomon se dit que c'est ou bien le début d'une époque, ou bien la fin. Ou les deux à la fois, une mort et une guérison. Il s'essuie les yeux de ses longs doigts terreux. César est à l'agonie. Cet homme qu'il connaît depuis aussi longtemps que son propre nom est sur le point de quitter ce monde, et ses dernières paroles sont un délire d'asperges qui rentrent dans la terre et de haricots qui retournent dans leurs tiges.

Lentement, la vibration se mue en sifflement, en un chuintement qui petit à petit se module. Des voix de souris se font entendre, *c'est ici – non, c'est l'autre – il est partout de toute façon.* Salomon tressaille mais prend bien garde de se retourner tout de suite. Comme avec une bête effarouchée, il faut attendre d'être abordé, incorporé dans leur périmètre.

– On est là, annonce une voix fluette dans son dos.

Salomon se retourne prudemment. Tout de suite, il reconnaît le garçon aux livres, le bégayeur. La fillette aux cheveux longs qui pisse comme un garçon est là aussi. Et Magie, bien entendu. Celle-ci s'avance, porte-voix des deux autres, de dix ou peut-être vingt enfants qui dépendent de sa hardiesse.

– Tu pourras nous montrer comment faire, déclare-t-elle.

La phrase n'est ni une requête ni un ordre. C'est une autorisation. Les enfants permettent à Salomon de leur enseigner quelque chose. Celui-ci opine gravement, devinant qu'il s'agit d'une première pour ces gamins à qui aucun adulte n'a jamais inculqué quoi que ce soit – à part peut-être la peur.

– Qu'est-ce qui vous a décidés ? demande-t-il.

Magie esquisse une moue dédaigneuse.

– Les autres chantent la guerre.

– Pis aussi, y jousent dans ma cour à scrap, renchérit la fille aux cheveux longs.

– Nous, on aime mieux manger.

– Parfait, dit Salomon, c'est bien. Par quoi vous voulez commencer ?

Les trois petits se consultent du regard. Le garçon aux livres prend les devants.

– P-p-par le commencement. C'est qu-quoi le truc ?

– Le truc pour quoi ?

– P-pour dire aux plantes de faire sortir des choses qui-qui-qui se mangent ?

Salomon reste coi, préférant adopter le silence plutôt que de répondre par une question encore plus absconse que celle qu'on vient de lui adresser.

– Oui, ajoute la fille aux cheveux longs. Dans la forêt, les plantes ont pas de fruits. Qu'est-ce que tu ferais aux tiennes pour qu'elles t'en donnent ?

Comprenant enfin, Salomon ouvre les mains, et c'est comme si la serre au complet écartait les bras, comme si toute la vie qu'elle contenait sortait de son mutisme.

– Premièrement, je suis sûr qu'y a plein de plantes qui font des fruits dans le parc. Faut juste les trouver au bon moment. Deuxièmement, il faut choisir ce qu'on pousse.

Le petit garçon ouvre de grands yeux.

– Hein ? C'est t-toi qui choisis ?

Salomon sourit. Le plus doucement possible, il pose sa main sur son petit dos osseux. L'enfant sursaute mais se laisse guider jusqu'à la bibliothèque des semences, suivi par les deux autres.

– Regardez, commence le vieux.

Ça fait deux jours qu'elle la regarde faire. La femme molle n'est plus molle. Elle n'est pas dure non plus ; elle est comme une flamme. Son énergie perce les murs de sa maison, perce la lumière et les sons, et la chienne la regarde, éblouie. Elle lui fait penser aux crapauds qui tolèrent la chaleur sans jamais chercher à fuir, jusqu'à se consumer.

La femme a beaucoup pleuré, elle a crié et cassé des objets, elle s'est emparée d'une boîte froide qui empeste la mort comme si elle voulait la détruire, elle l'a serrée contre son ventre, puis elle l'a éloignée au bout de ses bras et enfin elle l'a déposée où elle l'avait prise. Elle a voulu dormir mais son corps bouillait, elle a voulu prendre un bain mais l'eau l'écorchait.

Au milieu de la deuxième nuit, elle sort dans le vent plein de plumes et de fouets et regarde la chienne, elle lui demande quelque chose avec ses yeux. La chienne est fatiguée, mouvoir son corps lui coûte de plus en plus, mais elle sait, comme elle savait le jour où un tueur est entré dans la maison jaune, qu'elle est la seule qui peut. C'est à elle de répondre à cette femme incendiée par l'existence, par cet amour insensé que portent les humains. Alors elle saute sur ses pattes, fait quelques tours sur elle-même, jappe trois fois, et le visage de la femme se transforme. De peine et de misère, la chienne parvient à se mettre au trot, puis au galop. Derrière elle, la femme s'élance, elle la suit dans les rues morcelées, et ensemble, elles courent, deux femelles appesanties par l'âge et la maternité, elles bondissent comme si la lune pouvait les aspirer. Elles ne rentrent qu'à l'aube, la peau de l'une ruisselante, le poil de l'autre gorgé de sueur et de rosée. La première s'écroule immédiatement sur un meuble à la bourrure informe. La seconde attend, feint quelques instants encore l'attention et l'endurance puis, lorsqu'elle est certaine que la femme dort, qu'elle est en braises plutôt qu'en flammes, elle se laisse à son tour tomber, descendre longtemps dans sa fatigue, jusqu'au fond de son sommeil de loup.

Raquel avait raison. Son traitement d'il y a quelques semaines a transformé Gloria. L'effondrement et la catatonie ne font plus partie d'elle. Ils ont été remplacés par une agitation qui la propulse, même si c'est pour tourner en rond sous le regard effaré d'Iggy.

Comme si elle répondait à son état d'esprit, la maison d'en face est décidément en train de se reconstruire – bien que *reconstruire* ne soit peut-être pas là le bon terme. On dirait plutôt qu'elle a repoussé, surgissant graduellement de la terre, une chose à la fois neuve et ancienne dont rien ne pourrait venir à bout. Elles font bon ménage, toutes les deux, se dit Gloria en coiffant comme elle peut ses cheveux frisottés par la canicule ; l'une qui brûle de l'intérieur, l'autre qui renaît de ses cendres.

César a succombé à la maladie, malgré les efforts de Théo. Avec une dizaine d'autres patients souffrant des mêmes symptômes ravageurs, l'infirmier semble exténué. Mais il continue de les soigner, de les hydrater, de contrôler leur fièvre. Il fait ce qu'il peut devant l'inconnu.

Gloria le rejoint devant chez lui, où il discute à mi-voix avec la famille de César, une femme statuesque, sans doute sa fille, et ses deux petits garçons. Petit à petit, les voisins et amis arrivent à leur tour, Eunice, Bûche, Minou, Alain, Clarence-au-toupet, Ulysse et Salomon. Raquel n'est pas là ; personne ne l'a vue depuis un moment.

– J'espère qu'elle a pas pogné la même affaire, dit Minou.

– Please. Elle va vivre jusqu'à cent ans, répond Eunice.

– Personne vit jusqu'à cent ans, rétorque Bûche. La ville bouffe son monde ben avant ça.

Salomon, Ulysse, Alain et la fille de César portent le cercueil improvisé – une planche de bois sur laquelle le corps décharné, enveloppé d'un drap, repose. Le petit groupe s'engage sur l'avenue Leblond, lent et incertain, comme si tout à coup personne ne connaissait le chemin. César, à l'instar des autres membres de l'OAI, avait demandé à être enseveli dans un de leurs champs. En marchant, Gloria pense aux cendres de Judith. Si elle pouvait les brûler une seconde fois, elle le ferait.

Eunice avance tête baissée, obnubilée par les crevasses. Gloria a les pieds qui bouillent dans ses sandales, l'impression d'une soif logée dans la plante, dans les orteils. Elle prend la main de son amie. Leurs paumes se réchauffent au contact l'une de l'autre.

– Ça va ? demandent-elles en même temps.

– Ça va, répondent-elles encore, à l'unisson.

Leurs pas s'accordent, alourdis par les soucis mais pressés d'arriver à l'étape suivante.

– Chaque fois que j'apprends quelque chose de nouveau, dit Gloria, je me rends compte que les indices étaient là. La dépendance de Judith, la violence... Tout était devant moi, mais on dirait que j'arrivais pas à comprendre le sens jusqu'à tant qu'on me le dise.

– T'avais des indices de ce que les filles ont fait ?

– Non mais... tu sais, l'enregistrement, l'appel au 911 ? Je pense que c'était ça que j'entendais. Dans la voix de Cassandra. C'était pas le ton de quelqu'un qui panique. C'était un autre genre de choc. Quelqu'un qui peut pas croire ce qu'elle vient de faire. Peux-tu croire qu'elle a voulu les vendre ?

Eunice secoue la tête.

– La traite humaine, c'est un marché florissant, ici. Depuis le début, en plus.

Là-haut, des nuages en fer-blanc roulent sur eux-mêmes. Un orage approche. La procession se hâte cahin-caha pour arriver à la dernière demeure de César avant la tempête. Le trou est déjà creusé, le corps y descend aisément, comme attiré par un aimant au centre de la terre. La petite assemblée recule imperceptiblement, de peur, sans doute, d'être aspirée par ce sol qui mange les vivants. Eunice et Gloria restent en retrait, regardent le ciel plutôt que la tombe. Elles n'en peuvent plus. Eunice est impatiente, presque exaspérée par la mort. Gloria songe à sa fille, aux enfants, incapable de dissocier ce que Jonas lui a révélé et ce qu'elle a vu dans le parc de la Rouge, comme si c'était Judith qui avait placé les gamins là, qu'elle avait vendu, un à un, tous les enfants de Fort Détroit. Ses yeux se portent vers la fosse, vite remplacée par l'image d'une baignoire, de deux filles qui maintiennent un corps sous l'eau. Cassandra, Mathilda, leur existence contaminée. Elles aussi, elles sont sous terre, ensevelies vivantes.

Eunice peste sur tout le chemin du retour. Elle est partie avant la fin. Dès que le discours de Salomon est passé de la généalogie de César à un exposé sur les Trente Glorieuses, elle a compris que l'orage aurait le temps de balayer la ville et de retourner se coucher avant que l'oraison funèbre se termine. Elle pense à ce que Bûche a dit sur la ville qui mange ses habitants. Elle pense à son père, à tous les périls qui l'auraient frappé si le chauffard ne l'avait pas fait, à Marina, partie vivre à La Traverse – d'abord pour se rapprocher de l'école de sa fille, mais peut-être aussi pour les préserver, elle et les siennes ?

Le tonnerre culbute aux portes de la ville lorsqu'elle arrive sur l'avenue Leblond ; le vent souffle plus frais. Elle essaie de se dépêcher mais quelque chose la ralentit, la confusion, l'incomplétude, un poids qu'elle traîne comme un boulet ; on dirait que ses pieds pataugent dans une soupe trop épaisse. Du coin de l'œil, elle aperçoit une silhouette encore plus lasse que la sienne. Au pied d'un immense oiseau fait de boîtes de conserve, Raquel se tient immobile, les bras repliés sur sa poitrine.

– T'es là, toi ! Les autres pensaient que la dysenterie t'avait terrassée. Je leur ai dit que ça se pouvait pas, les microbes ont trop peur de toi.

Raquel ne répond rien, et en s'approchant, Eunice constate que sa vieille voisine pleure. Les larmes ont un aspect incongru sur ce visage entaillé par l'entêtement et le corps des autres, comme une lézarde sur un diamant.

– Quoi ce que tu fais là ?

– De quoi ç'a l'air ? Je pleure la mort de mon amour, voilà ce que je fais !

– Quel amour ?

Raquel émet un claquement de langue irrité.

– César, qui d'autre ? On s'est aimés toute une vie et j'ai même pas été capable de me rendre à son enterrement.

– Toi pis César?

La vieille femme se redresse et la toise avec superbe.

– On s'aimait de loin. Y a longtemps, on a compris que vivre ensemble, c'était pas possible pour nous. Il était pas capable de me partager. Moi je pouvais pas être la femme d'un seul homme. Mais d'une certaine manière, je l'ai été. C'est l'homme de ma vie qui vient de partir.

Eunice se retient de lever les yeux au ciel. Raquel a fait la même scène à la mort de Mikel, le vieux cordonnier de la rue Young, et de Yehudi Steinberg, le propriétaire de l'ancienne fruiterie Boushel. À croire qu'elle a eu plusieurs vies, comme un chat, pour y enchâsser un homme différent à chaque fois, un amour impossible par monde possible. Au-dessus d'elles, l'oiseau métallique semble prêt à battre des ailes. Eunice ne l'avait jamais remarqué. Les œuvres d'art urbain poussent ici comme les mauvaises herbes: sans explications et dans le ravissement. Un craquement sonore lui rappelle la marche de l'orage sur la ville. Elle les secoue, elle et la veuve éplorée.

– Allez, vieille croqueuse. Je te ramène chez vous.

Bras dessus, bras dessous, les deux femmes trottinent jusqu'à l'avenue Clyde sous les menaces du ciel et les invectives des criquets. Soudain, un mugissement enterre ces sons, une sorte d'appel péremptoire. Raquel et Eunice lèvent les yeux vers le bout de la rue, d'où une masse bigarrée et camuse fonce à toute vitesse. Tapie sous le vacarme du moteur, une voix étouffée grasseye dans un haut-parleur des paroles indéchiffrables mais dont le ton sentencieux filtre malgré tout. L'engin passe trop vite pour qu'on puisse distinguer qui se trouve de l'autre côté des vitres teintées. Mais les lettres géantes sur le flanc de l'autocar sont parfaitement lisibles. *URBAN DECAY TOUR – DÉCOUVREZ LES RUINES DE FORT DÉTROIT.*

Sans prévenir, les genoux d'Eunice ploient; elle se retrouve à quatre pattes sur le trottoir, sa chute amortie par les pissenlits qui en inondent les fissures. Alors que l'autocar disparaît au coin de la rue, Raquel la dévisage d'un œil perçant. Eunice attrape la main qui la tire vers la verticale avec une surprenante vigueur. Dans son esprit, le pivot de ses pensées vient de se déplacer.

Qu'est-ce qui disparaît lorsque meurt un ami ? se demande Salomon, debout dans le champ guetté par l'orage. Les funérailles sont terminées, les survivants sont repartis, le corps de César est enseveli dans la terre à laquelle il a consacré ses dernières années. Une des choses qu'on perd, pense Salomon, c'est celui qu'on était avec cette personne, les parties de nous qu'elle faisait exister. Dans le cas d'un ami aussi ancien, on est également dépouillé du souvenir de ce qu'on a été. Plus personne, désormais, ne se rappelle le Salomon de vingt ans, amoureux fou, demandant à César d'être son témoin à un mariage qui n'aurait pas lieu. Plus personne ne peut décrire le garçon de treize ans qui jouait aux dés dans la rue pour payer ses leçons de musique, qui fuyait les brutes du secondaire, qui lançait des roches à la police. Plus personne ne se souvient de la tête qu'il faisait lorsqu'à cinq ans on l'avait assis pour la première fois devant un piano droit.

Soudain, une autre vision se superpose à celle de César, une image imparable. Le ciel était exactement comme aujourd'hui. Les courgettes et les tomates Borghese à la peau fine étaient en pleine explosion, gorgées de jus et de couleur, toutes prêtes à être récoltées. Il était seul au champ et la grêle approchait, menaçant de tout détruire. Il avait commencé à cueillir à toute vitesse, en panique, persuadé qu'il n'y arriverait pas à temps.

Judith était alors surgie de nulle part, vêtue d'un jeans coupé aux genoux et d'un t-shirt qui flottait sur son corps maigre.

– Course contre le temps ? avait-elle dit d'une voix un peu rauque, comme si elle émergeait du sommeil. Je te donne une main.

Sans attendre l'approbation de Salomon, elle s'était emparée d'une caisse de bois et avait commencé à la remplir. Ses gestes étaient adroits ; confondu, Salomon l'avait regardée faire quelques instants avant de se ressaisir et de reprendre l'ouvrage. Ils avaient travaillé côte à côte en silence, comme si c'était la chose la plus naturelle du monde, tous deux plongés dans une sorte de transe mécanique rythmée par le bruit de leurs semelles sur le sol assoiffé et le grondement du tonnerre. Après avoir cueilli la dernière courgette, il s'était retourné, prêt à aller se mettre à l'abri. Judith se tenait immobile à l'autre bout du potager, le regard tourné vers le ciel. Un grand sourire s'étalait sur son visage. Levant les yeux, Salomon avait à son tour aperçu les nuages qui s'étaient séparés, comme déchirés par un coup de hache géante. À l'est et à l'ouest, la tempête cinglait la terre mais ici, le soleil soufflait sur le pré, et la peau blême de Judith le captait comme une source d'eau vive.

– Merci, tu m'as sauvé.

Elle avait haussé les épaules, puis elle s'était saisie d'une boîte de tomates.

– Ben oui, sers-toi ! s'était empressé d'ajouter Salomon. Prends des courgettes, itou.

– Nan. Mes filles haïssent ça, les courgettes.

Sous le ciel bas, Salomon la regarde s'éloigner sur ses jambes frêles, fouler la tombe de César qui, à quelques toises de là, continue d'arracher les herbes folles, et toute la vie de Salomon s'entasse dans ce champ soudain trop étroit, trop profond.

D'un pas décidé, Gloria suit le tracé qui louvoie entre les lots abandonnés de Seigneur-Printemps, le quartier situé au nord de Chesnay. Son horoscope matinal lui a donné le courage de se mettre à l'œuvre : *Les vannes sont sur le point de s'ouvrir. Continuez à creuser, à mains nues si nécessaire, jusqu'au sang s'il le faut. Votre guide spirituel animal : le raton laveur.*

Depuis les révélations de Jonas et du garçon aux oreilles décollées, l'horizon lui semble embrouillé, tant celui de la ville qui dissimule ses petites-filles que celui de son for intérieur, où une digue maintient la honte, la compassion et le dégoût dans le même vortex. N'écoutant que la sagesse des astres, elle s'est donc résolue à persister, à lancer des appels jusqu'à ce qu'une réponse émerge, que quelque chose se détache du fatras de Fort Détroit.

Elle s'arrête devant une vivante, un cottage vétéran qui semble passablement fréquenté. Méthodiquement, elle y dépose un sac de biscuits auquel elle attache une enveloppe jaune serin, sa lettre aux enfants de Fort Détroit, ultimement destinée à Cassandra et Mathilda. À mots couverts, elle leur fait comprendre qu'elle connaît leur secret, qu'elle demeure déterminée à les accueillir, qu'elles n'ont à craindre ni représailles ni police. Une bouteille dans la mer de la cité. Puis, sur la palissade qui borde la vivante, déjà chargée d'avis de recherche déchirés, elle agrafe une feuille, verte celle-là. Alors que les enveloppes proposent une solution, l'affiche pose une question, adressée à toute personne détenant des informations sur la mort du père d'Eunice. Cette dernière a pesté contre l'idée, puis contre la formulation des phrases, puis contre la couleur. Mais elle a fini par donner son accord. Les bouteilles sont leur meilleur espoir.

Lorsque Gloria reprend sa route, les papiers bruissent dans son sac ; on les croirait vivants, eux aussi. Et ils le sont, d'une certaine manière : tournés vers les possibles. Elle a déjà semé une trentaine d'affiches et quinze lettres à divers endroits de Chesnay, de Perlemère, toujours accompagnées d'une petite gâterie, sauf là où il y a de quoi attirer les gamins au ventre creux, comme les rares conteneurs d'aliments encore sains, ou dans les serres de Salomon. C'est d'ailleurs là qu'elle met le cap.

Les installations de la rue Hameder sont vides. L'atmosphère y bourdonne, comme si l'air bouillait dans la chaleur de midi. Gloria s'avance dans les rangées de plants disposés de manière sinueuse – les vieux de l'OAI n'ont plus le compas dans l'œil. Au sol, un sou noir tire un reflet dans sa pupille ; Gloria le ramasse, le serre dans sa paume, fait un vœu pour Eunice, et un autre pour Cassandra et Mathilda, pour les enfants de la Rouge. Il y a trop de gens à sauver et pas assez de sous perdus, jamais d'étoiles filantes. Gloria ferme très fort les yeux, puis pose les lèvres sur le côté face de la pièce de monnaie et l'enfonce dans la terre.

Au bout du rang, de minuscules drosophiles tissent des motifs soyeux autour de framboisiers dont les fruits commencent à étinceler. Gloria y accroche une autre lettre, suspendue entre le rouge et le vert, entre le sucre et les épines. Un message infusé d'amour, cerné par la rémanence de la violence. Un ton confiant, même si Gloria a l'impression d'avancer dans un marécage. Car, bien qu'elle demeure résolue à sortir les filles du bois, au-delà de cette certitude, elle ignore tout. Comment s'occuper d'enfants qui sont allées si loin, si jeunes ? Arrivera-t-elle à racheter Judith, à se racheter ? Pourra-t-elle un jour penser à sa fille sans avoir envie de s'immoler sur-le-champ ?

Elle émerge de la chaleur assourdissante de la serre et se dirige vers l'ouest dans la rue Hameder. Sur la dernière paroi d'une maison sinon entièrement calcinée, un gigantesque graffiti ordonne : *GARDEZ LA FOI.* « D'accord », murmure Gloria avant d'y apposer une affichette verte. Comme une réponse, un bruissement retentit en hauteur. Elle lève les yeux pour découvrir une famille de ratons laveurs à la fourrure fourmillante de soleil. Ils dorment dans un tilleul, en équilibre incompréhensible sur les branches. Une sorte de paix se dépose sur ses épaules. Tout est possible, se dit-elle.

– C'est dans les années soixante que ç'a pété, dit Salomon. Par avant, tout était harmonie et prospérité. C'est ce que les journaux disaient, en tout cas. L'harmonie, c'était surtout celle des wasps, et la prospérité, celle des Américains qui se sont toujours sentis chez eux ici. Le reste du monde vivait dans des taudis surpeuplés. Les immigrants étaient cabanés dans des quartiers bâtis trop vite qui flambaient pour un oui ou pour un non. En dehors de là, personne aurait loué à un Italien ou à un Ukrainien, encore moins à un Chinois. On disait que c'était de leur faute si leurs bâtisses brûlaient sans arrêt. Des bicoques construites tout croche avec des fournaises défectueuses... Les Noirs, eux, ils avaient carrément pas le droit d'habiter dehors de leur quartier, c'était un règlement municipal ! Mon grand-père a passé sept nuits en prison pour avoir signé un bail dans Perlemère en trente-neuf ! Les francophones blancs avaient plus de liberté de mouvement, mais comme les autres proles, y vivaient avec les rats et se tapaient les jobs sales.

– C'est quoi, les proles ?

– Les prolétaires, la plèbe, les sous-employés. C'est comme ça que le français est devenu la langue des pauvres, la langue du peuple. C'était une manière de code secret que les boss pouvaient pas comprendre.

– Pfft !

Salomon interrompt sa leçon d'histoire et considère Magie, qui compacte la terre de toutes ses forces autour d'un plant de concombre.

– Attention, Magie. Si la terre est trop tassée, la plante sera pas bien.

– C'est même pas de même que le français avait arrivé, rétorque-t-elle.

– Ah bon ?

– C'est le Nain rouge qui avait apporté le français ici. Au début, tout le monde parlait anglais. Mais le Nain rouge a venu, il va voir tous les bébés orphelins de la ville, et au lieu de les laisser apprendre l'anglais, il met des mots français dans leur tête. Quand qu'ils ont commencé de parler, ça sortait en français.

– Le Nain rouge, hein?

– Ben oui, renchérit soudain Jolie, qui désherbe le rang de choux-fleurs. Même son nom: *Nain rouge.* Il s'avait jamais appelé le *Red dwarf,* tsé?

– Les enfants, la ville a été fondée par un Français. Antoine Laumet de Lamothe Cadillac. C'est pour ça qu'y a du français à Fort Détroit.

– Pas rapport, riposte Jolie. Cadillac, c'est une auto. Y avaient inventé un personnage de mousquetaire pour en vendre plus.

Salomon se retourne, à moitié désemparé, à moitié amusé.

– D'où tu tiens ça, toi?

– C'est Vishnu qui m'avait raconté.

– Vishnu?

– Faudra pas croire tout ce que t'entends, monsieur Salomon. Ma boîte de poivrons est vidée. Je pourras-tu en avoir d'autres?

Le vieil homme se dirige vers la remise bancale en écoutant les craquements de ses articulations. La présence de ces gamins vifs et impatients lui fait sentir son âge. Il soulève un plateau de plants et l'apporte à Jolie qui danse d'un pied sur l'autre. Le rythme des enfants le sidère. Ils peuvent abattre plus de travail en une heure qu'un adulte en une demi-journée. Puis, sans crier gare, ils s'allongent et s'endorment sur place, comme des chats, et s'éveillent d'un bond pour reprendre leur besogne où ils l'avaient arrêtée.

Ils ont passé la semaine à faire le tour des champs et des serres de Salomon, et leur travail a été si efficace qu'il a décidé de leur confier un terrain qu'il pensait laisser en jachère une année de plus, faute de temps. Comme il est relativement proche de leur campement, Salomon leur a proposé de choisir les cultures. Ce sera leur champ.

– Mmais la ré-révolte, là-de-dedans ? reprend Bègue, qui ne veut rien manquer de l'histoire.

– Ah oui, la révolte. Ç'a commencé avec des grèves, des manifestations. Mais comme les choses changeaient pas assez vite, ç'a fini par un soulèvement en bonne et due forme. Comme si on avait fait bouillir un chaudron déjà trop plein.

– Ça, ça ffait des dé-dégâts.

– Exactement.

– Y a-tu eu des morts ?

– Oui, des morts et des blessés, surtout chez les gens de couleur, comme toujours.

– Toi t'avais-tu été blessé ?

Salomon se gratte la tête.

– Oui. Blessé pis arrêté, comme à peu près tout le monde de ma famille. Mais la pire affaire est venue dans les années d'après.

– Quoi ?

– L'exode des fortunes. Ça, c'est quand les riches sont partis avec leur business pis leur argent pis qu'ils ont laissé les pauvres s'arranger avec le chômage, les infrastructures débrettées, les quartiers pollués, la ville en faillite. Fort Détroit s'est retrouvé seul au monde. Les Américains ont plus rien voulu savoir d'investir ici ; le gouvernement a fait mine d'aider ceux qui restaient, mais y fournissait pas pis, au fond, y s'en sacrait un peu, de cette gang d'immigrants, d'illettrés, des inférieurs qui voulaient pas rester tranquilles. On a été placés dans une quarantaine qui finit plus.

– Une quarantaine ?

– Quand on isole quelqu'un.

– Ah, une punition.

– Oui. C'est ça, c'est une punition. Y nous ont punis d'avoir demandé mieux.

– On vient de faire ça, nous autres. Avec un qui faisait du trouble.

– Qu'est-ce qu'y avait fait ?

– Y avait dit des affaires qu'y avait pas d'affaire à dire. Mais y a sa leçon.

D'un seul mouvement, les trois enfants se tournent vers la tour du Lys qui point à l'ouest comme un gigantesque os blanchi par le soleil. Salomon tente de discerner ce que les gamins semblent voir si nettement, mais il ne perçoit que le flou de la chaleur d'été, un flottement qu'on croirait animé d'un rythme régulier. Tic, tac, tic, tac. Les enfants se remettent à creuser.

Eunice est plongée dans les vieux journaux depuis si longtemps que même ses idées sont maculées d'encre. Clarence, qui pour une raison obscure collectionne les quotidiens locaux, a accepté de lui prêter ceux de la dernière année. Avec une patience en dents de scie, Eunice les épluche, en quête de cas similaires à celui de son père, accidents, délits de fuite, piétons laissés pour morts au milieu d'un boulevard, dans l'espoir d'identifier des suspects. C'est une tâche minutieuse qui la rend complètement folle. À côté d'elle, la chienne halète sur la robe de chambre de son père, léthargique après une nuit à tourner en rond dans la cuisine. Au moment où Eunice entame le mois d'avril, la porte arrière s'ouvre avec fracas. Eunice se redresse. Deux fillettes apparaissent dans le salon. La saleté émane d'elles comme une lumière.

– On vous a pas appris à toquer aux portes ?

– Non, répond celle qui, sous sa couche de crasse, semble être d'une pâleur aveuglante.

Eunice, indignée, se tourne vers la chienne.

– Pis toi ? Tu jappes même pas ! Tu parles d'une chienne de garde.

– C'est sûr qu'elle jappera pas, elle nous connaissait, lance la petite dont les joues sont si tachées qu'elle a l'air de porter un masque.

– Pis aussi, elle accouchera, renchérit l'autre.

– Quoi ?

Comme pour corroborer les propos de la fillette albinos, la chienne pousse un gémissement et se remet à haleter.

– Tu vois comment ce qu'elle respire ?

– Oui, elle fait ça depuis hier soir. Elle a chaud.

– Elle a pas chaud. Elle accouche.

– C'est pour ça qu'on a venu.

– Bleach l'avait vue par la fenêtre.

Eunice doit reconnaître que la chienne a un comportement bizarre depuis quelques jours. Ses vieilles tantes disaient toujours qu'une femme devient un peu maboule quelques jours avant d'enfanter. Eunice considère la plus grande des deux filles.

– C'est toi, Bleach ?

– Oui. Elle, c'est Vlime, la meilleure amie de Priscilla.

– Priscilla ?

– On était venues pour lui aider un peu.

Eunice reste immobile. Ses membres fourmillent, elle a l'impression qu'un vent la sculpte de l'intérieur comme une dune. Des bébés sont sur le point de naître.

– Qu'est-ce qu'y faut faire ? demande-t-elle.

Les deux petites filles échangent un regard.

– On le sait pas, nous ! C'est toi, la femme !

Quelques heures plus tard, toutes les serviettes d'Eunice sont tachées et cinq minuscules chiots couinent contre le ventre de leur mère. Le sixième est mort-né ; sans un mot, Bleach et Vlime l'ont emporté dans la cour, petites fossoyeuses aux gestes résolus, habituées à enterrer des jeunes vies. Accroupie devant la litière, Eunice sanglote. Elle caresse les flancs fragiles, les têtes fripées des chiots et pleure son existence entière, sa propre naissance et la fin de son père, les cordes qui la relient aujourd'hui à bien plus de morts que de vivants ; elle pleure l'incurabilité du deuil et la beauté des premiers instants d'une vie, la petitesse des pattes maladroites, les mouvements de ces êtres qui ignorent encore tout mais savent exactement où aller pour se nourrir, pour commencer leur vie.

Debout derrière elle, Vlime et Bleach attendent que les larmes cessent, comme si cette débâcle était la chose la plus naturelle du monde. Vlime a trouvé du pain dans le garde-manger, elles grignotent en cherchant des noms pour les nouveaux venus selon les motifs de leur pelage, la forme de leurs oreilles ; déjà, elles ne voient plus la mère, l'esprit élimine spontanément les choses qui lui sont inconcevables. Il n'y a qu'Eunice pour murmurer d'une voix mouillée : « T'as bien fait ça, ma grande. T'as été bonne, Priscilla. »

Et sous cette tendresse, Bleach est la seule à entendre le cri de désespoir qui traverse le quartier, jailli, dirait-on, de la tour du Lys.

Elle fonce à travers l'air, le smog et le pollen et les sortilèges. Bleach aime Fidji de tout son cœur, mais elle ne peut pas laisser un kid crever de chaud, de faim et de solitude. Fidji le sait, c'est certainement la raison pour laquelle elle lui a caché qu'elle a fait emprisonner Tic-tac après qu'il eut confessé avoir dénoncé les deux sœurs à leur grand-mère. Officiellement, il est accusé d'espionnage et de trahison, mais personne ne sait ce que ça veut dire, ni ce qu'il a trahi au juste – c'est sans doute davantage pour éviter qu'il évente d'autres secrets que Fidji a voulu l'isoler.

Lego et Loupiote ont refusé d'exécuter la condamnation, Lego parce qu'il fait la grève, et Loupiote parce qu'elle s'est lancée corps et âme dans la planification de l'Attaque – c'est à la fois étrange et beau de la voir coopérer avec Pow-pow alors qu'ils se sont toujours détestés ; à présent ils manigancent, tracent des schémas et protègent la réserve d'explosifs comme si c'était la dernière poche de patates de l'univers. Ce sont donc Yatim et Méthode qui ont accompli les ordres de la cheffe et isolé Tic-tac sur le toit de la vieille tour, là où personne ne le trouvera puisque plus personne n'y va, parce qu'on ne sait jamais si elle existe ou pas, si elle est démolie ou ressuscitée. Pendant ce temps, Fidji s'est assurée que la nouvelle cachette de Mathilda et Cassandra était absolument introuvable, poussant la prudence jusqu'à tenir Bleach elle-même hors du secret, tout comme elle l'exclut maintenant de toutes ses réflexions et décisions. C'est ce qui lui fait le plus de peine : ce fossé que Fidji creuse entre elles, soi-disant pour les protéger l'une et l'autre. C'est peut-être ce qui l'a poussée à suivre Vlime hors du camp, jusqu'à la maison verte où la chienne a fait apparaître des bébés tout mouillés sous leurs yeux, un moment transformateur pour les deux filles qui jusqu'alors n'avaient jamais envisagé le début de leur propre vie – seule la mort les préoccupait, créant dans leur esprit une ligne du temps impossible, bornée à une extrémité et infinie à l'autre. Désormais, il y a un début et une fin, et ces limites les rassurent et les étouffent à la fois. Heureusement, Bleach a toujours ses ailes.

Au bout d'une demi-heure de vol, celles-ci commencent cependant à se fatiguer et Bleach s'arrête un moment au sommet d'un bouleau, scrutant l'horizon circulaire autour d'elle. Au sud-est, la charpente atroce de l'île Gus hante le paysage tandis qu'à l'ouest des nuages s'avancent ; on dirait deux armées marchant au combat. Bleach repense à tous ces cadavres d'enfants dans la rivière, elle les voit aussi nettement que si elle les avait découverts elle-même. Tous les soirs, Méthode et Yatim racontent l'histoire, décrivant les yeux fixes, la peau gonflée; ils essaient de se défaire de ces images en les disant, en les vidant dans le feu, mais rien n'y fait, c'est évident, Méthode pisse au lit et Yatim pleure tout le temps. Il n'y a que Vlime qui semble s'en être sortie indemne, entièrement tournée vers deux choses depuis son retour: son frère et Priscilla. Trop petite pour porter un tel récit, elle se consacre à ce qui la tient.

Une fois reposée, Bleach reprend son vol. Le temps est bas, elle doit retrouver Tic-tac avant la tempête. Sous son ombre défilent la prairie et les champs, puis les serres où s'activent Magie et Bègue puis, enfin, la tour se profile devant elle.

Tic-tac n'est pas difficile à repérer. Son chandail bleu bat au vent sur son corps filiforme. Fidji avait demandé qu'on lui laisse un peu d'eau, des biscuits et des navets crus. Cela n'a pas suffi, c'est évident. Dès qu'il aperçoit Bleach, ses yeux s'écarquillent autant que ses oreilles, on croirait que le ciel vient de s'ouvrir devant lui. Sa peau rouge vif est boursouflée de cloques, de la morve séchée lui recouvre la moitié du visage.

– Bleach? Qu'est-ce que tu fais là? T'es tellement belle! Tu volais?

– Mais non. J'ai pas volé. T'hallucines.

Le garçon tente de se lever, mais le sol oblique et la déshydratation le font chanceler. Bleach le rattrape, ses bras se serrent autour de la taille de son ami qui s'abandonne à cette étreinte.

– Attention, je vas te prendre.

– Mais tu m'apportes où?

– Au camp.

– Y vont me tuer.

– Mais non. Je leur parlera.

Il lève un regard implorant vers elle.

– Je m'excuse, Bleach. J'aurais jamais dû stooler. J'ai juste pensé de tout détruire. J'ai été con.

Les ailes de Bleach peinent à les soulever tous les deux ; tant bien que mal, ils s'élèvent et quittent la tour, mais bien vite il devient évident qu'il sera impossible de voler jusqu'au camp, Tic-tac est trop lourd. Bleach les descend doucement jusqu'au sol. Il faudrait marcher, mais son compagnon a besoin d'eau, d'un lit, de viande, et qui sait si cela suffirait – son corps est mou comme une mitaine en été.

Au moment où elle allait abandonner la partie, un cheval noir émerge des bois, comme une apparition. Il semble les attendre. En s'approchant, Bleach jurerait qu'un peu de vapeur lui sort des naseaux, que ses sabots laissent des marques roussies sur le sol. Il baisse la tête comme pour les encourager à monter, et les ailes de Bleach soupirent de soulagement en se repliant.

Les chiots l'empêchent de dormir, mais ce n'est pas grave. Leurs jappements et leurs rondes échevelées sont devenus les mécanismes d'un engrenage indispensable à son existence. Sa fatigue est lumineuse, elle recouvre l'usure des dernières semaines. L'exigence de vies toutes neuves.

Priscilla a retrouvé son aplomb. Elle ramène ses petits à l'ordre d'un aboiement et observe Eunice – celle-ci sent à tout instant son regard attentif appuyé sur elle comme une oreille sur un mur, une paume sur une plaie. La chienne est à la fois ange gardien et autorité suprême du logis.

Quand Gloria entre, elle trouve Eunice allongée sur la moquette beige du salon, assaillie de toutes parts par les rejetons de Priscilla, gloussant au milieu des mordillements et des taches d'urine. Médusée, elle hésite à parler, se refusant à dissoudre l'instant. Une radio nouvellement reconstituée crachote un blues aussi intermittent que le sont les ondes qui le projettent à travers le ciel de la ville.

– Ulysse est malade, annonce-t-elle finalement.

Eunice se redresse. Son air de gamine la quitte ; en quelques secondes l'adulte reprend possession de son être.

– Sainte marde.

Les chiots s'éparpillent autour d'elle comme du shrapnel.

– Salomon ?

– Ça va. Les enfants le tiennent.

Gloria jette un œil à la ronde.

– Les petites sont parties ?

– Elles ressourdent tous les jours. Je pense qu'elles vont emporter les bébés mais qu'y soient sevrés. C'est bon pour eux d'avoir des chiens.

– Oui. Pis c'est bon pour les chiens d'avoir des enfants.

– Ulysse se fait soigner chez Théo ?

– Y reste chez lui pour l'instant. Ils se relaient pour le veiller.

– Si ça continue comme ça, la ville au complet va se retrouver sous terre.

En silence, les deux femmes contemplent la même idée d'un Fort Détroit dédoublé, où la surface du sol sépare deux mondes identiques mais inversés. Une cité sous le soleil, une cité sous terre, des milliers de vies grouillant de part et d'autre d'une frontière asséchée, chacune avec ses fables, ses ennuis, sa mémoire et son avenir.

– J'ai fini de poser les écriteaux. Trois cents en tout.

– Pis toujours pas de tuyau.

– Non. Et toi, dans *Le Citoyen* ?

– Niet. J'attends des nouvelles de Francelin, il est allé se renseigner au poste de police de Seigneur-Printemps. Mais j'espère rien. Les deux premiers commissariats ont rien donné. À croire qu'y reste plus de police là-dedans. Remarque, c'est toujours ça de pris.

Gloria se lève pour leur servir à boire. L'eau sort trouble du robinet.

– Faut la bouillir, aujourd'hui. J'en ai à la fraîche dans le frigo.

– On est peut-être rendues à une autre étape, avance Gloria en remplissant les verres.

– L'étape des miracles ?

– Exactement.

Les chiots arrivent, cavalant avec le plus grand des sérieux à travers les pieds de chaises et les fissures du linoléum. Le seul fait que des êtres nouveaux soient nés en terre détroit-fortine est peut-être suffisant pour prouver la possibilité d'un miracle, se dit Eunice. Avec toutes ces histoires de chiens abandonnés, de meutes affamées où régnerait une impitoyable loi de la nature, le fait que Priscilla ait pu mettre au monde une portée aussi saine et joyeuse relève du bon présage.

Émergeant de ses pensées, Eunice se tourne vers l'extérieur, ses yeux sondant le champ où passe une ombre trop grande pour un simple oiseau, trop légère pour un avion. Elle échange un regard avec Gloria. Les choses se densifient.

Les contours du parc de la Rouge ont un aspect désolant. De grandes plages de gazon destinées à rassembler les voisins autour de parties de balle-molle, de grands pique-niques sous un ciel ponctué de nuages comme des dessins d'enfants. Au lieu de cela, l'endroit est devenu un corridor de vent. L'herbe s'est desséchée, les bancs ont brûlé, l'espace est jonché de détritus volatiles. Gloria s'est néanmoins attachée à ce paysage vert-de-gris, aussi vite et violemment qu'on découvre qu'on aime encore ceux qui ont commis l'irréparable. Le pardon, songe-t-elle en arpentant la pelouse clairsemée, n'est pas une chose qu'on doit cultiver, entretenir, faire germer lentement. Il est là ou il n'y est pas ; il se présente immédiat, entier et sans appel. Gloria a su qu'elle pardonnait à Cassandra et Mathilda avant même d'entendre les explications de Jonas, dès que le garçon aux grandes oreilles lui a chuchoté leur secret – peut-être même avant, avant que tout explose, avant qu'on lui apprenne au téléphone, lors d'un appel plein de friture, que sa fille était morte et que ses petites-filles avaient disparu. Elle leur avait sans doute pardonné le jour des funérailles de son mari ; le pardon était là quand elle berçait Cassandra pendant les nuits froides suivant sa naissance ; il était déjà présent dans le ventre du bébé rose et fripé qu'elle a mis au monde trente-neuf ans auparavant. Il se tient debout sur sa maison, il survole Fort Détroit comme un ange muet et absolu.

Chaque jour depuis sa visite dans la forêt, elle longe les arbres, scrutant le sous-bois, s'enfonçant parfois dans la fourmilière d'orphelins, mais pas trop profondément, sachant très bien que dès qu'elle dépassera la frontière invisible de leur domaine, leurs défenses se dresseront et Cassandra et Mathilda lui deviendront encore plus inaccessibles. Dans les froissements des feuilles mortes, elle pense à Judith, tellement loin à présent, projetée à des années-lumière par ses actes inhumains. Malgré ce que lui a dit Jonas sur le cœur de sa fille, c'est le mot qui tourne dans sa tête depuis deux semaines, *inhumaine*. Elle se demande maintenant si cette propension pour les naufrages extrêmes n'est justement pas l'apanage des *Homo sapiens*. Les animaux, les chiens par exemple, ne s'autodétruisent pas ; ils veulent la vie et font tout pour la déployer.

Il y a aussi ce dont Judith ne peut être tenue responsable – le désespoir et la dépendance. Entre deux bourrasques, Gloria réalise doucement qu'à elle non plus elle n'en veut pas réellement. Elle l'a perdue, son corps et son souvenir, comme une planète happée par un trou noir. Mais elle ne lui en veut pas.

Il ne reste plus qu'elle-même, celle à qui elle a fait mille reproches chaque fois qu'un nouveau détail sordide faisait surface. Bien sûr, c'est la mère qui porte tout, elle qui génère les vies qui vont ensuite, par sa faute ou non, se fracasser les unes contre les autres, sur les angles les plus tranchants du monde. Il faudra qu'elle s'absolve, elle aussi.

Un grand coup de vent passe, un train invisible qui secoue les arbres. Un après l'autre, ils ploient, se redressent, tanguent encore un instant puis s'immobilisent – de grands danseurs aux bras maigres. Mais un point du paysage refuse de se stabiliser, continuant de remuer bien après que le vent fut tombé. Gloria se fige, puis recule d'un pas, incertaine, et regarde deux petites silhouettes en haillons gris émerger du bois. Son cœur s'emballe.

Vlime ne sait pas ce qui est permis, s'il a le droit de partir, s'il pourra revenir, comment ils feront pour punir les méchants sans lui, mais elle sait que son frère doit sortir de là. Il faut que Lego quitte la forêt, qu'il traverse la ligne des arbres, cette frontière qui coupe le souffle, comme quand on pousse très fort contre une chose qui cède tout d'un coup ; il faut qu'il vive ce passage de l'univers serré et touffu du Ravin à celui, vaste et aéré, de l'extérieur. Il n'est sorti du camp qu'à deux occasions depuis la fin de l'hiver et, chaque fois, c'était pour accomplir une mission qu'il n'était pas heureux d'exécuter et dont il est revenu encore plus maussade qu'avant. Vlime ne comprend rien aux problèmes des grands, à ceux qui pleurent ou se fâchent pour des raisons invisibles, mais elle est certaine d'une chose : rien ne soigne plus efficacement la mauvaise humeur que de jouer avec des bébés chiens.

Elle conduit Lego à travers les broussailles comme une aventurière guidant un pied-tendre, écartant les branches, lui pointant les obstacles, l'avertissant de l'approche d'une guêpe, sûre d'elle, experte, et lui la suit sans poser de questions. Il n'a plus la force de s'obstiner. Le Ravin est devenu tellement anxiogène qu'il se réveille la nuit avec la sensation d'étouffer. Une fois sur deux, il ne peut même pas compter sur la présence d'Adidas ; comme presque tout le monde, celui-ci s'est fait embarquer dans le plan de Yatim et Méthode, endossé avec un peu trop d'enthousiasme par Fidji. Avant de partir travailler dans les serres, Bègue lui a montré une page d'un livre qui semblait avoir été déterré du centre de la Terre, où un vieux roi nommé Henry conseille à son fils de faire la guerre à des étrangers pour empêcher ses propres sujets de se révolter. Cette lecture, laborieuse et compliquée, a cependant eu l'effet d'une illumination sur Lego ; pour la première fois, il a compris ce qui poussait Bègue vers les livres : la sensation de découvrir une réalité jusqu'alors impossible à concevoir mais qui, une fois saisie, s'avère présente depuis longtemps, pesant sur l'esprit comme seules les vérités qu'on ignore peuvent le faire. Les mots font apparaître les choses qui sont déjà là.

Il déteste Fidji. Il l'exècre d'avoir autorisé cette Attaque insensée qui ne servira qu'à prolonger son règne périmé. Il hait Yatim et Méthode d'être revenus sur le pied de guerre, et il les maudit d'avoir entraîné sa sœur dans cette aventure cauchemardesque. Il en veut au camp d'avoir voté pour ce plan de vengeance débile, particulièrement à Loupiote, qui a mis de côté leur révolte naissante pour se soumettre à nouveau à Fidji ; il se désole d'être le seul à y voir clair. Enfin, il n'est pas tout à fait le seul – quelques autres ont flairé le fiasco et se sont éloignés. Même Vlime, qui semble pourtant ignorer ce qui se trame, passe le plus clair de son temps à l'extérieur du camp. Lego, lui, est resté, d'une part parce qu'il est incapable de s'imaginer déserter, et d'autre part parce qu'il croyait pouvoir mettre un peu de plomb dans la tête de tous ces imbéciles qui pensent pouvoir s'en prendre à un géant et s'en sortir indemnes.

Mais cet après-midi, quand Vlime est arrivée devant lui au bord du rond à feu désespérément humide, quand elle lui a tendu la main et lui a demandé de la suivre, il a décidé d'écouter son cœur. Ça n'a pas été facile, ça faisait longtemps qu'il était étouffé par les ordres et la hargne, mais dès qu'il a emboîté le pas à sa sœur, un immense morceau de son être, sa partie dure et râpeuse, s'est détaché de lui ; il l'a entendu tomber derrière lui comme une branche morte.

Maintenant, le jour se laisse voir à travers les feuilles. Même si le soleil plombe presque sans arrêt l'été, Lego a l'impression d'avoir vécu dans le noir. Vlime ralentit, puis lui cède le passage en ouvrant cérémonieusement le bras vers ce monde lumineux. Jouant le jeu, Lego lève la jambe bien haut, prêt à faire le grand pas solennel qu'elle lui propose. Il atterrit sur le gazon, lève les yeux, et se retrouve face à face avec la grand-mère.

Magie attend, pelle à la main. Du bout des leurs, Bègue et Jolie tâtent déjà l'amas de matière putride avec délectation. Ils s'apprêtent à couvrir les cultures d'engrais.

– C'est ça, Bègue, creuse de l'autre bord, c'est là que c'est le plus avancé, exhorte Salomon qui les rejoint en charroyant une brouette.

Les trois enfants ont tôt fait de la remplir.

– Ça pue ! s'exclame Jolie d'un air ravi.

– Ah, c'est sûr que ça pue. Pis c'est long, pis laborieux.

– On serait obligés de faire ça ?

– Si on aspire à des bonnes récoltes, oui. Y a des moyens plus simples, mais ça prend les bonnes conditions.

– Qu-quels moyens ?

– Le feu, par exemple.

– Le feu ?

– On appelle ça du brûlis. On fait flamber le champ au complet. Les anciens faisaient ça au lieu de couper les arbres à la scie. Ça marche aussi sur de la jachère, ou avec des plants qui ont fini leur année. Le feu les transforme en engrais qui rentre direct dans la terre. C'est efficace, mais c'est dur sur les sols. Sur les villes aussi, d'ailleurs. Vous savez, Fort Détroit, c'est un peu le fruit d'un brûlis. La ville a été façonnée par le feu.

– *Feu feu feu, t'as perdu ta queue, flamme flamme flamme, t'as perdu ton âme*, entonne Jolie.

– *Braise braise braise, Fort Détroit fournaise,* continue Magie, rejointe par Bègue, *cendre cendre cendre, qu'il faudra défendre.*

Salomon les regarde avec surprise.

– C'est quoi cette comptine-là ? J'ai jamais entendu ça.

– C'est la comptine du feu, répond Jolie, comme si c'était l'évidence même.

– C'était qu-quand, le p-premier ffeu ? s'enquiert Bègue.

– On pense que c'était en 1703, répond Salomon, avec l'incendie qui a détruit le fort Pontchartrain fondé par Cadillac un an plus tôt. Ça s'est répété en 1747, quand les Hurons ont brûlé la mission de l'Assomption. En 1805, y a eu un gros incendie, à cause d'un boulanger distrait, selon la légende. Pis y a eu 1887, 1901... Ç'a reviré en tradition : on met le feu quand on est contents, on met le feu quand on est pas contents, on met le feu quand on a rien de mieux à faire. La ville en est venue à prendre le relais. Elle s'incendie toute seule. Des maisons qui partent en combustion spontanée, des blocs entiers qui brûlent par la volonté de notre cité.

– Nan, c'est nous, ça.

Salomon dévisage Jolie.

– C'est vous quoi ?

– Les feux qui partent tout seuls, c'est nous.

– Vous mettez le feu en cachette ?

– Pas nous *nous*. Mais c'est des kids.

– Les ki-kids qui sont mmmorts.

– Toutes les fois qu'un enfant est mort à Fort Détroit, détaille Jolie, y avait un feu qui part.

– Je... j'avais jamais remarqué, dit prudemment Salomon.

– C'est parce qu'y en a trop. Ça se voit plus.

Salomon hoche lentement la tête.

– Et quand un adulte meurt ? demande-t-il, songeant à César, à Ulysse qui dépérit.

Les enfants s'interrogent du regard puis haussent les épaules.

– Ça ferait rien, je pense, statue Magie.

– Ou pe-pe-peut-être que c'est une dé-démolition ? spécule Bègue.

– Comme la place à pestacles qu'y détruiront, là. Bling.

Salomon se tourne vivement vers Jolie.

– Parles-tu du Shling ?

– Ouain, c'est ça. Y avait plein de monde devant à matin. Pis des grosses machines, pis de la chicotaille, explique la fillette.

– Y-y vvveulent ra-raser la p-place.

– C'est pas possible ! Sont justement en train de le remettre en neuf.

– C'est ça que le monde fâché disent aux bonhommes avec des casques. Y s'avaient battus un peu.

Salomon plante brusquement sa pelle dans la terre. Instinctivement, les gamins reculent puis, voyant les yeux de Salomon rougir, ils se rapprochent à nouveau.

– C'était-tu ta maison, le Bling ?

Le vieux cultivateur se frotte l'arête du nez, renifle. Il semble avoir rapetissé d'un pied.

– Oui, d'une façon.

– Mais on l'avait vue, ta maison, c'est la grosse bicoque bizarre. T'en aurais deux ?

– Non, c'est juste que... je suis attaché à cette place-là. C'est un endroit spécial pour la ville. La bâtisse a jamais brûlé, d'ailleurs, debout depuis 1870. J'étais tout le temps rendu là dans mon autre vie.

– T'as deux vies ?

Salomon fait un sourire triste.

– À mon âge, j'ai eu ben plus que deux vies. Pis j'en ai eu une de musicien.

– Pourquoi elle s'avait finie ?

– Parce que j'avais plus de piano pour jouer.

– Est-ce qu-qu'y avait un pi-pi-piano, au Shling ?

– Oui.

– Pis t'avais joué là ?

– Exact.

– C'est pour ça que tu braillais ?

– Je braille pas ! C'est c'te saudite odeur d'engrais là qui me fait pleurer des yeux ! Envoyez, à l'ouvrage, gang de flancs-mous.

Les trois gamins reprennent leurs pelles et leurs efforts, côte à côte, contre à contre, leurs mouvements synchronisés comme si leurs pensées étaient exactement les mêmes.

Ils n'existent pas vraiment. Elle les lèche, les allaite, elle les sent se serrer sur son échine la nuit et haleter dans l'aube, mais leur présence n'est pas réelle. Seules les choses qui restent sont vraies. Les autres, les temporaires, les changeantes, ne sont pas. Ses petits sont impossibles à fixer, dans l'espace comme dans le temps. Ils bougent sans arrêt, grandissent et se transforment ; à chaque instant ils deviennent d'autres êtres. Ils sont les rivières qui ne sont jamais les mêmes. Ils sont la lumière d'étoiles éteintes depuis mille ans. Ils sont la lueur de la lune qui n'est que le reflet d'autre chose. Bientôt, elle le sait, ils partiront – ils ne lui ont jamais appartenu. Les bébés sont des êtres transitoires, leur proximité, une fiction.

Par association, la chienne aussi se sent irréelle. Son ventre gorgé de vies étrangères s'est vidé, pour se retrouver sitôt après rempli de lait. Les frontières de son corps deviennent floues ; elle est fractalisée, brouillée de songes. Des pans entiers de ses journées sont abandonnés à l'invisible. Elle rêve qu'elle est plongée au fond d'une eau bleue complètement déserte et pourtant pleine de signes, et se réveille suffocante, assoiffée, ne reconnaissant plus la moquette beige et les odeurs d'humains qui l'entourent.

Les pieds de la femme la ramènent, tantôt enflés, tantôt durs et ligneux ; ils l'ancrent à la réalité. Quand elle les regarde, elle se rappelle où elle est et ce qu'elle veut. Elle veut courir sous les étoiles, louvoyer entre les notes de musique, elle veut baiser et tuer. Il y a encore en elle un second corps qui exige d'autres actions : lécher les petits, allaiter les petits, surveiller leurs jeux et grogner de rares mais cruciales leçons. Mais bientôt, devine-t-elle en voyant leurs regards s'affiner, leurs oreilles se dresser, leurs pattes s'allonger, ce sera terminé. Ils s'évanouiront dans le désordre du monde, entre les proies et les vautours, et dès qu'ils disparaîtront de son champ de vision, ils n'auront jamais existé.

Les deux gamins campent dans le champ depuis trois jours, entre la romaine et les *Better Boys*. Ils dorment sans matelas ni couverture, le garçon étreignant la petite pour éloigner la rosée. Le matin, ils croquent une tomate pour déjeuner, farfouillent dans les plants de fraises et ne demandent rien ni à Eunice ni à Gloria, mais la première a toujours un verre de lait pour eux et la seconde leur prépare des muffins et des biscuits qui surchauffent sa cuisine et rougissent son visage. De temps à autre, la fillette albinos vient leur rendre visite – celle-là paraît habiter partout à la fois – et ils passent des heures à jouer avec les chiots. Ils les laissent mordiller leurs doigts et uriner sur leurs chaussures sans tenter le moindre dressage et les éloignent obstinément de leur mère, pressés de les voir sevrés de ce qu'ils semblent considérer comme une habitude dégradante.

Le quotidien a éclaté au parc de la Rouge après la visite de Gloria, et elle soupçonne que ce n'est pas seulement dû à son intrusion dans le campement. Il se trame quelque chose, elle le sent dans les silences entre les phrases que prononcent les petits. Elle a bien essayé de les questionner au sujet de ses petites-filles mais, malgré leur quasi-cohabitation, ils adressent rarement la parole aux adultes, se contentant de prendre ce qu'on leur offre avant de réinstaller entre eux et leurs nouveaux voisins la distance d'un terrain de football, un no man's land où, au crépuscule, on distingue des silhouettes de renards et de chats marlous.

Pour faire le point sur la situation, les voisins ont organisé une réunion. Dans la cuisine d'Eunice règne une atmosphère survoltée. Cette arrivée des gamins dans le quartier est un surgissement de vie – des vies accores et écorchées mais non moins exubérantes.

– C'est évident qu'y faut faire quelque chose, amorce Eunice. Ces flos-là ont vu Gloria, ils ont compris qu'y avait du bon monde dans le coin pis y ont saisi leur chance de sortir de leur trou. Faut pas les laisser tomber.

– Un trou, un trou, tu y as même pas mis les pattes, Eunice, fait remarquer Bûche.

– As-tu vu comment ce qu'y sont attifés ? Pis Gloria l'a vu, elle, leur camp.

– C'est surtout leurs tentes qui me tracassent, précise cette dernière. Je sais pas comment ils font pour passer l'hiver.

– Ç'a l'air qu'ils construisent une grande hutte commune, indique Salomon.

– Je l'ai pas vue quand je suis allée. Ça doit pas être tellement solide.

– C'est justement pour ça qu'on est ici, tranche Eunice. Salomon a pris les choses en main du côté alimentaire, c'est parfait. Mais y faut qu'on pense logement. Francelin, dans ton inventaire, as-tu une bâtisse ambandonnée pas trop débiscariée ? Le genre qui serait facile à ramancher avant que le temps vienne cru ? Faut que ça soit grand.

Francelin gratte son menton plaqué de rose.

– Les grosses baraques, c'est pas ça qui manque. C'est plus le matériel, le bois neuf, la quincaillerie. Pis la plomberie est souvent toute partie...

– La plomberie, c'est pas essentiel pour l'instant, décrète Eunice, y savent sûrement s'arranger avec des bécosses pis de la neige bouillie. Pour la première année, le but, c'est seulement qu'y soient au chaud.

– Dans ce cas-là, j'en ai peut-être une qui ferait l'affaire, pas loin d'ici. Rue Amir. La chunée marche encore, y vont pouvoir se chauffer au bois.

– C'est bon, ça.

– Ça va prendre de la main-d'œuvre.

– Je suis là pour ça, déclare Alain.

Son œil droit s'ouvre à peine. Il est tombé sur un malfrat près d'une usine de l'est où il était allé chercher du travail. Son portefeuille et son anneau d'oreille y sont passés.

– Avec Bûche, Eunice et Gloria, on serait sans doute assez.

– Bon, ben on est en business !

– Attendez minute, interrompt Bûche. Leur avez-vous demandé leur avis, à ces kids-là ? Y ont peut-être pas le goût, eux autres, d'aller se cabaner sur la rue Amir pour cinq mois de temps ? Si y voulaient vivre en ville, y le feraient. C'est pas les spots qui manquent.

Les cinq autres se regardent. L'agacement irradie d'Eunice, tandis que Francelin semble avoir déjà balayé cette objection du revers de la main.

– Je suis pas en désaccord, déclare Salomon. Ils ont vécu des choses, ces petits-là, pis y s'en sont sortis en apprenant à s'arranger tout seuls. On peut pas arriver et leur imposer nos solutions. Ça donnera rien.

– J'ai entendu la petite à la crigne blanche dire qu'y perdent trois, quatre enfants par hiver, répond Eunice. On est-tu censés les laisser périr comme des mouches sans rien faire ?

– Y mouraient autant quand y vivaient dans des maisons, marmonne Bûche.

– Peut-être que si on leur prépare un logis, y vont venir d'eux-mêmes ? suggère Gloria.

– J'ai pas trop le goût de me dépitailler pour rien, proteste Francelin.

– Pourquoi ce qu'on leur demande pas ce qu'y veulent ? coupe Bûche.

Les six têtes se tournent vers l'extérieur. La fillette albinos est venue rejoindre les deux autres. Assise en tailleur au milieu du champ, elle tresse les cheveux de la petite tandis que le garçon, à demi couché par terre, joue avec un des chiots.

– Vas-y, Gloria. C'est toi la plus fine.

– On y va tous ensemble.

Lentement, comme pour éviter d'effaroucher un troupeau de cerfs, le petit comité s'avance vers les enfants. Dès que les adultes arrivent à leur hauteur, les trois gamins s'immobilisent, le chiot aussi ; ils les fixent d'un air impénétrable. La plus jeune rompt le silence :

– On voudra.

– Vous voudrez quoi ?

– Un logis pour l'hiver.

Les six adultes la dévisagent, bouche bée.

– Mon frère vous avait entendus, explique la petite.

– On entend toute, renchérit la fillette albinos.

– C'est ton frère ? s'étonne Francelin en pointant le garçon.

– Ben oui.

– Mais vous... Il est noir et tu es blanche.

– Pis ? intervient le gamin. Toi, t'as ben l'air d'un cheddar marbré pis personne a rien dit !

Francelin touche son visage bicolore et se renfrogne.

– Mais y faut pas que ce sera trop loin du camp. Sans ça y en a qui viendraient pas, ajoute la petite en jetant un regard à la fille aux cheveux blancs.

Salomon plonge les mains dans ses poches, fait apparaître des cerises rutilantes qu'il leur tend.

– On va voir ce qu'on peut faire.

Eunice contemple l'horizon. Elle oublie trop souvent de remarquer à quel point son monde peut être beau, particulièrement à cette heure, quand la lumière roussit. On dirait du miel tiré d'une ruche. Le ciel est rose – « il va faire chaud demain », n'aurait pas manqué de dire son père – et au sol, la végétation semble produire un souffle bleu et frais, comme du marbre. Sa cour et celle de Gloria pourraient devenir des temples. Tout à coup, elle revoit Judith, nette comme une icône.

C'était sept ou huit ans auparavant. Debout au milieu de sa cour veinée d'une neige sale, elle n'était vêtue de rien d'autre que d'un peignoir ouvert qui révélait ses côtes pointues et ses petits seins. L'apercevant de sa cuisine, Eunice s'était élancée pour lui enjoindre de rentrer. Mais une fois sur le balcon, elle s'était interrompue. Un air d'opéra italien coulait de sa voisine comme l'eau d'une source, transformant l'espace en enceinte sacrée. Un point au centre de la poitrine d'Eunice s'était réchauffé. La bouche arrondie, le visage détendu, Judith faisait déferler sa voix dans la douceur de mars. Son chant, absorbé puis réverbéré par l'humidité de l'air, était projeté aux quatre coins du quartier, tandis que ses cheveux longs et sales flottaient autour d'elle comme une chape. À cet instant, elle était une reine, et la ville de Fort Détroit, ses armées de chômeurs, son sérail d'accros, sa noblesse sans le sou, était bénie par sa voix. Puis, Eunice s'était ressaisie. Il faisait trois degrés, Judith était à moitié nue, il fallait faire quelque chose.

Au même moment, Cassandra était sortie de la maison, suivie de près par Mathilda. Judith n'avait pas cessé de chanter mais elle avait ouvert les yeux et esquissé un petit sourire. Timidement, sans oser s'approcher franchement, Cassandra avait refermé les pans du peignoir gris et noué la ceinture sur la taille de sa mère. Celle-ci, d'un geste aussi ample que les notes qui s'échappaient de sa gorge, avait tiré son aînée vers elle et l'avait serrée contre son torse. Eunice s'était demandé ce qu'on entendait, l'oreille ainsi collée sur la poitrine de quelqu'un qui chante l'opéra. Percevait-on le détail des notes, ou leur envers, leur sens secret ? Cassandra s'était laissé bercer, tandis qu'à quelques mètres de là, dans la neige molle accumulée au bord des friches, Mathilda dansait en tournoyant sur elle-même. Eunice était rentrée sur la pointe des pieds.

Il rêve encore, il le sait et pourtant il ne peut pas s'empêcher d'avancer dans cet espace qui est à la fois extérieur et intérieur, une lande scorifiée et un point sur son corps qui brûle avec une telle intensité qu'il ouvre un horizon, un territoire dans le territoire. En marchant, il réalise que cette brûlure est une douleur, que cette douleur est une guerre et une erreur, un exploit ; il porte sur la jambe une vengeance, un terrorisme pur et idiot. Il marche, à la fois dans et hors de son corps, et le paysage saille comme des dents sorties de terre ; des cheminées, des pylônes, des citernes, des fourneaux, des décanteurs, des pompes, des réacteurs, des tubulures, des condensateurs, des turbines, des convoyeurs, des griffons, des hydrocraqueurs, des structures dures qui mangent le monde et le vomissent cru et défait et qui, tout à coup, s'embrasent.

Ce n'est pas un feu ordinaire, on croirait que les flammes dansent en accéléré, et dans cette urgence Adidas continue de s'approcher sans ressentir la chaleur du brasier, seulement une immense satisfaction, une révolution accomplie mille fois et répétée, jusqu'à ce que tout soit écrasé, vengé, jusqu'à ce que victoire. La fumée tourne sur elle-même à une vitesse égale à celle du feu, le mal fuse vers le ciel où les oiseaux scandent, et quand Adidas tape dans ses mains, ils tombent, le ciel suffoque dans les fautes de la terre.

Arrivé près du brasier, il baisse les yeux sur sa jambe et la voit s'ouvrir, sa peau fendue, ses muscles écartés, son os percé, et le sang coule avec les secrets, les souvenirs avec la moelle, l'ivresse gluante de l'horreur. Il va mourir. Ils vont mourir. Des silhouettes humaines l'entourent, noires et indiscernables dans l'absolu contre-jour de l'incendie, et il les voit petit à petit englouties par le feu, vaporisées dans l'instant, il tend la main pour les attraper, les retenir de tomber dans leur propre piège, mais une à une elles lui échappent, sublimées dans cette chaleur qui dilate l'univers.

Adidas s'éveille en sueur dans la nuit percée de bruits. Le camp ne dort plus.

Le chant des cigales est tellement dense que Salomon doit pousser à travers pour se déplacer, comme si l'air s'était minéralisé. Ou peut-être est-ce lui qui redoute ce qui l'attend à sa destination. La veille, en fin de journée, les autorités ont donné leur verdict. Après avoir échoué à retrouver le propriétaire du Shling, puis brièvement discuté avec les citoyens prêts à tout pour sauver la salle de concert, on annonçait que la décision était maintenue. Le célèbre club serait rasé. Aussitôt, les engins de démolition étaient revenus se parquer devant l'édifice. Salomon avait préféré ne pas voir le reste.

Mais ce matin, il s'en veut, comme on regrette de n'avoir pas veillé un mourant. Il cueille quelques saintes-maries rouges en bordure de son champ de maïs. Elles lui semblent tristes, insuffisantes pour rendre hommage à la galaxie qui vient de s'éteindre.

Il n'aurait pas cru que la destruction du Shling l'ébranlerait autant, maintenant qu'il est devenu quelqu'un d'autre. La vie d'un agriculteur est faite de recommencements, de l'éternel retour de l'hiver, puis du printemps où tout est à refaire, de deuils successifs rapidement assourdis par le refrain des naissances. Mais le cultivateur n'a pas tout à fait effacé le musicien, cet homme qui ne vivait que pour la beauté, la quête d'une communion.

Une talle de marguerites jaunes le distrait de ses pensées. Il en cueille une, trois, six, résistant à l'envie de questionner chaque pétale sur le devenir de l'âme musicale de la ville. Puis, son regard se pose sur un feuillage familier au milieu des herbes sauvages. Ce n'est pas la première fois qu'il le remarque ; trois jours plus tôt, les mêmes formes apparaissaient dans un fossé, rue Cécile-Tousignant, motif connu se détachant du chaos. Cette fois, il décide d'en avoir le cœur net. Il tire sur les tiges ramollies par trois jours sans pluie. La racine casse la terre et surgit, pourpre et rebondie. Salomon la tient devant ses yeux, stupéfait. Comment une betterave a-t-elle pu pousser ici, à trois milles du champ où sont plantées ses sœurs ? En fouillant un peu, il en trouve encore une demi-douzaine, blotties les unes contre les autres comme des expatriées. Son premier réflexe est de les cueillir, mais quelque chose le retient – une sorte de respect devant cette irruption de légumes domestiques en milieu sauvage.

Il se promet d'en parler avec Ulysse quand il en aura l'occasion. Quand ce dernier sera remis sur pied. Pour l'instant, il est pratiquement impossible de communiquer avec le grand homme amaigri qui passe ses journées alité, fiévreux, délirant. Sur son chemin, il croise encore des fleurs de cantaloup, des aubergines naissantes, et une talle luxuriante de basilic thaïlandais. Les mystères se multiplient.

Il finit par arriver dans le voisinage du Shling, dans les rues et ruelles sur lesquelles il régnait jadis, à l'époque des Clocks, le quatuor au sein duquel il était connu sous le nom de « Digits ». L'odeur si particulière du quadrilatère, un mélange de vapeur de blanchisserie et de crêpes au sirop, reste collée à la brique malgré la fermeture de Ninon Déjeuners et du Nettoyeur Cortez. Ce souvenir est si poignant que, lorsqu'il aperçoit la silhouette du Shling au bout de la rue, il croit à un mirage. Mais en s'approchant, il réalise qu'elle est bel et bien debout, cette bâtisse aux briques peintes en noir, bancale comme si elle avait été construite entre deux plaques tectoniques. La démolition n'a pas encore eu lieu.

Salomon se retrouve devant la façade, à l'endroit exact où, la veille, il pleurait en regardant la machinerie lourde. Un petit attroupement s'y est formé. Tous regardent non pas l'enseigne du Shling, mais une rangée de formes compliquées, sombres et fumantes, presque organiques, comme des champignons géants.

– Approche pas trop, lui lance un des badauds. C'est pas safe.

Ce sont les engins de démolition. Leurs corps d'acier sont déformés ; leur peinture jaune a fait place au noir mat qui devrait figurer sur les armoiries de la cité, la marque de la carbonisation.

– Qu'est-ce qui s'est passé ? demande Salomon à la ronde.

Une femme chargée d'un énorme cabas penche la tête vers lui comme pour conspirer.

– Personne le sait. Les machines sont arrivées hier, pis à matin elles avaient l'air de ça.

– Paraît que c'était la dernière grue à démolition de la ville, ajoute un jeune homme aux cheveux verts.

– On rêvait toute de le faire, renchérit la femme. Y a quelqu'un qui a trouvé le moyen.

Fugacement, Salomon perçoit une ombre familière dans la ruelle, un rire étouffé. Lentement, il s'y engage, contourne un conteneur à déchets d'où des froissements se font entendre. Derrière, les mains fourrées dans des sacs de chips périmés et la poitrine parsemée de miettes, ses trois protégés ricanent en compagnie d'un gamin au visage couvert de suie.

– Quoi c'est que vous faites là ?

Les gamins haussent les épaules.

– Les machines... les avez-vous vues exploser ? Êtes-vous corrects ?

– Oui, oui.

– Qu'est-ce qui a ben pu se passer ? Pas plus tard qu'hier soir, 'étaient intactes.

– On a vu rien.

Magie le fixe de son air perpétuellement catégorique.

– Tout ce qu'on sait, c'est que tant qu'y vont envoyer des machines ici, elles vont sauter.

Salomon éprouve ce vertige qu'il a ressenti peu de fois au cours de son existence, ce pivotement des certitudes qui survient lorsqu'un système de croyances vient de s'altérer.

– C'est vous ?

– Ben non, rétorque le gamin au visage noirci. On est juste des enfants, comment tu voudrais qu'on explose des engins de dix tonnes ?

Le rire qui s'ensuit exhale le sel, le vinaigre, la connivence et le triomphe.

À la fois satisfaite et déçue, Eunice s'essuie les mains. Le moteur de Clothilde a réussi à tourner pendant quatre secondes avant d'étouffer à nouveau. Au moins, elle a la preuve que le tacot n'est pas en état de mort cérébrale. En rangeant ses outils, elle échappe une clé anglaise par terre. Le bruit limpide du métal sur le béton provoque un écho presque immédiat, un cri aigu suivi d'un rire aigrelet. Eunice lève la tête. Un très petit homme passe lentement sur l'avenue Leblond, bouteille à la main. Il porte un complet usé à la coupe impeccable, taillé dans du feutre écarlate, poussant l'élégance jusqu'au carré de soie à la poche de poitrine. Au milieu de l'intersection, l'homme se tourne vers elle, un rictus étirant son visage aux traits rougeauds, puis il crache par terre avant d'émettre un autre ricanement. Eunice veut hausser les épaules mais quelque chose la glace, enrayant les mécanismes habituels de la nonchalance. Ce vagabond rouge lui donne envie de fermer les yeux très fort, de se cacher derrière un bouclier. Lorsqu'il disparaît, elle met quelques minutes à se ressaisir. Enfin, elle se remet en mouvement, range son coffre à outils et referme la porte du garage. C'est l'heure de la *séance.*

D'habitude, elle se tient aussi loin que possible des *shenanigans,* diableries et autres histoires à dormir debout qui règnent sur Fort Détroit, particulièrement chez Raquel. Mais Gloria a insisté ; elle avait besoin d'essayer, il leur fallait une troisième personne, elle sentait que quelque chose d'important en ressortirait. Et Eunice préférerait mourir plutôt que de l'admettre, mais elle a elle aussi un pressentiment – ou ce qui s'en rapproche le plus pour une personne aussi pragmatique –, une envie inexplicable d'assister à ce qu'elle aurait autrefois qualifié de mascarade.

À la nuit tombée, Raquel les fait entrer dans les effluves d'encens et de foin d'odeur. Elle a placé une table ronde au milieu de son salon, trois chaises et trois chandelles sur une nappe violette. Elle accueille Gloria et Eunice d'une voix feutrée, comme si la pièce était déjà remplie d'esprits qu'il fallait éviter de perturber.

– T'as préparé des questions ? demande Raquel à Gloria tandis qu'elles s'installent.

Gloria opine du bonnet. Raquel ne prend pas la peine de le demander à Eunice : ou bien elle suppose qu'elle n'a rien à dire aux morts, ou bien ses interrogations lui semblent évidentes. Et elles le sont, bien sûr, il n'y a qu'une seule question à poser, qu'une réponse à pourchasser.

Dès que les bougies sont allumées, l'atmosphère de la pièce change, comme une médaille qui tout à coup s'illumine sous la lumière. Raquel les invite à répéter une prière de bienvenue aux âmes des défunts, à laquelle elle ajoute une mise en garde adressée aux mauvais esprits.

– Nous avons toutes un pont vers l'autre monde, aujourd'hui, déclare-t-elle ensuite. Gloria et sa fille ; Eunice et son père ; moi et César. On va les appeler tous les trois.

La convocation des morts commence. Tour à tour, les femmes sont appelées à répéter leurs noms, une ronde interminable à laquelle Eunice se joint avec une conviction intermittente. Au bout d'un quart d'heure, Raquel interrompt le manège.

– Bon, ça va pas. Y a quelqu'un qui croit pas réellement, et c'est pas dur de savoir c'est qui. Eunice, si t'es pas capable d'embarquer, va patienter dans la cuisine.

– Bon, bon, je vais me forcer.

Elle reprend les mains de ses voisines. Les yeux fermés, elle continue de se demander ce qu'elle fait là. Ou bien son amitié pour Gloria a atteint son stade absolu de solidarité, ou alors elle est en train de devenir marteau. Elle tâche malgré tout de se concentrer, pensant à son père, à ses chansons et à sa voix allongée d'années ; elle se coule dans cette musique, dans l'immense manque qui lui reste.

– Ça marche. Il y a un esprit parmi nous, chuchote Raquel.

Eunice ouvre les yeux. Bien qu'il n'y ait aucun courant d'air dans la pièce, les flammes des bougies vacillent. Une étrange chaleur se répand dans ses membres.

– Esprit, interpelle Raquel, pour qui es-tu là ? Es-tu venu parler à Gloria ?

La chandelle placée devant Gloria s'éteint.

– Es-tu César ?

Une autre flamme s'éteint, cette fois devant Raquel. Les deux femmes se tournent vers Eunice d'un air fébrile.

– C'est pour toi, Eunice, souffle Gloria.

– Es-tu le père de notre amie Eunice ? demande Raquel d'une voix solennelle.

La flamme tressaute, et Raquel bondit.

– Oui ! Tu as dit oui ! s'exclame Raquel, excitée. Je t'entends, esprit.

Se tournant vers Eunice, Raquel lui enjoint de prendre la parole. Celle-ci, confuse, se met à balbutier ; l'encens lui monte à la tête, ses certitudes s'effondrent.

– Euh... Papa, es-tu bien, là où est-ce que t'es ?

Les yeux fermés, Raquel hoche lentement la tête.

– Oui, il dit qu'il est bien. Mais... pas en paix.

– Est-ce que c'est à cause de comment il... comment t'es mort ?

Une fois de plus, Raquel opine, l'air subjugué. Les larmes montent aux yeux d'Eunice, ce n'est pas de la tristesse mais une sorte de stupeur affolante.

– Papa, est-ce que... est-ce que tu sais qui t'a frappé ? Dans la rue ?

Raquel ne bouge pas, l'air concentré, comme si la réponse arrivait au ralenti. Puis, ouvrant les yeux, elle plante son regard dans celui d'Eunice.

– C'est un bus. C'est *le* bus. Des ruines. Le chasseur de ruines cause les ruines, émet-elle d'une voix plus grave qui n'est pas sans rappeler le ton du père d'Eunice.

Eunice se lève si brusquement que sa chaise tombe. La dernière chandelle s'éteint au moment où elle sort de la maison. Gloria s'élance à sa suite, abandonnant Raquel qui revient lentement à elle, et retrouve Eunice sur la galerie, tremblante.

– Ça va ?

Avant qu'Eunice puisse répondre, un gigantesque fracas envahit le ciel. Pendant quelques secondes, l'univers disparaît, il n'y a que ce bruit, tout le reste est noir et irradié. On dirait un mégalithe qui s'écroule. Instinctivement, les deux femmes se rapprochent l'une de l'autre. Raquel les rejoint, pantelante, comme si elle venait de courir le marathon.

– C'était quoi, ça ?

Gloria et Eunice ne répondent pas. Quelque chose flotte entre elles, en suspens. Puis, d'un seul mouvement, elles s'élancent vers le parc de la Rouge.

Cinq jours sans pluie, cinq jours sans orage. L'air s'était immobilisé. La déflagration a déchiré le drap blanc du temps. Au-dessus de la ville, chaque molécule s'anime. Quelque chose de titanesque vient d'être ébranlé, qui ébranle à son tour l'immensité de la cité, un rugissement de bête mythologique, de dieu fêlé.

La pluie répond en s'abattant sur la ville. Elle crible les toits mous, les plaies vives, le sol rassis par la sécheresse, elle martèle les épaules pointues des passants. Les ruisseaux, les rivières, les égouts se gonflent, ils pèsent sur les frontières de leurs doigts ronds et bouillonnants. Les caniveaux débordent, transportant pétales, seringues, cafards, plastique, cheveux, mégots, poussières et lettres d'amour. Le monde déferle.

Dans les champs, les fétus se recroquevillent sur eux-mêmes. Les fleurs se replient, redeviennent bourgeons, vagues suggestions de couleurs. Les légumes rentrent dans leurs tiges et leurs tiges raccourcissent ; les racines s'enfoncent plus profondément dans le sol et les grains retournent dans leurs enveloppes. Les arbres, s'ils le pouvaient, plongeraient dans la terre, mais ils sont les sentinelles, les gardiens d'une histoire muette et essentielle.

La civilisation ne tarde pas à réagir, elle non plus. Bien vite, des engins arrivent dans l'eau, sur la terre, par les airs, leurs phares écorchant les surfaces. Au sud-est, la plaie rougeoie, elle crache son venin. La bête ne mourra pas sans faire quelques victimes de plus, sans leur manger le cœur.

Quand Eunice et Gloria arrivent aux abords du parc, l'orage a éclaté et des faisceaux d'hélicoptères balaient l'espace.

Deux camions verts, indistincts dans la pluie battante, projettent des ordres tout aussi embrouillés. Au sud, une forme incandescente irradie, poussant une fumée épaisse à travers le déluge. À bout de souffle, les deux femmes fouillent la scène des yeux. Au début, elles ne voient que les soldats qui quadrillent les lieux, armes et lampes à la main. Mais, petit à petit, elles reconnaissent parmi la masse de curieux les silhouettes de Bûche et Minou, Alain, Salomon et ses trois pupilles affolés. Deux petites fusées leur foncent dessus ; Vlime et Lego ont eux aussi accouru en entendant l'explosion.

– Les avez-vous vus sortir ? crie Lego pour couvrir le vacarme des hélicoptères.

– Non, répond Gloria au même volume. Personne !

Vlime s'éloigne en courant pour aller interroger Magie. Elle revient rapidement.

– Elle a dit qu'y seraient à l'île Gus. C'est eux qui l'avaient attaquée.

– Mon Dieu.

– Faut les trouver avant la police.

– J'ai appelé Francelin, indique Eunice en brandissant son téléphone. Y s'en vient.

Comme de fait, quelques instants plus tard, une forme s'immobilise en bordure du parc ; des phares clignotent à travers les trombes de pluie.

– C'est lui ! hurle-t-elle. Vite ! Suivez-moi !

Tous les quatre se ruent sur la voiture qui démarre en vitesse, doublée toutes les minutes par des camions de l'armée.

– Faut se rendre à l'île Gus.

– Le chemin va être barré.

– Essaie par Fieldvale.

Pendant près d'une heure, la voiture fait des cercles en cherchant un point d'accès, pénétrée où qu'elle se trouve par les lueurs fauves de l'incendie. Sur le siège arrière, Gloria étreint les deux enfants qui grelottent dans leurs vêtements mouillés. Eunice scrute la nuit d'un regard d'effraie.

Soudain, entre deux bosquets d'arbres, elle aperçoit du mouvement.

– Arrête ! crie-t-elle.

Ils sont une demi-douzaine, ils marchent avec peine, le visage noirci, strié de coulisses, les jambes boueuses, les vêtements en charpie. Certains saignent, d'autres toussent comme des tuberculeux. Eunice et Gloria descendent et les pressent de monter dans la voiture tandis que Francelin transporte dans ses bras un garçon à la jambe profondément entaillée.

– Mène-les chez Théo, commande Eunice.

La voiture ne peut contenir que la moitié d'entre eux. Gloria, Eunice, Lego et Vlime attendront qu'il revienne les chercher. Une des rescapées reste avec eux, la grande fille aux bottines trouées qui avait répondu à Gloria la nuit de son expédition dans le parc.

Pendant de longues minutes, personne ne parle. Le bruit des hélicoptères continue de fouetter les airs, mais ils se concentrent sur l'embouchure de la Rouge. La pluie martèle toujours la forêt dont les cimes paraissent enflammées par les reflets de l'incendie. Dans le bouquet de sapins où ils sont cachés, la nuit est opaque, brutale ; elle sent la boue et le métal chauffé.

– L'aviez-vous détruite ? demande enfin Lego.

Fidji secoue la tête.

– Pas au complet. Y a une des bombes qui avait pas marché.

– Des bombes ? répète Gloria.

– Sont où les autres ?

– Les minis restent au camp avec Baleine pis Tic-tac.

– Tic-tac ?

– C'est correct. Y veut tellement qu'on le pardonne. Y va bien s'occuper des autres.

Se tournant vers Gloria, Fidji ajoute :

– Tes petites-filles sont correctes aussi. Sont dans une grotte. Personne les trouvera.

– Où ça ? Faut les sortir de là.

– Pas maintenant. Ça serait dangereux. Pour tout le monde.

– Pow-pow ? Loupiote ? reprend Lego.

Fidji baisse les yeux et se met à pleurer. Lego a envie de la frapper.

– Réponds, Fidji ! insiste Vlime. Sontaient où, Loupiote pis Pow-pow ?

Lego serre sa sœur contre lui.

– Sont morts, Vlime. Y sont morts.

Un bruit enfle soudainement derrière eux, comme un sifflement surhumain mêlé à un violent galop. Quelque chose de grand et de très fort fonce vers eux à pleine vapeur. Eunice plaque les enfants par terre. Un instant plus tard, une masse sombre et fumante les enjambe d'un bond immense. Redressant la tête, ils voient un grand cheval noir s'éloigner à toute vitesse. Il semble épargné par la pluie, comme si son pelage repoussait l'eau.

– As-tu vu ça ?

Gloria n'a pas le temps de répondre à Eunice. Francelin est de retour ; la voiture à moitié engloutie par la pluie se gare à leur hauteur. Les cinq passagers y montent, s'y serrent, comme s'il n'y avait plus que ça, la proximité des autres, leur respiration, leurs prières qui fendent le ciel.

Au matin, le soleil lèche la pluie et la peur. Derrière chez Gloria et Eunice, une multitude de petits vêtements troués sèche sur les cordes à linge, les chaises de jardin, les clôtures. Les gamins dorment encore, ils ont passé une partie de la nuit chez Théo à se faire soigner, soupirant, malgré leurs blessures, comme si c'étaient eux qui faisaient une faveur à l'infirmier. Fidji, Yatim, Jolie et Bègue se sont ensuite installés chez Gloria tandis que la maison d'Eunice a été investie par Vlime, Lego, Magie et Adidas. On a allongé ce dernier dans le La-Z-Boy après que Théo eut recousu la longue lacération qui parcourait son mollet. En s'y calant, le garçon avait l'air triomphant de ceux qui viennent de surmonter la douleur par leur seule force mentale. Théo n'avait rien pour l'anesthésier. Méthode, elle, a refusé de dormir à l'intérieur et s'est éloignée sous l'orage, vétérane de quatre pieds de haut. Les autres se sont écroulés sur les lits et les divans sans demander leur reste ni l'avis de Gloria et d'Eunice, laissant ces dernières incertaines de qui, entre elles et les enfants, mène le bal.

Encore maintenant, alors qu'elles boivent leur chicorée matinale sur la galerie, elles jonglent avec l'étrange impression de vivre en zone occupée.

– On peut entrer?

Bûche se tient devant elles, Minou à ses côtés. Elles portent un plateau de biscuits secs et une boîte de carton. Eunice leur cède le passage, pas fâchée que quelqu'un d'autre prenne le relais après leur nuit blanche. Une fois les enfants endormis, Francelin est venu les informer de la suite des événements. L'armée a établi un périmètre autour du parc de la Rouge. Les explosions ont détruit la moitié de la fonderie de l'île. À part les morts officieuses des deux petits guérilleros, personne n'a été atteint. Salomon est resté au parc toute la nuit avec ses protégés qui voulaient guetter la sortie des enfants demeurés au campement. Au bout de six heures, le cultivateur les a convaincus de rentrer se reposer chez lui. Francelin les a reconduits à Perlemère à l'aube.

Tandis que Gloria cogne des clous dans une berçante imbibée d'eau, Eunice se glisse à l'intérieur. Dans son salon qui sent les pieds et la carbonisation, elle découvre un spectacle inattendu: les enfants sont assis sans méfiance autour de

Bûche, souriante et détendue, qui bavarde avec eux. Pendant que les chiots lui tournent autour, elle puise dans la boîte de petits vêtements qui, s'ils ne paraissent pas neufs, sont néanmoins propres et en bon état. Repêchant un tricot rose à manches courtes, elle le place devant Jolie pour s'assurer qu'il est à sa taille. Celle-ci l'enfile, puis lui demande si elle a des shorts, ce à quoi Bûche répond par une plongée enthousiaste dans la boîte. Vlime a revêtu une robe à volants, Lego un chandail orné d'un imprimé de cravate. Minou, de son côté, masse le pied d'Adidas pour le débarrasser de ses fourmillements. Les gamins se montrent calmes et à l'aise, comme si le drame de la veille s'était dissous dans le matin ensoleillé et les roucoulements des deux femmes. Puis, Fidji fait son entrée.

Le visage gris, la stature démantelée, la reine se dépose sur le divan et son corps s'y enfonce, de plus en plus profondément, comme si sa chair était faite d'une matière à la concentration inouïe, plus pesante que le plomb, plus dense que le deuil. Elle ne regarde personne, respire à peine. Sans dire un mot, Bûche s'assoit à côté d'elle et pose la main sur son épaule.

Le matin s'infiltre, sa lumière acidulée pénètre chaque lézarde, chaque fissure dans le plancher, chaque interstice entre les rameaux, et tout ce bois craque, gémit, libère l'angoisse de la nuit, couvrant presque les paroles des arbres qui, à travers la désolation, cherchent à consoler. D'un chuchotement, Baleine les remercie. Ils en ont déjà tant fait. Si ce n'était pas d'eux, les enfants restés au camp auraient été découverts.

Dès qu'ils ont évoqué l'invasion, Baleine a sonné l'alarme, et Tic-tac et les minis n'ont pas cherché à remettre en cause le message des arbres – ils ne sont plus beaucoup à le faire depuis que Baleine les a informés de la mort de Terreur avant même le retour de l'expédition. Tic-tac s'est instantanément mis à paniquer, pleurnichant qu'ils allaient tous se faire arrêter, qu'il était destiné à finir en prison, que ce serait bien fait pour lui qui, au fond, n'était qu'un lâche, mais ces pauvres minis, eux, qu'allaient-ils devenir… Baleine, à l'inverse, a immédiatement su quoi faire, comme si une zone jusqu'alors inerte de son esprit s'était mise en action ; sous ses exhortations, les minis se sont rapidement hissés dans les arbres pendant que Tic-tac, plus qu'heureux d'obéir à quelqu'un, montait en vitesse tout ce qu'il restait de vivres, les couvertures les plus propres, les objets essentiels – canifs, allumettes, bouteilles, casseroles, armes. Chaque fois qu'il se lamentait qu'il n'y avait plus de place, Baleine en créait aussitôt, suspendant des sacs fabriqués à partir de vieux vêtements grâce à un système de cordages et de poulies digne d'un grand voilier, et récupérant les toiles des meilleures tentes pour en faire des hamacs, de sorte que tous pourraient dormir là-haut, même Bleach si elle finissait par revenir. Contrairement à Tic-tac, Baleine ne s'inquiétait pas pour elle, qui avait le tour d'être toujours là où il fallait – elle échapperait facilement aux griffes des soldats.

Une fois ce travail fait, Tic-tac s'est tourné vers Baleine, l'air torturé : « Faut vraiment que je fais ça ? » La mort dans l'âme, Baleine lui a répondu qu'ils n'avaient pas le choix. Sous l'œil à la fois curieux et inquiet des minis, le garçon a donc accompli en pleurant ce que, quelques semaines plus tôt, il aurait fait en jubilant : il a vidé un bidon d'essence sur tout ce qu'il restait, les meubles ébréchés, les huttes bancales et, dans la grande tradition de Fort Détroit, il a foutu le feu.

Dès que le camp a été rasé, la pluie est intervenue, éteignant braises, remords et odeurs suspectes pendant qu'au-dessus les petits rescapés sanglotaient, la plupart parce que l'endroit qui les avait sauvés de la faim et de la prédation n'était plus, d'autres parce qu'il faudrait le reconstruire. Baleine, pour sa part, pleurait la mort de Pow-pow et Loupiote en secret, encore incapable d'annoncer à ses compagnons ce que sa chère Cybèle venait de lui révéler.

Comme prévu, les soldats ont fini par trouver les vestiges du camp dont il ne restait presque plus de traces – une bouteille de vitre, une cuiller d'argent, quelques mégots, une casquette boueuse. Ils ont conclu qu'il s'agissait d'un point de rencontre de vagabonds, sans penser une seule seconde à lever les yeux vers la voûte des arbres où une demi-douzaine de gamins tremblaient sous une bâche percée en priant pour que les hommes en uniforme tombent dans le trou à caca et s'y noient.

À présent, tout le monde dort, et Baleine se rejoue les événements de la nuit avec une curieuse fierté, celle d'avoir été à la hauteur, d'avoir senti pour la première fois que son existence recluse ne l'empêchait pas d'être utile. La forêt bruit, les gouttes claquent sur les feuilles, la paix cherche un chemin, et il y a quelque chose d'insolite, dans cette beauté, quelque chose de rassurant que Baleine met un moment à s'expliquer. Les oiseaux, muets depuis l'empoisonnement de la rivière, ont recommencé à chanter.

Salomon n'a jamais vu ça. Il a beau creuser dans ses souvenirs, compulser ses manuels de botanique, il ne trouve aucune explication. Pour une énième fois, il lève la tête, questionne le ciel où se noient encore les restes de fumée noire. Peut-être qu'en brûlant l'usine a dégagé une substance qui a tué les fruits, ou provoqué une forme de rachitisme, s'interroge-t-il, tout en sachant très bien que ça n'a ni queue ni tête. Les légumes ne sont ni morts ni sous-développés : ils ont régressé. Les abricots, presque mûrs il y a deux jours, sont retournés au stade de boutons. Les carottes ne sont plus qu'un filament blême ; le maïs est une minuscule prière entre les feuilles géantes. Les pommes de terre semblaient avoir complètement disparu, jusqu'à ce que, pris d'exaspération, Salomon se mette à creuser frénétiquement son rang de grelots. Il a découvert le premier tubercule à plus de deux pieds de profondeur. Comme s'ils s'étaient cachés.

Les enfants, pour leur part, ne paraissent guère étonnés de cette tournure. Jolie s'est contentée de qualifier la situation de « bâdrante », tandis que Bègue lui a demandé comment il avait réglé le problème la dernière fois. Salomon a balbutié quelques mots flous, incapable d'articuler son impuissance. C'est la première fois qu'il n'arrive pas à trouver dans le passé quelque chose pour informer le présent. Il tire une carte de son jeu de tarot dans l'espoir d'entrevoir un axe, une ligne de conduite, et tombe sur la Roue de la Fortune. La carte de l'avenir et du destin.

En route vers chez lui, sa stupéfaction se décuple à la découverte de nouvelles cultures spontanées dans les friches. Celles-là ne semblent pas avoir été effarouchées par l'explosion : les jalapeños, par exemple, reluisent d'un éclat presque arrogant. Pris d'une impulsion, il quitte le sentier et s'enfonce dans les herbes folles. Au bout d'une vingtaine de pas, il se laisse tomber au milieu de ces plantes qu'il reconnaît pour les avoir côtoyées durant sa jeunesse, au bord de la voie ferrée, au fond des cours, en compagnie de chats marlous et de filles frondeuses. Des petites fleurs aux pétales plus fins que des cils, des lianes miniatures qui étranglent délicatement leurs voisines, et ces cosses qui éclatent dès qu'on les effleure, projetant leurs graines à la ronde comme des feux d'artifice. Salomon prend une grande inspiration. Ces plantes ne sentent pas bon, mais leur odeur le ravit ; elle a quelque chose d'indifférent, de libre. Il pense à Ulysse, aux concoctions et liqueurs qu'il tire de cette végétation parallèle, il pense, toujours, à la mort de César. Puis il songe à sa propre mort – c'est la première fois que son esprit se permet d'aller là. À travers toutes les débâcles et les disparitions qui ont tissé l'histoire de Fort Détroit et malgré les échecs personnels, la violence et les injustices qu'il a subis, sa propre existence ne lui a jamais semblé compromise. Toute sa vie, il a été immortel.

Son regard se porte vers l'est, là où, quelques secondes auparavant, il ne voyait que l'horizon bourdonnant d'insectes. Une grappe y flotte, chargée de petits fruits gonflés, presque noirs. Du sureau. Si tôt ! Le vent agite la branche ; on dirait qu'elle le salue. Tout à coup, le goût de la liqueur de fleur de sureau d'Ulysse lui revient. Salomon s'avance vers l'arbuste, tend la main, et son geste lui paraît interminable, comme si la distance entre sa paume et la grappe de fruits n'en finissait plus de se diviser, mais il sait qu'il finira par y toucher et qu'alors tout s'apaisera, et le ciel de Fort Détroit changera de couleur.

Francelin avait dit deux jours, Eunice, un mois. Gloria, elle, croit qu'il est possible qu'ils ne partent jamais. Depuis une semaine, les soldats maintiennent un périmètre serré autour du parc, défendant à quiconque d'y entrer. En sortir serait un aveu de culpabilité immédiat. Il n'y a que Bleach qui ait trouvé un moyen d'aller et venir sans se faire repérer, ce qui a permis d'établir que les enfants restés au campement étaient sains et saufs. Bègue est convaincu qu'elle a creusé un tunnel pour s'y rendre, Yatim, qu'elle a une cape d'invisibilité ; Lego est furieux qu'elle refuse de révéler son secret aux autres. Quant à Cassandra et Mathilda, impossible d'obtenir des détails, malgré les incessantes questions de Gloria. Selon Bleach qui, à la demande de Fidji, s'occupe de les ravitailler, l'aînée est « assez contente de leur cachette, mais moins qu'avant » et « la plus petite mange pas beaucoup ». Gloria se ronge les sangs, et ne demanderait pas mieux que de foncer au parc de la Rouge pour sortir ses petites-filles de là, mais elle ne saurait pas où chercher et, comme Eunice le lui rappelle régulièrement, une telle intrusion mettrait en péril tous les gamins restés au camp.

Ceux qui en sont sortis supportent la situation avec divers degrés d'acceptation. Certains n'attendent que de pouvoir rentrer chez eux, refusant la nourriture proposée par les résidents de l'avenue Clyde qui se relaient pour préparer d'immenses repas, préférant fouiller dans les poubelles ou dormir à la belle étoile. D'autres semblent prendre goût au confort des maisons. La plupart sont de belle humeur mais tous éclatent en sanglots incontrôlables au moins une fois par jour, quelques-uns frappent les autres ou brisent des objets, ou partent en courant pour ne revenir que le lendemain ; ils crient, grimpent et virent la maison à l'envers – Gloria a l'impression de ne rien faire d'autre que réparer des dégâts. Le calme survient parfois sans explication, si abruptement que c'en est inquiétant. Alors, Gloria sillonne les pièces, cherche la catastrophe silencieuse, ne la trouve pas, s'assoit pour souffler sans arriver à se défaire d'un doute lancinant.

Lorsqu'elle parvient à dormir un peu, elle fait des rêves étranges. Un clochard vêtu de rouge cavale sur le dos de la maman pitbull, ou alors il rôde autour de la grotte où se cachent Cassandra et Mathilda. Lorsqu'il tente d'y entrer, une nuée de chauves-souris en fuse, chassant l'intrus. Puis les volatiles se transforment en chevaux ailés d'un noir de charbon, crachant du feu par leurs naseaux.

Elle a beau interroger les enfants à ce sujet, elle n'obtient que des réponses sibyllines. Ils semblent tous au courant de l'existence du cheval, dont Vlime affirme qu'il est leur « sauveur ». Fidji approuve gravement ce commentaire. La jeune fille, dont Gloria a compris qu'elle était la cheffe de la bande, n'a guère prononcé plus d'une douzaine de mots depuis son arrivée. Elle passe des heures enfermée dans la chambre rose, où elle dort à même le plancher, et son visage est toujours strié de larmes.

Yatim et Jolie sont plus bavards ; ils placotent jour et nuit, ne s'interrompant que pour se goinfrer de tout ce qui contient de la farine blanchie ou du sucre. C'est pourquoi, lorsque leur babillage s'éteint un après-midi, Gloria est saisie par son pressentiment habituel. Elle grimpe à l'étage, à chaque seconde plus convaincue qu'il est arrivé quelque chose. En haut, elle se bute à Jolie qui, suivie de Yatim, descend sans la regarder, les mains refermées sur un objet mou, une sorte de petite étoffe grise.

– Qu'est-ce que t'as là ? demande-t-elle.

Jolie ouvre les doigts, révélant le corps inerte d'Iggy.

– Il a mouru.

– Comment ça ?

– On avait serré avec nos doigts.

Sur le visage de la fillette comme sur celui du garçon ne se lit aucune contrition, ni même la crainte de se faire gronder. Ils ont tué une souris, voilà tout.

– Mais vous le saviez que c'est mon mulot apprivoisé ! s'exclame Gloria.

– C'est pas fait pour l'apprivoisement, les mulots. C'est des animals sauvages.

Sous le regard estomaqué de Gloria, les deux enfants descendent, sortent par l'arrière et lancent le corps d'Iggy dans les hautes herbes avant de s'enfoncer eux-mêmes dans les friches, à la fois proies, prédateurs, faunes et maquisards.

Les étoiles suffisent, se dit Méthode en examinant l'angle d'une maison délabrée ; pas besoin de couverte, de matelas, de lait chaud ni de bonne femme laide pour se faire dire quand dormir. Au bout de l'avenue Clyde, l'enfant s'allonge dans son rayon de lune, irritée. On dirait que les autres ont déjà adopté la vie domestique et oublié le Ravin, leurs tentes et la fabuleuse roue des feux de camp, des nuits blanches, des batailles, du libre arbitre. Ici, les règles ont commencé : ne pas manger avec les mains, ne pas mettre la radio trop fort, ne pas mordre les autres, ne pas se lancer d'objets, ne pas courir avec des ciseaux, ne pas dessiner sur les meubles, ne pas ne pas se laver. Elle l'a su dès le moment où ils ont accepté le shampoing antipoux : s'ils pliaient là-dessus, ils plieraient sur tout. Elle-même donnerait n'importe quoi pour retourner se blottir dans le giron de la forêt, dans le tissu lourd et piquant du groupe, mais au lieu de cela, elle dort seule sur des galeries pourries, exposée au vent et aux rats. Mieux vaut ça qu'une maison, se répète-t-elle, comme une comptine qui l'assoupit. Mieux vaut ça qu'une maison.

Elle a dormi un instant, ou peut-être très longtemps, lorsqu'un bruit la tire de son sommeil, on dirait quelque chose qui tombe, un objet encombrant dont on se débarrasse – un manteau, un sac, une morale. Alerte, elle garde toutefois les yeux fermés, une ruse éprouvée : elle attend de comprendre ce qui se passe avant d'agir. Bientôt, une respiration lourde se révèle tout près d'elle, puis un bruit de fermeture éclair. Un frisson la traverse des orteils au sommet du crâne et sa gorge se referme, puis son corps entier – elle se souvient parfaitement de ce qui va suivre. Peut-être a-t-elle une chance de s'en tirer, après tout, elle est dehors, c'est une des raisons pour lesquelles elle évite les maisons et les endroits clos ; elle peut bondir, se pulvériser dans l'espace. Une main se pose sur sa jambe, ni brusque ni douce, juste là, et elle ne tressaille pas.

Le visage de l'homme ne lui est visible qu'un instant lorsqu'elle ouvre les yeux, si brièvement qu'elle n'est pas certaine de l'avoir vraiment vu ; déjà, il est allongé, face contre terre près d'elle, comme s'ils faisaient la sieste côte à côte, la fillette et le soldat, et ce n'est qu'après qu'il s'est abattu que le son lui parvient, un *crac* cassant, irréversible.

Méthode se redresse. De l'autre côté du soldat mort se tient celle que tout le monde appelle Bûche, le nom lui va bien, elle a la forme d'une bûche, même ses cheveux courts donnent à sa tête l'apparence d'un rondin, sa peau paraît rêche, son centre dur et chaud. En rangeant son pistolet dans sa ceinture, elle regarde Méthode d'un air neutre.

– Désolée, je voulais pas t'apeurer. Je m'occupe de la carcasse.

Méthode considère Bûche, puis le corps du soldat qu'une tache rouge dévore lentement.

– On a une place pour les loups morts, dit-elle.

– Oui, répond Bûche. Je sais c'est où.

Ulysse est à l'horizontale depuis si longtemps que sa peau semble avoir glissé vers le bas, attirée par la terre comme un sol en pente qui s'affaisse. Son front est moite, brûlant, ses muscles parcourus de tremblements, son esprit embrouillé. Mais il n'a pas encore sombré dans l'inconscience qui avait englouti César. Salomon s'efforce de le redresser, empilant les oreillers derrière son dos. À chacun de ces gestes, Ulysse bat des paupières, le regard dans le vague.

– Merci. Merci, mon cher. Oh, merci.

Salomon sourit tristement. La tignasse du malade, parfaitement blanche, est restée forte et fournie ; l'envie lui prend de plonger les doigts dans cette longue pluie de cheveux.

– Les légumes ont disparu, Ulysse. Y a eu une grande explosion pis ils ont disparu.

– Hmm. Une explosion.

– Tu l'as peut-être sentie. Y a des soldats tout partout. Le parc de la Rouge est comme une zone occupée.

– J'ai été soldat, moi.

– Je sais.

– Soldat raté.

– On dirait que ç'a eu un effet sur les plantes. L'explosion.

– Effarouchées.

– Exactement ! T'as déjà vu ça ?

Les yeux rivés devant lui, Ulysse dresse l'index, puis soulève le bras au complet qui s'anime, se balance selon un rythme inaudible. On dirait un chef d'orchestre sourd.

– Mais le plus bizarre, poursuit Salomon, c'est que ça touche pas tous les jardinages. J'ai commencé d'en trouver qui poussent dans les fardoches. Des coins où personne met les pieds, c'est pratiquement impossible que quelqu'un ait planté, semé, ou même que les graines aient voyagé là.

– *Heureux qui, comme Ulysse, a fait un beau voyage.*

Son index danse, comme si les paroles mollement articulées étaient un air pimpant.

– Des aubergines, des piments forts, des betteraves…

– Des amours spontanées, murmure Ulysse.

– D'où vient qu'ils ont pas disparu, eux ?

– *Et puis a retrouvé, après maintes traversées, le pays des vertes allées.*

Une fine mélodie s'échafaude à travers les mots. L'index danse encore un peu, puis retombe. Salomon se frotte les yeux.

– Le sel de la terre, poursuit Ulysse. Ça finit par fleurir. Ça peut pas s'en empêcher. C'est comme l'amour. Comme les enfants.

– Tu sais que je suis en train d'en former quelques-uns ? La relève.

– J'en ai eu, moi, des enfants. Je les ai jamais revus.

– Je sais.

– Jamais.

– Y travaillent bien. Viennent du parc de la Rouge, tsé ? Les sauvageons. On a fait de la bonne ouvrage depuis que t'es tombé malade.

– Mais c'est eux, tout ça.

– Tout ça quoi ?

– Les jardinages. Les écloraisons. Les choses qui jouent à cache-cache. Les bombes à Gus.

Salomon reste coi. Il n'avait pas précisé à Ulysse que l'explosion avait eu lieu sur l'île Gus.

– Ça va revenir. Faut patienter. Jouer aux cartes en attendant. César triche moins que moi.

– César est mort, Ulysse. Y reste seulement que toi pis moi.

Salomon voudrait continuer, formuler un souhait, une supplique, mais sa voix se dérobe. Il serre les dents.

– Ça va revenir, répète Ulysse. C'est pas une place de disparition, ici ; c'est une place de résurrection.

Salomon hoche la tête. Des larmes roulent sur ses joues. Sur la table de chevet, il prend un sac de papier et en tire une grappe de fruits noirs.

– Regarde ce qui pousse aussi dans les fardoches. Du sureau.

Ulysse se tourne enfin vers son ami et le regarde dans les yeux. Maladroite, sa main se pose sur les baies. Comme si ce contact suffisait à le réconforter, le malade ferme les yeux et sourit.

– Oui. Ça, oui.

Son pied la travaille. Ces temps-ci, son diabète est une matière capricieuse, un mercure insaisissable. Un jour, elle se sent légère, elle pourrait danser le charleston ; le lendemain, elle a l'impression que le sol est devenu de la pâte à pain. Eunice a appris à juger de son état en faisant la moyenne de ses journées. Somme toute, elle arrive à garder le cap, même aujourd'hui, tandis que, les pieds dans la guimauve, elle manipule un chapelet d'assiettes qui se salissent au fur et à mesure qu'elle les nettoie. Les enfants sont dans la chambre de son père, affairés à fouiller dans une boîte de jouets déterrée du sous-sol d'un voisin. Leurs voix se mêlent, lui parvenant sous la forme d'un brouillard d'interjections. Il y a des moments où les autres deviennent totalement indistincts. Surtout lorsqu'ils sont hauts comme trois pommes et que leur jacassement ne cesse jamais.

Mais à travers ces brumes, quelque chose se détache. C'est un air qu'elle connaît, une pierre jusqu'alors engloutie dans le puits de sa mémoire.

– *Jean qui pue qui danse, Jean qui pue qui danse.*

Des éclats de rire bondissent derrière le refrain. Eunice essuie ses mains sur son short et se dirige vers Adidas qui sautille, la jambe toujours bandée, en direction des toilettes.

– Quoi ce que tu chantes là ?

– Ben... ta toune.

– Ma toune ?

– T'es tout le temps après chanter des chansons à bras. Surtout celle-là. C'est de même que je l'avais appris.

– Je chante ça, moi ?

– Je change un petit peu les mots. « Jean qui pue », ça faisait plus drôle que « Jean Petit ».

Eunice regarde le gamin s'enfermer dans la salle de bain, se retenant de lui lancer un énième : « Vise bien la toilette ! » Ça ne sert à rien. Chaque soir, elle essuie un demi-litre de pisse sur le carrelage.

Elle s'éloigne à pas lourds, consternée. Se pourrait-il que les chansons de son père aient survécu en elle à son insu ? Dans la chambre, les gamins placotent à qui mieux mieux en manipulant les vieux jouets. À les voir, on ne croirait jamais que leur camp est assiégé, que deux d'entre eux sont morts et qu'ils viennent de perpétrer un attentat. Ils ont l'âme élastique. Eunice reste en retrait, à demi invisible dans sa maison. Les enfants, même les plus craintifs, se sont habitués à sa présence, ce qui signifie qu'ils font comme si elle n'existait pas. Cela a l'avantage de lui permettre d'épier leurs conversations.

– Y resterait-tu de la compote ?

– R'garde, d-des petits ca-camions !

– Non, Vlime l'avait toute pris.

– Des petits *cacas* ?

– Vlime, grosse couiche !

– Des *c-camions* !

– On ira-tu aider Magie au champ aujourd'hui ?

– Oui !

– Non !

– On joue à l'oiseau grondin !

– Moi m'as aller construire notre maison avec Cheddar marbré pis Bûche.

– Tu seras même pas cap'.

– Y fait chaud !

– Plus cap' que toi ! J'avais appris à faire du marteau, tu sauras.

– Ça sent le vieux ici.

– Je veux me baigner.

– C'était parce que c'est la chambre d'un vieux, avant.

– Ah oui, celui qui s'avait fait écraser par l'autobus.

À ces mots, Eunice tressaille.

– Qu'est-ce que tu viens de dire ? demande-t-elle en pénétrant dans la pièce.

Yatim baisse les yeux, comme si on l'accusait d'avoir été au volant du véhicule.

– Le… le monsieur qui a vécu ici. Il s'avait fait écraser par un autobus.

– Un autobus ? T'es sûr ?

– On était trois à l'avoir vu. Hein Adidas ?

De retour dans la chambre, ce dernier s'allonge dans une posture de pacha et opine. La main d'Eunice est agrippée à sa poitrine, grattant désespérément, comme si elle essayait de creuser jusqu'à son cœur.

– Est-ce que vous parlez du gros autobus tout bariolé ? Celui qui fait des tours guidés de la ville ?

– C'est pas la première fois, confirme Lego, le sourcil sévère. Y nous en avait écrasé un, nous aussi, à l'automne. Drette au bord du parc.

– Un mini, en plus, ajoute Adidas.

– C'était ton papa, le vieux ? s'enquiert Vlime.

La main d'Eunice remonte, balaie son front.

– Oui. C'était mon papa.

Les enfants hochent la tête, huit petits ovales qui dodelinent doucement dans l'air humide comme des ballons dans l'eau, des souvenirs dans un grand lac blanc.

Dès qu'il ouvre les yeux, il les voit. Dans un des livres que leur lit Bègue, le personnage qui revient de la guerre répète sans cesse : « Dès que je ferme les yeux, je les vois. » Yatim devine que celui qui a écrit cette histoire-là n'a jamais vraiment connu l'horreur parce que si c'était le cas il aurait su que c'est le contraire : c'est en ouvrant les yeux qu'on les voit, les gens qui sont morts, ceux à qui on a fait du mal ou qu'on n'a pas pu sauver, ceux qu'on aimait bien sans le savoir et qu'on ne reverra plus ; ils vivent parmi nous, comme des rêves sans sommeil. Où qu'il aille, les morts apparaissent à Yatim – il regarde à droite, et les silhouettes trapues de Pow-pow et de Loupiote se dressent devant la fonderie de l'île Gus ; à sa gauche surgit le charnier flottant dans la Rouge et devant lui, Terreur, les bras levés, qui rit de son rire de maniaque, et cette vision le déchire en deux, une partie de lui toujours possédée par l'envie de l'étrangler, l'autre réalisant combien ses idées démentes vont leur manquer, à quel point sa barbarie leur était précieuse.

C'est de la fureur de ce dernier qu'il s'est laissé animer au retour de l'expédition, sa manière de réagir au monde à grands coups de massue : l'usine leur avait pris les leurs, ils allaient s'en prendre à elle. Simple, logique, absolu. Mais maintenant que c'est fait, Yatim n'est plus sûr de rien, il se demande si c'est vraiment la chose à faire, s'il vaudrait mieux annuler. Les autres lui disent de se taire, qu'il est trop tard, ils n'acceptent pas qu'il puisse vouloir revenir en arrière ; ils ne comprennent pas que les fantômes ont contaminé la langue de Yatim, que le futur et le passé sont en fait comme deux points sur une sphère qui roule sans fin. Malgré leur agacement, il revient à la charge. Est-ce que la violence est une bonne idée ? Est-ce qu'un grand acte de destruction équivaut à des centaines de petits gestes mortels ? Est-ce que ça réglera le problème ? À voir les officiers de l'armée sillonner l'ouest de la ville comme des soldats de plomb, il est loin d'en être convaincu, et une part de lui, peut-être celle où Terreur s'est logé, voudrait tirer dans le tas tandis que l'autre part baisse les bras – après tout, qu'est-ce qu'il y a de mal à vivre dans des maisons avec des lits, des déjeuners, des toilettes qui font disparaître le caca, la morve et les gaffes ? À ces pensées, ses yeux se remplissent d'eau. Pourquoi est-ce si facile d'être ici, dans le monde des adultes, alors qu'ils avaient tout fait pour s'en échapper ?

Au-dessus de lui, un faucon tournoie à la recherche de son repas. Chacun ne pense qu'à survivre. « Terreur, qu'est-ce qu'il faudrait faire ? » Une membrane enfouie profondément en lui résonne d'une réponse obscure, une vérité insaisissable dans laquelle il voudrait mordre. À moins que cette onde ne provienne d'ailleurs, de sous ses pieds ? La cité est un fleuve de questions.

En quête désespérée d'un signe de vie de ses petites-filles, Gloria se résout à lire dans des feuilles de thé. Le sifflet de la bouilloire réveille Fidji qui dort sur le divan. « Feu ! » lance-t-elle avant de s'effondrer à nouveau dans son amas de couvertures. Gloria verse l'eau, boit le thé et fait tourner sa tasse, fixant son regard tout au fond. Les feuilles s'étirent pour esquisser un message, un chemin, une direction. *On dirait un marteau*… observe Gloria. *Ou une cigogne.* Chaque fois qu'elle arrive à voir quelque chose, il lui semble que les herbes se dérobent et changent de forme. *Un pont. Un ours. Une hélice.* Dehors, les enfants jouent au ballon-bâton, un sport de leur cru qui consiste à essayer de marquer un but avec les pieds tout en utilisant des bouts de bois pour taper sur les adversaires. *Une main. Un crabe.*

Un vent frais traverse le moustiquaire. Après des mois à s'être fait attendre, l'été est sur le déclin. C'est comme dans les montagnes russes : on monte pendant ce qui semble une éternité, puis la descente est instantanée. On ne ressent rien d'autre que l'anticipation et la rétrospection, mais le moment lui-même n'arrive pas. On n'est jamais vraiment au faîte de la montagne ; on n'est jamais vraiment en été. *Une pelle. Une urne.* Gloria repousse sa tasse et va vérifier que les cendres de sa fille sont encore dans l'armoire où elle les a cachées pour les soustraire au chaos. Rien n'a bougé ; la boîte grise est là, à la fois droite et torse comme un point d'interrogation. Gloria pose une main dessus. Le métal est tiède, poli par l'incertitude, et dès qu'elle le touche, ses yeux se remplissent d'eau. *Je ne sais toujours pas quoi faire de toi.*

À l'étage, les lits sont défaits – le mot n'est pas vraiment approprié ; *démantelés* serait peut-être plus proche, comme si les enfants avaient déconstruit le concept même de lit. Gloria ramasse les restes de nourriture qui moisissent dans les coins, roule en boule les draps humides. Dans la chambre de Judith, le plancher est jonché de billes. Elles étincellent dans le soleil; leurs reflets grimpent le long des murs, traçant un gros cœur mouvant à côté de la fenêtre. Soudain, une présence la fait sursauter. Bleach est derrière elle, surgie de nulle part comme si elle avait éclos d'un paquet de linge sale.

– Tu ferais quoi ?

– Du ménage. Tu as besoin de quelque chose ?

– Mes billes.

– Ah, c'est à toi, commente Gloria en la regardant ramasser les boules de verre qui semblent rouler vers sa main d'enfant comme si sa peau était aimantée. Bleach, reprend-elle, je voulais te demander, au sujet de Cassandra et Mathilda... sais-tu si elles ont reçu mes messages ?

– Quels messages ?

– J'ai mis des lettres un peu partout en ville, j'espérais que ça se rende à elles. Mais avec le parc qui est fermé...

– Ah, les papiers jaunes ! Oui, ça s'avait rendu.

– T'es sûre ? Comment ?

– Ben, c'est des mots. Ça se rend.

Gloria tord son torchon dans ses mains.

– Mais dans ce cas-là... Qu'est-ce que... Elles ont dit quelque chose ?

D'un air impénétrable, l'enfant la tétanise de ses yeux rougeâtres, l'index devant les lèvres. Un cri retentit à l'extérieur, et Gloria se tourne un instant vers la fenêtre. Lorsque son regard revient vers la chambre, Bleach n'est plus là. Quelques secondes plus tard, elle voit la petite rejoindre ses camarades autour du ballon, plus vite que cela ne lui semble possible.

À pas prudents, comme pour éviter des billes ou des orteils d'enfants, Gloria se dirige vers la salle de bain. Elle se perche sur le rebord de la baignoire dont l'intérieur est recouvert d'une épaisse couche brumeuse et elle commence à nettoyer. Le bruit, comme un souffle humain, froisse l'espace autour d'elle ; il lui semble que quelqu'un lui chuchote un secret. Elle répète l'opération, frottant à nouveau la surface blanche, et le murmure reprend : « Celles ». Ou peut-être « seules ». Ou encore « sœurs », ou simplement « sale ».

Dans la crasse, elle trace les lettres de son nom, puis de celui de Cassandra, de Mathilda. Le mot *Judith*. Elle les contemple toutes les quatre, côte à côte comme des amies, des parentes assises à la même table, attendant de partager un repas ou des photos de voyage. Les choses auraient pu être si normales.

Elle fait couler l'eau, frotte les flancs émaillés de la cuve, rince les résidus de dix petits corps et fait disparaître les noms qui ne veulent plus dire la même chose. Puis elle bouche le bain, le remplit d'eau chaude et y plonge les draps souillés, les serviettes sales, sa peur crasse. Sa peur, un petit objet à la forme anodine, pas plus gros qu'un œuf, pas plus lourd que la honte. Elle la serre dans sa paume et la maintient sous l'eau ; elle lave les draps comme elle voudrait laver tout le reste. L'angoisse remonte à la surface, propre, elle aussi, crue comme une étoffe fraîche.

Le Shling est éclairé aux chandelles. Dans une ville comme celle-ci, c'est pratiquement une provocation, mais la génératrice qui alimente les amplis ne pouvait pas en prendre plus. La lumière des flammes fait de la magie, produisant de la musique avant la musique, longues notes rousses dans le silence de l'attente. Les musiciens, qui font tonner doucement leurs instruments en les installant, ajoutent à ce *hum* patient.

Salomon s'est assis tout au fond, renonçant à la table du premier rang que Gloria leur avait prise. Il regarde les têtes appesanties par l'humidité, la crinière cassante de Raquel, les longues boucles de sainte italienne de Gloria. Adossé au mur côté cour, Francelin contemple avec satisfaction la résurrection à laquelle il a participé. Quant aux enfants, ils n'ont pas montré trop d'intérêt pour la réouverture de l'établissement qu'ils ont vraisemblablement sauvé, mais dans la ruelle, Salomon a cru entrevoir de petites silhouettes qui s'échangeaient une cigarette au clou de girofle. Il a les mains qui tremblent, la bouche sèche, un trac incongru. Il n'a pas vu cette salle remplie de monde depuis trente ans. Les corps qui chauffent l'atmosphère, les instrumentistes penchés sur les chevilles à accorder, le murmure des conversations et des notes qui se cherchent, les verres où perle la canicule. Le tableau est merveilleusement anachronique.

Le violon ouvre le bal. Salomon n'avait pas reconnu le violoniste jusqu'à ce qu'il se mette à jouer. Il n'en croit pas ses oreilles. Un mélange de reel canadien-français, de jazz et de complainte yiddish, un son dansant et débordant d'âme dont il avait fait son deuil, au point d'oublier l'avoir entendu. Voilà qu'il refait surface, intact, magistral.

La contrebasse et une discrète batterie se joignent à la voix du violon, et la musique penche décidément vers le jazz, jusqu'à ce que l'accordéon vienne dégringoler sur la mélodie, l'entraînant du côté cajun, puis une guitare déchire l'air de mélancolie. Une partie de Salomon s'endort, une autre s'éveille. Il sent ses mains tressauter sur ses genoux et des larmes rouler sur sa figure. Devant lui, les têtes de ses amies dodelinent au rythme de la musique. Salomon se demande si Raquel a la même impression que lui, le sentiment de goûter à un fruit qui aurait cessé d'exister, qui tient dans sa saveur un univers entier.

Les musiciens concluent leur chanson, en entament une autre, le très vieil homme qui piquait la guitare prend le micro, égraine une chanson où *fou* rime avec *true,* la foule applaudit avec une ferveur retenue, comme pour ne pas effaroucher un mirage. Les pièces s'enchaînent, Salomon est toujours pris de vertige, son esprit monte et redescend à toute vitesse l'échafaudage de ses souvenirs. Puis, au fond de la scène, le batteur se lève, place sa main au-dessus de ses yeux pour les protéger d'un soleil imaginaire. Salomon devine tout de suite ce qui va se passer ; il se cale sur sa chaise, les flammes des bougies vacillent, les visages se tournent vers lui. Le percussionniste feint la surprise – il sait sans doute depuis le début que Salomon est là, recroquevillé dans l'ombre et dans la terreur de revisiter ses vies antérieures.

– Mesdames et messieurs, quand cette soirée a commencé, il nous manquait un joueur, mais les dieux du détroit nous ont arrangé ça. Un des meilleurs pianistes à avoir sévi sur la scène du Shling est parmi nous, et avec un peu d'encouragements, il va peut-être accepter d'y remonter. Salomon « Digits », viens nous rejoindre !

Refuser, il le sait, ne servira à rien. L'auditoire va taper des mains et crier à tue-tête, ils vont chahuter jusqu'à ce qu'il cède, lui qui, au fond de son cœur, a déjà cédé. Il est rouillé, ça va sonner tout croche – de toute façon, il n'a jamais été un virtuose. Mais il était capable de façonner une mélodie. L'amour du public faisait le reste.

Dans une transe glacée, il se lève et enjambe les sacs à main, les flasques d'alcool maison et les casques de moto pour grimper sur la scène. Le piano, par quelque prodige, n'a pas changé – la même touche à l'ivoire fêlé sur le *fa* grave, le même graffiti anarchiste sur le pupitre. Il s'assoit.

– Il a été accordé, lui assure le contrebassiste à l'accent sénégalais.

Tétanisé, Salomon se tourne vers l'assistance. Tout au bord de la scène, Gloria et Raquel le regardent, la première avec stupéfaction, la seconde avec confiance. Les autres visages sont flous, comme une eau troublée par le vent, mais il sent le regard des enfants, ceux de ses amis, morts et vivants, et même celui de la femme qui lui a appris, il y a soixante ans, comment placer ses doigts sur un clavier, à la fois souples et fermes, avides et déférents. Il sent toute sa vie fourmiller dans ses mains, un pan de son passé soudainement lâché au milieu de la pièce. Il n'y arrivera pas.

Alors, une silhouette s'avance du fond de la salle, voûtée comme pour s'excuser d'arriver en retard. L'homme marche jusqu'à la première rangée et se laisse glisser sur la chaise entre Raquel et Gloria. Lorsqu'il lève la tête, Salomon le reconnaît enfin avec certitude. Ulysse est là.

Son vieil ami tire de sa ceinture un petit sac en papier, en extrait une baie noire qu'il projette dans sa bouche d'une chiquenaude. Sous le regard amusé de ses deux compagnes, il adresse un clin d'œil à Salomon. Ce dernier reporte son regard sur le clavier. Dans son dos, il perçoit l'indéfectible solidarité des musiciens, leurs exhortations muettes, « t'es capable, vas-y, *we got your back* », et il pose ses longs doigts sur le piano comme on touche l'épaule d'un frère après des années d'absence, et dès qu'ils entrent en contact avec l'ivoire jauni, ils cessent de trembler. Du pied, il frappe trois coups au plancher, et enfin, avec plus de trente ans de décalage, la musique jaillit.

Eunice n'a pas l'habitude de sortir de chez elle en pleine nuit. Même lorsqu'elle était jeune et qu'il y avait encore des bars, des fêtes, des manifestations, elle restait chez elle, pantouflarde avant son heure. Ce n'est certainement pas aujourd'hui, à presque cinquante ans et dans une ville possédée par les coyotes et les soldats, qu'elle va commencer à traînailler dans les rues à la pleine lune.

Les enfants, eux, sont d'une autre trempe. Rester à l'intérieur du crépuscule à l'aube leur est contre nature. Ils sortent à n'importe quelle heure, parfois jusqu'au matin, puis ils s'affalent sur leurs matelas, le tapis ou sous la table de la cuisine et dorment jusqu'à ce qu'un des leurs crie assez fort pour les réveiller. Eunice les laisse faire, choisissant ses combats. Faire respecter l'utilisation du papier hygiénique et l'interdiction de brûler les meubles lui semble déjà suffisant. Les gamins continuent donc à aller et venir à leur guise, et elle à garder le fort pendant la nuit.

Mais lorsque Lego arrive à minuit et demi avec une information si importante qu'elle exige qu'il saute sur son lit pour la lui révéler, tous ses principes s'envolent.

– Où, tu dis ?

– Par là, indique-t-il en pointant vers l'est.

Eunice s'habille à la hâte, pantalon à l'envers, t-shirt sens devant derrière, et elle suit Lego à l'extérieur. Dans la remise, ils prennent quelques outils, une pioche, un bâton de baseball que Lego fait tourner d'une main experte, puis ils partent vers l'est. Ils marchent pendant trente minutes, empruntant des raccourcis tortueux où le garçon en profite pour arracher quelques avis de recherche pourtant illisibles. Ils aboutissent dans un grand stationnement gris au milieu duquel des lettres bigarrées se détachent, éclatantes comme en plein jour : *URBAN DECAY TOUR – DÉCOUVREZ LES RUINES DE FORT DÉTROIT.*

– C'est lui.

– C'est lui.

– Y a personne en dedans ?

– On s'en fout.

Avec un grognement, Eunice contourne l'énorme véhicule et frappe à la porte, d'abord doucement, puis avec plus de force. Au-dessus d'eux, les chauves-souris tournoient dans le halo de l'unique lampadaire en poussant des petits cris de Martiens. Lego trépigne.

– OK, statue Eunice.

L'élan qui suit a quelque chose de surnaturel, en ce qu'il défie la fatigue, la maladie, le temps qui gruge les articulations. Eunice bondit très haut et, d'un immense coup de pioche, elle fait voler en éclats le rétroviseur de l'autocar. De l'autre côté du mastodonte, Lego s'attaque aux fenêtres, puis aux flancs du véhicule, criblant la tôle de creux et de bosses. Eunice l'imite, puis s'en prend aux pneus, qu'elle fait éclater un à un ; sa force se décuple à chaque impact mais ce n'est pas assez, il en faut plus, l'autocar est trop gros, imprenable.

C'est alors qu'une rumeur déferle autour d'eux, un vrombissement avide qui s'avance de tous les côtés à la fois, et pendant quelques secondes Lego et Eunice se replient l'un sur l'autre, craignant de voir apparaître les soldats ou des touristes en furie, mais ce n'est pas ça. Sortis de nulle part, une masse d'enfants munis de barres de fer, de pieds-de-biche, de bouts de tuyauterie et de sabres laser arrivent en courant, ameutés par on ne sait quel instinct, un flair qui les guide naturellement vers ce genre d'entreprise, et c'est maintenant une armée disparate qui s'en prend à l'autocar mangeur d'hommes, qui le frappe et fait siffler ses entrailles. La frénésie les gagne tous, Eunice ne voit plus clair, elle défonce, défigure, abolit. Dans la mêlée, il lui semble apercevoir Gloria, peut-être Salomon, la forme furieuse du Nain rouge chaussé de sabots brûlants, et tout en haut, au sommet de ce qui ne ressemble plus du tout à un autocar, la silhouette de son père ; on dirait qu'il danse sur le toit, les pieds en équilibre sur la tôle froissée. Dans l'aube sale, une étincelle jaillit d'on ne sait où et, lentement, avec une sorte de grâce, le feu s'installe dans ce qui reste du véhicule. Les assaillants s'éloignent, forment un grand cercle autour de l'incendie, une lumière brune se pose sur le stationnement saccagé et, au centre, le mal brûle, il brûle encore.

Les orages continuent. Fidji a oublié ce que c'était que de les subir au campement – comment faisaient-ils pour s'abriter dans ces tentes pleines de trous ? Restaient-ils vraiment perpétuellement humides ? Les jours raccourcissent, la chaleur se désintègre au passage des hélicoptères de l'armée et, déjà, Fidji pense à l'hiver. Elle pense à sa deuxième, à sa troisième vie. À toutes celles qu'elle a gâchées. Elle aurait dû voir à quel point le plan de Yatim et Méthode était dangereux, elle aurait dû les freiner, mais avec la mort de Terreur et le carnage sur la rivière, l'idée de la vengeance avait enflammé le Ravin et pour une fois il y avait une sorte d'accord, un élan collectif ; pour une fois, les choses semblaient simples, noires et blanches, et elle a marché vers la noirceur sans réfléchir.

Où qu'elle aille, maintenant, elle porte trois cadavres sur son dos.

Bûche lui a enseigné comment manipuler une perceuse, comment changer les mèches, comment visser dans du gypse, dans des deux par quatre. Depuis trois jours, elles montent les cloisons qui découperont les dortoirs de la maison d'hivernage. La grand-mère les aide, moins efficace que Bûche mais plus patiente, sauf quand elle pose des questions sur ses petites-filles, auxquelles Fidji n'a pas de réponse.

Francelin arrive, les bras débordant de fils disparates et de bouts de tuyaux, espérant rebrancher la maison au réseau électrique et aux conduites d'eau potable afin d'assurer aux kids « un minimum de confort ». Fidji se garde de dire qu'il est à peu près impossible de trouver plus inconfortable que leur hutte d'hiver glaciale où la morve et la fièvre tyrannisent les enfants. Elle ignore combien d'entre eux utiliseront la maison, qui acceptera de passer l'hiver en ville – pour l'instant, la plupart ne pensent qu'à retourner dans le Ravin. Mais c'est le moins qu'elle puisse faire après l'attentat, les mensonges, après avoir caché les clés du Paradis dans sa taie d'oreiller et son âge en s'écrasant les seins avec du *duct tape*.

– Ça commence d'avoir de l'allure, se réjouit Bûche en reculant pour admirer leur travail.

Elles ont divisé la pièce centrale, dotée d'un foyer qu'Alain a nettoyé, en plusieurs alcôves, de manière que chacun puisse avoir son espace pour dormir, seul ou à deux en cas de grand froid. Les chambres du premier seront réservées aux malades pour éviter la contagion, un concept que Théo martèle à chaque occasion.

– Toi, quel coin tu vas prendre ? demande la femme.

– Aucun, répond Fidji. Je vivras pas ici.

Bûche la dévisage un moment.

– C'est à cause de ton âge ?

Les yeux rivés au sol, Fidji fait signe que oui. Large et solide, Bûche s'approche de la jeune fille. On entend Gloria scier à l'étage, et Francelin lancer des jurons apocalyptiques dans le sous-sol.

– Moi aussi, dit-elle à mi-voix, j'ai trouvé ça dur quand je suis devenue trop vieille.

Fidji se tait. Les râles de Francelin endiguent son envie de pleurer.

– C'est dur pour tout le monde, mais quand on est cheffe, c'est pire. C'est pas juste qu'on sait pas où aller. On sait plus qui ce qu'on est.

Fidji lève un regard stupéfait vers le visage buriné de Bûche. En réponse à la question muette de la fille, la femme opine, un sourire triste aux lèvres.

– On était les premiers. Ça fait vingt ans de temps. Le camp était un peu plus en aval, à l'époque. J'ai fait la loi pendant des années. C'est moi qui a créé la limite d'âge – y en a qui avaient ambitionné. Quand ç'a été mon tour, j'ai pas eu le choix de m'en aller.

Fidji touche le bras de la femme, comme si l'adulte devant elle était devenue un mirage, une apparition à éprouver du bout du doigt. La première cheffe du Ravin.

– Comment que t'avais fait ? Après d'être partie ?

Bûche expire bruyamment, le front froissé.

– J'en ai arraché. Longtemps. Par chance, j'étais pas toute seule. Minou est venue avec moi. Même si elle avait encore l'âge pour rester. Elle m'a jamais lâchée.

La femme regarde derrière elle, puis se penche pour que leurs visages se retrouvent à la même hauteur ; elle pose la main sur l'épaule de Fidji et c'est comme si une porte s'ouvrait.

– Si tu veux, Fidji, tu peux venir t'installer avec nous. Pas besoin d'errer comme on l'a fait. On peut t'accueillir pour une secousse, le temps que tu retombes sur tes pattes. Aussi longtemps que t'auras besoin.

Le corps entier de Fidji, chacune de ses molécules se précipite vers cette main qui enveloppe son épaule, une sorte de cohue de l'être vers l'avenir, la douceur, la possibilité d'autre chose ; elle brûle de se jeter sur Bûche, de se laisser fondre contre sa poitrine robuste.

– Je sais pas, répond-elle.

– Tu pourrais amener ta copine. Bleach.

Fidji se représente la forme cristalline de son amie, son pouvoir vertigineux sur le temps, qui demeure toutefois impuissant à modifier l'âge.

– Non, répond-elle. Bleach est une fée. Elle serait pas faite pour les maisons.

– Pis toi ?

– Moi, peut-être. Peut-être que oui.

Le pick-up contenait toutes les possessions de Judith. Disséminées à travers la maison, celles-ci avaient paru considérables. Mais une fois entassées dans des cartons dans la grande boîte de la camionnette, elles semblaient réduites à presque rien, quelques livres, un ballot de vêtements, deux ou trois objets d'hygiène flottant dans un étui.

– T'es sûre que tu veux pas des meubles ? avait redemandé Gloria.

Judith avait secoué la tête. Son père l'avait poussée dans la cabine avant que Gloria se mette à lui proposer autre chose, de l'argenterie, du linge de lit, n'importe quoi qui puisse lui donner l'impression que sa fille ne partait pas les mains vides, qu'elle n'arriverait pas à la grande ville complètement démunie. Pour une rare fois, Judith avait répondu comme si elle lisait dans ses pensées :

– J'ai besoin de rien d'autre que la musique, m'man.

Le plan était flou. Elle arriverait à Fort Détroit après la fin de la période d'inscription au collège. Et les écoles de chant avaient toutes des listes d'attente. Mais Judith pensait qu'en se présentant en personne elle pourrait convaincre les institutions de l'accepter. Sinon, elle attendrait le semestre suivant en chantant dans les cabarets, dans la rue. Elle chanterait seule dans le minuscule studio qu'elle avait loué à l'aveugle, sans connaître quoi que ce soit du quartier où il était situé. Gloria avait fait jurer à son mari de rester quelques jours pour s'assurer qu'elle ne manquerait de rien, remplir son garde-manger, « du riz, des conserves, des affaires qui se gardent ». À l'époque, Fort Détroit était plus habité, trouble, tapageur, une grande danse des couteaux. Sur un apparent coup de tête, Judith avait décidé que c'était là qu'elle deviendrait quelqu'un – à moins que l'idée ait germé depuis longtemps sans qu'elle en souffle un mot. À l'aube de l'âge adulte, elle s'exprimait toujours peu, ni par la parole, ni par les actes, un air placide plaqué au visage en quasi-permanence. Gloria ne l'avait pas crue capable d'un geste aussi audacieux.

Elle avait étreint sa fille à travers la fenêtre ouverte du pick-up, pleuré dans ses cheveux nouvellement teints en blond, et répété ses mises en garde :

– Promène-toi pas toute seule le soir. Fais-toi vite des amies de la place. Baigne-toi pas dans le lac. Va voir les musées. Bois pas trop, protège tes cordes vocales de la cigarette. Et pas de drogue. Touche pas à ça, d'accord ?

– Promis, maman.

– Je t'aime.

Le moteur avait démarré et Gloria n'avait pas eu le temps d'ajouter « je suis fière de toi ». Elle n'avait pas eu le temps de le penser, de le formuler ; il était trop difficile de réconcilier cette perte et cette ambition. Le pick-up avait disparu sur la route de gravier que Gloria avait fixée longtemps, certaine que Judith, elle, n'avait pas regardé derrière une seule fois.

En rentrant dans la maison, elle l'avait trouvée changée – incomplète, carencée. Comment si peu d'objets pouvaient-ils changer le visage d'un lieu ? Soudainement prise de vertige,

Gloria avait plongé les doigts dans le pot d'une plante araignée puis les avait portés à sa bouche.

Elle n'est plus que flair. Ou alors le monde n'est plus qu'odeur. La nuit est tombée depuis mille ans, elle est seule depuis toujours, ou presque seule – il y a son oreille qui élance, et douze points qui brûlent sur son abdomen, on dirait de minuscules dents qui grugent. Elle se lèche le ventre, n'y détecte aucune présence, reprend son parcours. L'espace est rempli par l'odeur de fumée. Même là où ça ne sent pas le feu, ça sent le feu. S'il fallait choisir une reine à cet endroit, ce serait cette odeur. Puis il y a des bouffées d'autre chose, ordures, boue, rouille, chair faisandée. Du sexe, partout, tout le temps. Mais il s'agit des grands thèmes, et la chienne ne s'intéresse pas aux évidences. Ce sont les filons plus discrets, les parfums cachés ou marginaux qui la captivent. Les pollens et leurs interactions compliquées, les miettes de nourriture, les traces de sang. Le passage d'humains selon des tracés bien précis, dont elle arrive à déterminer l'ancienneté et la fréquence ; parfois, même l'état d'esprit du marcheur est lisible, la peur, surtout. Même chose avec les coyotes, les chats, les blaireaux et les couleuvres. Il n'y a que les oiseaux qui ne se laissent pas cerner.

La maison est un cas intéressant. La chienne la connaît bien ; elle la fréquentait avant l'incendie, elle a hanté ses ruines calcinées. Maintenant qu'elle a repoussé, les odeurs sont ambiguës, contradictoires. Le parfum vert du bois jeune, celui, plus dense, de la terre qui s'est ouverte en l'expulsant, encore des relents de fumée et de suie et, dessous, quelque chose de spongieux et friable à la fois : une cuisine humaine. La chienne n'a jamais vu quelqu'un vivre là, encore moins préparer à manger, mais il n'en demeure pas moins que l'endroit embaume la pâte chauffée, pétrie d'herbes capiteuses, l'animal grillé et les mains de femmes. C'est à en lécher les murs.

De l'autre côté de la rue, la maison jaune et la maison verte soufflent d'autres exhalaisons, brouillonnes et épuisantes. Les lieux continuent de déborder de petits humains, les mêmes que la chienne connaît bien mais qui, entassés dans des cubes, lui deviennent insupportables. Elle lève le nez. Les effluves de la forêt sont toujours bloqués par quelque chose de dur, de métallique. C'est vers la prairie qu'elle ira. Là, ça sent la bête en mouvement, ça sent la vie.

Gloria est venue chaque matin depuis l'explosion. Elle a vu l'armée arriver, s'étendre comme une flaque de pétrole, fureter à la recherche de cellules terroristes imaginaires. Elle s'est postée le long du périmètre pour observer les soldats comme si, en gardant un œil sur leurs opérations, elle pouvait garantir qu'ils ne découvrent pas Cassandra et Mathilda. Elle est descendue jusqu'à l'embouchure de la Rouge pour sonder les décombres de l'usine de l'île Gus. La dévastation des installations est sidérante. On dirait un dragon démembré. Selon la rumeur, la compagnie songe à abandonner l'usine. La reconstruction serait trop longue, pas assez rentable.

Ce matin, elle a vu les camions des militaires repartir vers le nord et le sud, rappelés à leurs maîtres. Leur mission est terminée. Ils ont intimidé une population déjà accablée sans élucider quoi que ce soit. En après-midi, la nouvelle de la fin du siège s'était répandue dans toute la cité. Les enfants ont ramassé leurs rares possessions et, sans cérémonie, ils se sont dirigés vers le parc.

Maintenant que la journée touche à sa fin, ils convergent, dans le calme et le désordre, vers la pelouse du parc, en bordure des bois qui bruissent à nouveau de rafales secrètes. Ils sont tous là, les exilés, Lego, Vlime et son ours en peluche, Adidas et sa jambe guérie, Fidji, stoïque, Méthode qui trépigne d'impatience, Yatim, infiniment échevelé, et Bleach qui papillonne de l'un à l'autre, à la fois présente et au-dessus de tout. Trois chiots surexcités leur tournent autour. Eunice rejoint Gloria, les épaules droites, le pas assuré. Salomon est là aussi, flanqué de ses trois apprentis. Bûche et Minou, en retrait, posent un regard bienveillant sur Fidji.

La forêt prend vie. Une grande respiration anime la ramure, ouvre l'espace. Tous les enfants se taisent, et les adultes qui les accompagnent les imitent.

– Y sont tous partis ?

La question a fusé du milieu des branches, haute et impérieuse, comme si un hibou la posait.

– Tous ! crie Bleach.

Alors, telles des flammes écloses une à une, des visages surgissent de la pénombre des bois. Les enfants apparaissent, radieux mais prudents – ils restent en bordure des arbres, ne s'avancent pas sur le gazon –, plusieurs sont très petits. Des cris retentissent, « Magie ! Bègue ! Adidas ! Tic-tac ! Vlime ! Des petits chiens ! », et comme deux mers qui se touchent, ils fondent les uns vers les autres, les exilés retrouvant les résistants à grands coups de poing et d'embrassades mouillées.

– T'as profité !

– Tes cheveux pusent !

– C'est le shampoing !

– Sont beaux les petits chiens !

– C'est quoi du shampoing ?

– Aviez-vous tué des soldats ?

– On aura un logis pour l'hiver !

– Ce sera-tu un château ?

– C'est tellement un château.

– Tic-tac, t'étais pas mort ?

– C'est qui les vieux ?

– Non, j'ai secondé Baleine.

– C'est les adultes qui nous avaient aidés.

– Tic-tac a été presque un héros.

– Pis Baleine nous avait sauvés.

– Pourquoi que Fidji vient pas ?

– Fidji !

Tous se retournent vers la grande fille restée en retrait. Désormais habillée de vêtements à sa taille, elle semble encore plus âgée. Bleach s'approche d'elle, lui prend la main, et Fidji la serre sans la regarder, ni les dizaines d'yeux braqués sur elle. Elle scrute la tête des arbres.

– Baleine ! T'es là ?

Les bruits se tapissent au sol ; tout le monde tend l'oreille, même les chiens.

– Oui, répond enfin la voix de hibou.

– Bleach m'a conté ce que t'avais fait. Voudras-tu diriger le camp ?

– Est-ce qu'il faudra que je descende à terre ?

Fidji réfléchit.

– Coudonc, y savent-tu voler, ces enfants-là ? chuchote Eunice à l'oreille de Gloria.

– On l'aiderait, nous, dit Yatim. On sera ses soldats au sol.

Fidji recule d'un pas, comme pour mieux considérer l'ensemble. Elle prend une longue inspiration saccadée, un sanglot à l'envers.

– Est-ce que tout le monde est d'accord ?

– Oui ! lancent toutes les voix en même temps.

– OK, bye.

L'adolescente lâche la main de Bleach et se dirige vers Minou et Bûche qui pleure à chaudes larmes, déjà investie de son nouveau rôle, celui de souffrir, de rêver pour une autre, et toutes les trois s'éloignent en silence. Le feuillage remue dans un discret applaudissement.

Lentement, les enfants regagnent les bois, absorbés un à un par la ligne des arbres. Quelques-uns d'entre eux font leurs au revoir – Magie et Bègue demeurent avec Salomon. Jolie continuera son apprentissage, mais elle retourne vivre au camp. Certains promettent de revenir à l'hiver, la plupart n'y pensent pas du tout. Vlime traîne Lego, à qui il faut jurer qu'il n'aura plus jamais à faire appliquer la loi. Tic-tac reçoit de grandes tapes dans le dos.

Tandis qu'elle observe le va-et-vient, les adieux et les retrouvailles, les chamailleries qui reprennent, Gloria est propulsée hors d'elle-même, un sentiment qui la prend souvent depuis sa première visite dans les bois, comme si pendant un instant son être se déversait dans un autre – Eunice, Salomon, ou un de ces enfants qui l'ont rapprochée de sa quête, lui faisant brièvement oublier sa peine. Le crépuscule s'enroule autour de leurs pieds, à la fois chaud et froid, puis se plaque contre la façade dentelée de la forêt, rose, violet, de plus en plus bleu, et les petits corps qui y nichent frémissent comme des pierres précieuses dans une immense chevelure.

Un peu plus au sud, d'autres formes se profilent, discrètes, incertaines. Gloria n'y prête pas attention, le parc en entier lui semble infusé de petites vies, autant d'enfants que d'arbres et d'insectes. Mais Eunice lui serre soudain le bras, tendant l'index vers un point qui remue entre les troncs. Quelque chose se détache, un objet jaune vif qui bouge comme la main d'une marionnette. Prise de vertige, Gloria fixe son regard à ce jaune, s'y appuie pour se stabiliser, tandis qu'Eunice recule à pas prudents. La tache jaune est attachée à une main, et cette main appartient à un bras, et ce bras, au corps d'une jeune fille tremblante, derrière laquelle se tient une autre enfant, plus courte, placée en posture défensive. Elles semblent n'avoir rien mangé depuis des jours, leurs joues sont creuses, leur peau est peinte de terre et de chlorophylle, mais Cassandra et Mathilda sont là, vivantes, sorties des bois.

IV

« Nous savons que nous sommes irréparables. »
Alexie Morin

Après la mort de Judith, Cassandra s'est mise à avoir mal à la tête, et chaque fois que sa sœur lui dit de se taire, ça élance, comme un cœur qui bat contre l'os. Elle a songé à se percer le crâne, comprenant finalement la raison d'être de la trépanation, elle aurait voulu qu'on lui perfore l'os frontal, laisser fuir le mal par cet orifice comme l'air d'un ballon, le pus d'un abcès. Par moments, la migraine l'aveugle et dans ce sombre éblouissement Judith apparaît au fond du bain. Elle se revoit, penchée sur son corps, essayer de l'embrasser, en être incapable, pleurer, et pendant une horrible fraction de seconde les yeux de la morte s'ouvrent brusquement, comme pour lui signifier qu'elle ne sera jamais complètement disparue, lui annoncer avec toute la hargne d'une noyée qu'elle la hantera pour toujours. C'est un paradoxe que ce soit elle qui soit maudite alors que c'est Mathilda qui l'a fait, mais c'est normal, Cassandra l'a souhaité, au fond de sa conscience ; derrière sa peur et tout ce qu'elle aurait voulu ne pas savoir, elle la tuait déjà en rêve. Cet après-midi-là, elle est restée coite, elle a regardé sans agir, laissant faire ce qui devait être fait, ce que seule sa sœur était capable d'accomplir. C'est peut-être en récompense de son courage que sa cadette n'éprouve aucun remords. Ou alors elle a toujours été comme ça, Mathilda qui fonce, qui ne réfléchit pas, qui oublie tout à mesure, Mathilda à qui il faut rappeler de se laver les dents, de regarder avant de traverser, de cacher ses sous, à qui il faut redire les choses importantes : « Maman va être en manque, attention, maman va avoir de la visite, sortons, maman va nous échanger contre quelque chose de plus utile. » Cassandra a toujours su décoder le silence et les murmures. Mathilda, elle, savait quoi faire de cette connaissance.

Le vent est derrière elle et devant, il la balaie de la gauche et de la droite, et Mathilda a l'impression d'être au centre, ce point que tous les courants cherchent à rejoindre, à souffler hors du temps, sans parvenir à l'ébranler ; peu importe ce qui la pousse, elle reste debout. Ce n'est pas difficile. Ce n'est pas difficile quand on est en pleine course, et pendant tout le printemps, Mathilda galope sur les rafales, elle se soustrait à tout, la fuite est un geste gracieux, elle n'est jamais essoufflée. Là où elle peine, c'est lorsqu'il faut rester enfermée, comme dans la bicoque de pierre acide, un lieu fait pour pleurer avec lequel elle n'a rien à voir, où elle tourne en rond comme une mauvaise idée. Elle ne sait pas comment sa sœur s'y prend pour tolérer l'immobilité, on dirait qu'elle se transforme en statue, elle la croirait de marbre si ce n'était de ses intarissables larmes. Cassandra a toujours été bavarde, même quand elle ne parle pas elle dit, ça sort d'elle comme du sang d'un pansement trop fin, elle est incapable de ne pas laisser les choses entrer puis sortir d'elle, sans arrêt, à l'infini. Depuis leur départ, elle répète huit fois par jour « On aurait pas dû. Ça finira jamais » et Mathilda n'en peut plus, elle pourrait la taper mais elle a trop faim pour gaspiller son énergie. De plus en plus, sa sœur a des seins et des pensées qui creusent des tunnels dans sa tête et produisent des larmes, un silence mouillé qui donne envie de se fracasser contre les murs. Ses doigts tressaillent et brûlent, elle rêve qu'elle se sauve en marchant sur les mains.

Elles étaient trois le jour de la naissance de Mathilda, son père était déjà mort, celui de Cassandra s'était évaporé. Judith avait le don de faire fuir les pères, ou alors de repérer les âmes fugueuses. C'était un peu le thème dans cette maison, la fuite. La venue au monde de sa sœur avait ressemblé à une évasion, Mathilda s'échappant de l'utérus comme d'un donjon. Cassandra était là, elle a tout vu, elle se souvient d'avoir protesté, refusant qu'on coupe le cordon ombilical, elle revoit la sage-femme emporter le placenta comme un carnage sur un plateau. Judith était immédiatement tombée dans un profond sommeil pendant que Mathilda criait, sourcils froncés, et Cassandra avait regardé sa sœur comme une sauveuse, un mystère et un fléau. Du haut de ses trois ans, elle comprenait de quoi ce bébé serait capable. Ç'a toujours été son rôle : voir ce qui vient, tenter de prévenir. Au début, elle partageait ses pressentiments avec Judith mais, avec le temps, elle y a renoncé, c'était peine perdue, celle-ci était trop distraite, ou alors elle s'endormait pendant que Cassandra lui parlait. Ça ne l'a pas empêchée de voir venir. À cinq ans, elle imaginait ce qui se passerait si Judith mourait, ou oubliait de revenir à la maison après une fête. À dix ans, elle entrevoyait la possibilité qu'elle finisse en prison, anticipant l'orphelinat, les familles d'accueil, la séparation d'avec Mathilda. À quinze ans, elle devinait que leur destin était sur le point de basculer. Il n'y a que sa sœur qui l'ait jamais écoutée. Aux voisins et enseignants, elle tentait d'envoyer des messages avec ses yeux, de demander de l'aide, mais personne ne captait ses appels muets. Il n'y avait que Mathilda, et personne d'autre.

Ils ont une grand-mère et cette grand-mère s'appelle Gloria, comme une chanson d'église, et Gloria se promène dans le parc avec une photo d'elles. Elle dit qu'elle veut les voir, les kids lui crient après, elle dit qu'elle veut les aider, elle part et revient, Mathilda la sent comme une présence poisseuse dans l'air, quelque chose qui colle à sa peau. Elle s'en fiche, ça ne veut rien dire, une grand-mère, ça n'existe pas et elle n'y retournera jamais. Cassandra se tient la tête, les mots poussent de l'intérieur et elle bascule, elle raconte tout à la fille aux souliers troués et à la fille blanche, et Mathilda veut la tuer, les tuer toutes, ces petites connes qui font des plans, qui s'imaginent pouvoir décider du cours des choses, modeler le monde avec leurs mots. Gloria. Une parole qui disparaît quand on la prononce. On les change de place, on les enfonce dans une grotte où il fait trop chaud les jours de chaleur, trop froid les nuits froides, leurs sacs de couchage sont devenus des coulées de boue et ça mine Cassandra, elle dit qu'elles vont mourir dans leur caverne, mais Mathilda s'habitue, elle ne sent plus l'inconfort, il n'y a que la forêt contre la peau, la nature qui se dilate tout autour, puis un jour une grande explosion et la peur qui étouffe sa sœur. Mathilda n'a pas peur. Elle est là où elle aurait dû naître, là où sa vie se cachait en attente de ses pas. Les soldats ne sont que des ombres qu'elle peut faire disparaître en fumée si elle le souhaite. La fille blanche vient, elle repart, Mathilda peut la suivre, elle peut rester ici, depuis qu'elles sont dans cette forêt, son envie de courir s'est transformée, mutée en un désir similaire mais différent. L'errance. Un mouvement en spirale et non en flèche, un recommencement qui avance doucement, qui revient tout en ne passant jamais au même endroit. Sa sœur transpire la nuit et s'assèche le jour, des milliers d'araignées la tourmentent, elles rôdent aussi autour de Mathilda mais ne piquent pas, ou alors elle ne les sent pas. Elle se donne au jour.

Vivre avec une accro signifiait la plupart du temps cohabiter avec l'inertie. Bien qu'il y eût régulièrement des moments de houle, de rires et de brûlure, leur existence était surtout dominée par de longues périodes de torpeur, durant lesquelles Cassandra pouvait approcher le corps de Judith. Toute petite, elle aimait passer ses mains dans les cheveux délavés, suivre la peau fine entre le pouce et l'index, les lignes hachurées de la paume. Ce corps de femme était rempli de signes à décoder, bleus, croûtes, abcès, que Cassandra répertoriait et comptabilisait, mesurant la proximité de la mort. Parfois, Judith s'éveillait pendant ce rituel et Cassandra savait aussitôt s'il fallait s'éloigner ou rester, si c'était jour de caresses ou jour de rage, ou encore jour de chant, une bénédiction qui s'est raréfiée avec le temps. Le corps de sa sœur aussi contenait des signes – des égratignures, des stries de crasse. Cassandra serrait le mollet du bébé et, lorsque ses doigts parvenaient à en faire le tour, elle partait en quête de pain qu'elle émiettait et lui fourrait dans la bouche. Elle la lavait, lui coupait les ongles, l'emmitouflait quand la chair de poule hérissait sa peau, quand les flaques d'eau se couvraient d'une membrane de glace. Toutes les surfaces étaient lisibles, le comptoir de la cuisine, propre ou encombré, les matelas humides ou nets, le ciel gris ou noir, le plancher, grinçant ou silencieux. Lorsqu'elle a commencé l'école, Cassandra savait déjà déchiffrer une dizaine de langages non répertoriés. Apprendre à lire le français avait été du gâteau. Pressentant que l'école se démantèlerait, elle revenait à la maison et s'efforçait de transmettre à sa sœur ce qu'elle avait acquis durant la journée, mais Mathilda déchirait les cahiers et crachait sur les crayons ; elle arrachait à sa sœur la brosse à dents et lui tapait les mains pour l'empêcher de lacer ses souliers pour elle. Dès qu'elle a été en âge de s'exprimer, elle a voulu tout faire toute seule. Mathilda n'a jamais appris à lire.

Il y a toujours une ruée en elle, un incendie, un fouet qui ne dort pas. Même immobile, même dans l'eau ou étendue sur la glace, Mathilda la ressent comme un deuxième pouls, cette présence qui bat une mesure intenable, voix sans mots, bouclier chauffé à blanc, gueule de dragon qui galvanise le silence. Et cette créature a l'habitude d'avoir quelque chose à se mettre sous la dent, sa ration quotidienne de matière noire, mais ici, dans cette forêt qui se plie à toutes ses volontés, il n'y a pas d'adversaire, aucune distance à abattre, zéro chair à canon. Ce n'est pas naturel. Mathilda est mal, la roue sauvage tourne à vide dans son ventre, il lui faut une cible, un os, alors elle va vers sa sœur, huit fois par jour, elle doit la mordre, elle n'a pas le choix, et Cassandra le sait, elle s'offre en pâture. Sa sœur se laisse dévorer comme les champs violés par les moissons, comme les maisons qui brûlent, et ce n'est pas grave parce que les plantes renaissent, les maisons repoussent, les moignons se muent tôt ou tard en nouveaux membres, rien ne disparaît vraiment, tout est toujours déjà là, à la fois détruit et ressuscité.

Elle n'a connu sa sœur qu'au combat. Tout le monde était son opposant, et elle gagnait toujours. Cassandra ressentait dans son nombril chacun des coups qu'elle donnait, honteuse et fière d'avoir une petite sœur si féroce, si insurmontable. Elle-même n'a jamais frappé qui que ce soit, elle n'aurait pas su s'y prendre, mais elle avait parfois l'impression d'attaquer, elle aussi, les enfants des banlieues riches perdus au centre-ville, les rares élèves de l'école délabrée, les adolescents qui les pourchassaient dans les rues désertes et, une fois, l'ami de Judith qui était entré dans leur chambre au milieu de la nuit. Avec les hommes, Mathilda savait instinctivement où frapper, à l'endroit exact qui leur servait à détruire les fillettes. Jamais Cassandra ne lui a prêté main-forte, jamais Mathilda ne le lui a reproché ; chacune avait son rôle à jouer dans leur survie commune. Dans le bain, Judith n'avait opposé aucune résistance, comme si elle s'attendait à ce que ça finisse ainsi. Ou alors elle était trop défoncée pour se rendre compte de ce qui lui arrivait. Mathilda avait posé une main sur son épaule, une autre sur son front et appuyé. Judith avait coulé facilement et Mathilda n'avait eu aucun mal à la maintenir sous l'eau. Les bulles sortaient d'elle avec ce qui lui restait de conscience, son visage était blanc, son ventre blanc, la baignoire pâle et les murs aussi. La mort d'une femme était une chose blanche et facile. Cassandra avait observé la scène depuis le pas de la porte, réalisant et ne réalisant pas ce qui se passait, et une fois que tout avait été fini, elle s'était mise à respirer très vite, c'était un crime, une catastrophe, elle l'avait vu arriver, n'avait rien fait, et maintenant il était trop tard. En s'essuyant les mains sur une serviette, sa sœur s'était contentée de la regarder dans les yeux. À ce moment, Cassandra aurait juré que sa cadette était plus grande qu'elle.

C'est la première fois qu'elle creuse ainsi. Normalement, ce qui se passe sous la terre ne l'intéresse pas, c'est un royaume d'insectes et de cryptes, à la fois vivant et mort. Ce sont les mouvements horizontaux, la course, le vent, les jets de pierres qui la concernent et non les forces verticales – forage, enfouissement, germination, exhumation. Mais dans la forêt tout est différent : ce qui pousse pousse sans permission, ce qui meurt meurt sans bruit, détruisant ce qui ne doit pas être détruit, créant ce qui ne devrait pas être créé. Le sol lui donne faim. Depuis toute petite, Mathilda n'aime pas manger ; la nourriture est pour elle un compromis, un accommodement rance entre le dégoût et le dépérissement. La farine, sur sa langue, ne perd jamais sa texture de craie, et les légumes lui semblent contenir une prolifération, une croissance morbide comme une tumeur ; croquer dedans revient à manger une sorte de parasite, un organe étranger capable de se multiplier en elle. C'est pire depuis l'explosion : les denrées leur parviennent pourries, émaillées d'un film visqueux. Cassandra mange du bout des dents, détachant du miasme des morceaux dont elle se convainc qu'ils sont intouchés par la corruption, et elle décline à vue d'œil, dévorée par ses lamentations, empoisonnée par les vivres moribonds. Mathilda, elle, s'est tournée vers la forêt. Sans y réfléchir, elle a rampé hors de la grotte, humant la terre lavée par l'orage, puis creusé. L'illumination : le sol contient tout, des racines, des noix, des fruits tombés, des larves, des pierres même, dont la dureté ne les empêche pas de s'abandonner à l'appétit croissant de Mathilda, elle absorbe tout et se fortifie, se transforme en une chose plus solide, ancrée, toute-puissante. Tandis que sa sœur périclite, Mathilda devient de plus en plus elle-même.

Un jour il y aura de la pluie, très longtemps, des kilomètres et des années de pluie, qui donneront de nouveaux lacs et de nouveaux fleuves, des lianes d'eau qui mangeront la terre, et le monde sera lavé. Un jour, le sol voudra s'ouvrir pour révéler les trésors cachés, les veines enfouies, laisser le soleil embrasser ce que l'ombre a détenu trop longtemps. Un jour les fruits parleront, ils raconteront leur propre poids, leur miel, les rêves qu'ils font la nuit. Un jour des pans entiers de ville s'abattront pour laisser passer le ciel. Des chemises vides flotteront, envolées comme des drapeaux, des plaies s'ouvriront dans les plaies pour les éclairer, une immense parole assourdira tous les vœux, les mauvais sorts, les chansons, les écrous, les ruses, les matraques, les piétons terrassés par la clarté. Les animaux se retourneront à même leur sang, ils créeront de nouveaux sentiers, des chemins de ravages. Il y aura du bruit, des voix qui ne disent pas tout, des pages de rythmes pour accorder le temps, une seule cloche pour animer l'espace. On ne sait rien jusqu'à ce qu'on sache. On ne comprend pas jusqu'à ce qu'on puisse. L'avenir s'invite, tout petit, presque muet dans nos mains, puis il prend toute la place. L'avenir chuchote notre nom, à l'insu des autres, il souffle sur notre sommeil une incitation à la prescience, « Cassandra ».

La première enveloppe arrive par la fille blanche, et le jaune du papier paraît encore plus jaune dans ses mains encore plus blanches. Elle la remet à Cassandra comme si cette dernière était une sorte de pôle vers lequel tous les messages convergent. Cassandra en tire une lettre, ses pupilles caracolent d'une syllabe à l'autre, puis elle replie la feuille et la glisse dans l'enveloppe, et son regard continue de bondir comme un cerf. Pour une fois, elle ne dit rien, elle se mord les joues – elle n'a presque plus de joues à mordre – et finit par s'assoupir, et alors Mathilda caresse l'enveloppe, les mots qui frisent dessus, une porte fermée. Quelques jours plus tard, trois enveloppes leur parviennent, la fille explique que les kids en trouvent partout, ceux qui savent lire disent que ça les concerne, elle et Cassandra, elle tend la liasse humide à Mathilda qui les passe à sa sœur. Celle-ci garde le silence mais, Mathilda le voit bien, ces mots sont des aiguilles qui naviguent vers son cœur ; elle tourne en rond, se mange les cheveux comme au temps de Judith et annonce des cyclones dans son sommeil. Bientôt, d'autres enveloppes arrivent, elles n'ont plus besoin de messagère, elles viennent toutes seules, portées par le vent et les becs de corbeaux, elles volent jusqu'au seuil de leur caverne. Cassandra ne les lit plus, elle sait ce qu'elles contiennent, et Mathilda ne lui demande pas ce que c'est, ça n'a pas d'importance, ça n'empêchera pas sa sœur de se laisser hypnotiser, et quand une idée la pénètre ainsi, le temps s'ouvre, l'univers bouge. Cassandra a cette faculté phénoménale de ne rien faire d'autre que de penser et de changer le monde quand même.

Une maison en papier jaune. C'était ça, au fond, chez eux : une demeure mince et frêle qui tenait par la seule force de ses plis. Malgré elle, Cassandra a commencé à se demander de quoi l'endroit aurait l'air sans Judith, sans le perpétuel défilé de toxicos, un logis avec un cœur sain qui pomperait vie et lumière dans ses pièces, un cœur de grand-mère. Elle ne croyait pas se souvenir d'elle, mais depuis l'arrivée des lettres, des souvenirs ont pris forme comme des sculptures surgies d'une boule d'argile. C'était elle dans ce cimetière du bout du monde, figée près d'une fosse, la femme en noir que son imagination a transformée en stèle. C'était une voix friable au téléphone à laquelle Judith ne répondait pas ; les uniques fleurs qui poussaient dans la cour, l'organisation des armoires, lentement érodée par les lois du chaos et de la dépendance. Et quelque chose d'autre, une mémoire plus ancienne, primitive, chaleur, odeur, pression sur le corps ; une sensation au creux de sa paume, le soir, qui lui donne envie de serrer un bâton entre ses doigts. Avec ces souvenirs, des désirs sont revenus – un lit, un repas chaud, une douche –, ils ont jailli de ces enveloppes comme des éclairs jaunes. Elle a voulu aplatir la pile qui la tourmentait, mais dès que sa peau s'est posée sur le papier, l'avenir a parlé de sa voix multiple, en chorale et en orgue. Elle vivra à nouveau dans cette maison. Elle affrontera le bain, apprivoisera le creuset de leur faute ; dans les pièces brouillées, elle réconciliera les murs et les lézardes, le plafond et les fenêtres. Puis, entend-elle encore, un jour viendra où la maison voudra dire autre chose. Les années de peur et de culpabilité seront surpassées par les années de réparation. Alors, le temps basculera. Tout ça lui est apparu d'un coup, net et indéniable, et elle aurait pu s'en réjouir, ou du moins s'en apaiser, mais quelque chose de trouble subsistait, un trou noir dans son champ de vision. Elle a vu la maison, sa galerie frêle, son toit de mousse, mais une zone demeurait indistincte, comme une photographie qui aurait en partie brûlé. Un immense angle mort qui l'aspirait.

Elle prend sa grande sœur par la main. C'est le temps, elles ne peuvent plus rester ici, Cassandra va devenir folle et Mathilda va la broyer. Enfin, les soldats sont partis, la voie est libre. C'est la chose à faire – Mathilda sait toujours quoi faire, les décisions se déposent en elle toutes prêtes et sans équivoque, et elle les enfile comme des anneaux à chaque doigt. Cassandra le sait, elle connaît son sens de l'orientation et c'est pourquoi elle la suit sans poser de questions – dans ces moments, l'aînée est comme un fruit mûr qu'on n'a qu'à effleurer pour le libérer. Dès qu'elles se mettent en route, dès que la grotte disparaît dans un froissement vert, la joie inonde Mathilda comme rien d'autre ne sait le faire, à part la colère peut-être, ou le soleil. Ses jambes se soulèvent, légères, on les croirait mues par des fils ; sous ses pieds le sol roucoule, le vent louvoie entre les arbres. Rien n'est plus beau qu'une forêt laissée à elle-même, rien n'est plus grand que d'y marcher en colimaçon, de l'habiter de manière concentrique. À chaque pas, elle sent Cassandra se calmer, sa psychose des derniers jours avait juste besoin d'air, d'une direction, de sortir du bois. Mathilda aussi est en paix, même si son monde s'apprête une nouvelle fois à culbuter, même si entre les arbres une clarté vacante s'intensifie. Elles arrivent enfin à la frontière, là où le paysage se renverse, et Cassandra lui adresse un regard interrogateur. Mathilda plonge la main dans sa poche, en sort un torchon de papier jaune qu'elle plaque contre la poitrine de sa sœur. Celle-ci ne bouge toujours pas ; il y a, à travers la myriade de fils attachés à ces lettres, un élément qui lui échappe encore, Mathilda la voit bien, l'énigme suspendue au-dessus de sa tête, mais elle ne s'y arrête pas. Elles sont là où elles sont censées être. Elle pousse sa sœur hors du boisé et elles atterrissent sur une pelouse grisâtre où une femme au visage lunaire et aux yeux de biche les attend. Sa jupe flotte au vent comme la voile d'un bateau, ses mains se tordent devant son ventre rond. Cassandra lâche la lettre.

Le contact de son corps est incongru, à la fois étranger et intensément familier, comme un lieu qui nous a déjà appartenu, un espace qui aurait rétréci ou gauchi avec le temps. Sa grand-mère la tient serrée contre elle, Cassandra croit d'abord qu'elle sanglote, mais c'est une série de soupirs, un mélange d'affliction et de soulagement, des milliers de petites promesses. Elles ne disent rien, il n'y a pas la place, tout est trop chargé. Un peu plus loin se tient une femme trapue, cheveux courts, menton volontaire, et Cassandra reconnaît la voisine, lui envoie timidement la main. Celle-ci lui renvoie son salut, le visage bienveillant et désolé, et à ce moment Cassandra devine que ces deux femmes la protégeront de leurs vies, un sentiment si nouveau qu'elle manque de trébucher. Mais elle ne tombe pas. Elle est là où elle est censée être. Un doute continue pourtant à gratter en elle, une inexplicable nervosité – elle a l'impression d'avoir oublié quelque chose. Dans le parc vide où la lumière se couche, Cassandra se fige. Il lui faudrait une autre poussée, la main cruelle et parfaite de sa sœur. Elle se retourne. Mathilda n'a pas bougé de la lisière du bois. Les bras croisés, elle observe son aînée, le visage lissé par la certitude et, enfin, Cassandra comprend. Sa sœur ne viendra pas avec elle. Sa sœur, pendant les semaines de marronnage, est devenue quelqu'un d'autre, une chasseuse, une ermite. Elle est devenue une fille des bois. Et avec la même implacable majesté que contient chacune de ses actions, elle a décidé de rester dans la forêt. Cassandra la regarde, cette créature à peine plus grande qu'un loup, qui lui doit sa survie et à qui elle doit la sienne, son unique définition de l'amour, et une partie de sa conscience s'effondre ; son être, déjà divisé en deux à la mort de Judith, se redivise. Ne reste plus que le quart de ce avec quoi elle est née. Elle s'avance vers elle.

Sa sœur est grande. Elle ne s'en est pas rendu compte, à force de la voir prostrée au fond d'une grotte, recroquevillée sur le fil tendu de sa mémoire, mais la voilà haute comme une cheminée, plus large aussi, des épaules et des hanches ; il y a même des seins, des fesses, un relief nouveau venu de rien, né de miettes de pain et de patates crues. Mathilda baisse les yeux sur ses propres jambes amaigries, son ventre creux, ses pieds qui flottent dans les espadrilles jadis trop serrées ; son corps à elle semble soumis à une force inverse qui ramène tout vers le centre, rendant ses membres plus courts et compacts. À présent, face à face, les deux sœurs ont l'air dépareillées, un pépin et une pomme, une enfant et une femme. Cassandra s'avance et prend sa cadette dans ses bras, elle murmure à son oreille, « Mathilda », d'une voix soudain plus grave, et Mathilda comprend qu'elle a compris, qu'elle voit ce qu'elle n'arrivait pas à voir. Cassandra pleure un peu, une goutte de lave glisse sur la nuque de Mathilda qui se tortille, ça chatouille et ça brûle, elle a hâte de regagner la forêt. Gloria observe la scène et Mathilda prie pour qu'elle ne vienne pas l'étreindre à son tour mais la vieille reste en retrait, et Mathilda songe qu'elle est peut-être devenue invisible, que sa sœur est peut-être la seule à l'avoir jamais vue. Le cou de son aînée sent les feuilles mortes, la farine et la patience ; Mathilda prend une profonde inspiration et Cassandra la libère en ouvrant très grand les bras, comme pour embrasser le boisé au complet, cette forêt qui gronde et grandit, s'étendant déjà, Mathilda le sent, aux terrains vagues et aux rues désertes, absorbant les quartiers abandonnés comme des noix, comme des pierres. Elle n'a rien à faire pour regagner le couvert des arbres : l'orée s'avance, la rattrape, la ramène à sa vie toute neuve. Le vent secoue les branches comme un incube impatient ; immobile, Mathilda continue de fixer sa sœur qui s'efface lentement derrière les troncs et les rameaux. Au moment où celle-ci disparaît, un claquement retentit, comme une corde qui se rompt, et Mathilda se demande si Cassandra l'a entendu, elle aussi. Oui. Oui, elle l'a entendu, elle en est sûre.

∞

L'orage a percé la rue, un grand poing d'acier révélant un monde parallèle. Un petit attroupement s'est formé autour du trou pour observer, plusieurs mètres sous le béton, le mouvement d'une eau sombre et forte. Bûche a posé la main sur Fidji pour la retenir, mais elle-même ne peut s'empêcher d'approcher, captivée par le mouvement des flots. De leur côté, Gloria et Eunice encouragent Cassandra, craintive, à venir admirer le phénomène. Théophile et Francelin conjecturent sur ce qui a provoqué un *sinkhole* au coin de Clyde et Leblond. Ulysse et Salomon scrutent le ciel en quête de la réponse. En retrait, Jonas fume d'un air méditatif, les yeux plongés dans l'ouverture comme dans un portail dimensionnel. À mi-voix, Magie et Bègue se demandent depuis combien de temps cette rivière court sous la platitude des maisons. Raquel est la seule qui ne paraît pas surprise.

On a d'abord cru que c'était la foudre qui avait défoncé la rue. Mais les éclairs seuls n'ont pas la capacité de trouer l'asphalte. Ce sont la pluie, les larmes, la pisse et le sang qui ont travaillé le sol, poussant lentement la terre, ouvrant un tunnel jusqu'à ce que le cours d'eau enfoui reprenne ses droits. Ce n'était qu'une question de temps pour que le pavé cède, qu'il rende au jour ce qui lui appartient.

Les nuages se dissipent et le soleil déferle, illuminant la rivière souterraine. Son eau s'avère limpide et cajolante, bordée de rives sablonneuses, de mousses et de fougères ; on croirait même voir des poissons. À ce moment, tous les habitants de l'avenue Clyde ont la même impulsion : ils se rapprochent d'un pas, comme pour boire à cette source inespérée qui est peut-être capable de rendre la jeunesse, de permettre de tout refaire.

Un cri retentit soudain, mélange de rires et de piaillements, et Magie et Bègue sautent dans le courant en hurlant de joie. Les adultes ont un sursaut de panique, on ignore la profondeur de la rivière ou si elle cache des rochers pointus, si les petits savent nager. Mais l'eau est libre et creuse et les deux gamins barbotent avec aisance. Surgis de nulle part, d'autres enfants s'élancent dans un même vol plané, et avec chaque corps qui plonge la doline semble s'élargir, s'ouvrir encore plus. Vlime est là, baignant son ourson à la fourrure pratiquement dissoute. Adidas, Lego et Tic-tac font gicler de l'eau entre leurs paumes. Jolie et Yatim se calent à tour de rôle ; Méthode cherche des grenouilles. Deux nouveaux venus, Godot et Carottine, s'accrochent à des bouts de bois pour flotter – avant la fin du jour, ils sauront nager. Bientôt, les enfants n'arrivent plus en sautant de la rue ; ils émergent directement de l'eau comme des sous-marins et se multiplient, dix, douze, vingt petits êtres qui barbotent sous les yeux des adultes. Entre deux remous, Gloria a l'impression d'entrevoir la tête frisée de Mathilda – elle n'en est pas sûre, c'est peut-être autre chose, de l'écume, un reflet du ciel... Elle se tourne vers Cassandra, mais celle-ci est partie vers la maison. Eunice repère des cailloux plats, pour les semer ou les faire rebondir sur l'eau ; Priscilla chouine pour qu'on lui en lance un à rapporter. Salomon, bien qu'il soit resté au sec, a la sensation d'être détrempé. En aval, les esprits sont rassemblés, César, le père d'Eunice, Terreur, Loupiote,

Pow-pow et tous les autres ; Raquel les voit discuter les pieds dans l'eau, pêchant des écrevisses.

Enfin, Cassandra reparaît et s'approche de sa grand-mère, un contenant de métal entre les mains. Gloria y pose le bout des doigts, sonde l'adolescente du regard. Elles sont d'accord. Cassandra s'avance au bord du trou, ses longs bras suspendus au-dessus de la rivière, et elle ouvre l'urne. Les enfants s'écartent. Les cendres de Judith dégringolent dans le courant qui emporte sa première vie, qui lance la seconde. Cassandra retourne auprès de Gloria et, ensemble, elles contemplent l'eau qui défile, l'univers qui change goutte à goutte.

La rivière, comme dans les poèmes, chante. Elle chante une chanson aux paroles inintelligibles que pourtant tous comprennent, un air qui modifie le monde, qui parle jusqu'au creux des os. La mélodie fuit, elle disparaît à l'instant même où elle existe, mais constamment répétée, elle ressurgit, toujours là et déjà partie, toujours au-devant d'elle-même.

La rivière passe, et ce qu'elle charrie est impossible à atteindre, à toucher, tout ce qui y naît devient aussitôt l'écho de soi. Les objets qu'on y jette font ricochet, les pensées surnagent, épelant les lieux et reprenant l'histoire.

La rivière roule, elle déferle vers les plus grands lacs du monde, elle file vers ce qui l'attend, ce qu'on ne peut voir ni éviter, qu'on ne peut que recevoir, prendre à bras-le-corps.

À Fort Détroit, par un après-midi d'automne, le dernier jour chaud de la saison, la première esquisse de l'hiver, une dizaine de silhouettes voûtées se tiennent au bord d'une doline en forme de bouche béante. Au cœur d'une ville construite sur l'eau, le vent, le feu et le rêve, une poignée d'adultes observent une multitude d'enfants qui nagent dans une eau périlleuse et vive. Cette eau est remplie de promesses de fleuves et d'océans, elle charrie plus de vies que la main d'un dieu. Et dans cette onde imparable, les gamins s'immergent, ils retiennent leur souffle, une minute, trois, dix ; ils restent en apnée pendant cent ans et leurs corps disparaissent, emportés par le fil de l'eau. Puis ils reparaissent depuis l'aval, ramenés par le courant comme si les flots formaient une boucle sans fin et, en se penchant de plus près, on peut voir que les objets défilent de la même manière, s'évanouissant et ressurgissant, une branche, une plume, un chrysanthème, une branche, une plume, un chrysanthème, une branche, une plume, un enfant ; ils passent et repassent encore, chaque fois un peu transformés mais toujours eux-mêmes, et lorsqu'on les croit disparus pour de bon, ils réémergent, irrépressibles. L'avenir tout autour d'eux.

Mot de l'autrice

Ce roman en est un de spéculation et d'invention. Si j'ai conservé de nombreuses caractéristiques géographiques et historiques de la vraie ville de Détroit et de la francophonie du sud de l'Ontario, j'en ai également fabriqué de grands bouts. Ceux qui s'intéressent à la véritable histoire de la région ne devraient donc pas prendre la mienne au pied de la lettre.

* * *

La création de *L'Avenir* n'aurait pas été possible sans les travaux de l'ethnologue Marcel Bénéteau, particulièrement ses ouvrages *Mots choisis, Trois siècles de vie française au pays de Cadillac* et *Contes du Détroit,* où j'ai découvert l'histoire que raconte Adidas en page 140, histoire elle-même tirée des Archives de folklore et d'ethnologie de l'université Laval. Je dois également beaucoup au livre *The Dawn of Detroit* de Tiya Miles, ainsi qu'à *The Origins of the Urban Crisis* par Thomas J. Sugrue et à *Detroit City Is the Place to Be* de Mark Binelli. Le livre *Up the Rouge!* de Joel Thurtell et Patricia Beck m'a fourni des renseignements essentiels sur la fameuse rivière que parcourent les enfants. En amont du travail de recherche et de création, les documentaires *Détroit, ville sauvage* de Florent Tillon et *Detropia* de Rachel Grady et Heidi Ewing ont éperonné mon imagination et nourri mes réflexions. Mais la part la plus vivante et éclairante de mes recherches provient sans contredit des conversations que j'ai eu le privilège d'avoir avec les historiens et chercheurs Irene Moore Davis, Guillaume Teasdale et Matthew Van Meter, à qui j'adresse ma plus profonde gratitude.

* * *

Merci de tout cœur à Antoine Tanguay pour son indéfectible soutien, son œil sans merci et son optimisme vital, et à toute l'équipe d'Alto pour son appui et son enthousiasme. Merci à Christine Eddie pour la pertinence de ses commentaires et à Christiane Vadnais pour son aide cruciale en fin de parcours. Merci à Sophie Marcotte et Julie Robert pour la révision et la correction.

Un immense merci à Dan Wells et Alexis Everitt-Wells pour leurs encouragements, leurs conseils et la formidable visite de Detroit qu'ils m'ont offerte. Merci également à Emerson, Hansen et Imogen de m'avoir accueillie dans leur maison.

Merci au Conseil des arts et des lettres du Québec pour son soutien financier. Merci à l'université McGill et au programme d'écrivain en résidence Mordecai-Richler, qui m'ont offert l'occasion de partager des moments précieux avec les professeurs et les étudiants, et d'avancer dans mon travail d'écriture. Merci au Vermont College of Fine Arts de m'avoir permis de séjourner et de travailler au Centre des arts de Banff, merci à ses brillants étudiants et enseignants, spécialement Kim Echlin, qui m'a fait découvrir le temps d'Inanna et son poème (évoqué à la page 277).

Merci à Lanan Adcock (conseils en cartomancie), Sabrina Leblond-Murphy (conseils médicaux et camarade de périple détroitien), Claude Leroux et Alex Godley (conseils agricoles), et encore à Claude d'avoir plongé deux fois dans le fouillis du manuscrit. Merci à mes lecteurs, Catherine Chesnay, Robert Leroux, Chantal Maillé, Karine Michel et Neil Smith. Merci à Madeleine Thien pour l'exploration des villes réinventées et les discussions comme des avancées dans le temps. Merci à Nicolas Dickner, Alain Farah, Dominique Fortier, Rawi Hage, Lazer Lederhendler, Sean Michaels, Charles Sagalane, Élise Turcotte et Audrée Wilhelmy pour leur amitié et leur regard sur l'écriture. Un merci infini à Béatrice et Clément pour leurs perspectives sur la vie des enfants de la Rouge et pour l'ensemble de leur œuvre ; merci encore à mes parents pour le soutien moral et logistique qu'ils m'ont offert pendant l'écriture du roman. Merci à la famille Achkar, Sefi Amir, Patricia Boushel, Camille Champeval, Aisling Chin-Yee, Nancy Hameder, la famille Lacroix, Jean Lavigne, Frédéric Lord, Luc Mikelsons, Michael Nardone, Laura Perlmutter, les Prud'homme, Sarah Spring, Sarah Steinberg, Annie St-Pierre et Dylan Young. C'est vous qui rendez la vie hospitalière à l'écriture, et au bonheur.

* * *

J'ai commencé ce roman bien avant les bouleversements qu'a connus notre monde en 2020, et après ceux qui, décennie après décennie, ont frappé la ville de Détroit. Dans cet entre-deux, j'ai voulu imaginer une renaissance, comme toutes les renaissances que nous nous devons, que nous devons à notre monde. À l'heure d'envoyer le tout à l'imprimerie, j'ai une pensée pour toutes les victimes directes et indirectes des catastrophes sanitaires, sociales et environnementales qui affectent la planète. Je nous souhaite à tous le courage de renaître, et la sagesse de le faire en pensant, toujours, à l'avenir et à ceux qui l'habiteront.

La playlist qui figure sur le rabat de fin
accompagne et prolonge votre lecture.
Les morceaux ont été sélectionnés
par Catherine Leroux elle-même.

Cette playlist est également en écoute sur
le site de la maison : www.asphalte-editions.com

Fictions Asphalte

Dernières parutions

Vladimir Hernández » *Indomptable*
Emmanuel Villin » *Microfilm*
Mario Mendoza » *Satanas*
Orfa Alarcon » *Ni de jour ni de nuit*
Jasmin Ramadan » *Hôtel Jasmin*
Jean-François Paillard » *Le Parisien*
Aymen Gharbi » *Magma Tunis*
Carlos Zanón » *Taxi*
Boris Quercia » *La Légende de Santiago*
Benoît Sourty » *Je m'enneige*
Antônio Xerxenesky » *Malgré tout la nuit tombe*
Francisco Camacho » *Dernière chanson avant la nuit*
Sébastien Verne » *Des vies débutantes*
Jordi Ledesma » *Ce que la mort nous laisse*
Jean-François Paillard » *L'Affaire suisse*
Ricardo Romero » *Je suis l'hiver*
Guillermo Saccomanno » *1977*
Guillermo Saccomanno » *L'Employé*
Diniz Galhos » *Hakim*
Aymen Gharbi » *La Ville des impasses*
Francisco Suniaga » *L'Île invisible*
Edyr Augusto » *Casino Amazonie*
Aníbal Malvar » *Lucero ou la vie fulgurante*
Jean-François Dupont » *Villa Wexler*
Boris Quercia » *Les rêves qui nous restent*
Martín Mucha » *Tes yeux dans une ville grise*

ISBN : 978-2-36533-110-4
Achevé d'imprimer en novembre 2021, en Bulgarie.

Dépôt légal : janvier 2022